हिन्द पॉकेट बुक्स

शेष प्रश्न

शरत्चन्द्र चट्टोपाध्याय बांग्ला के सुप्रसिद्ध उपन्यासकार एवं लघु कथाकार थे। उनकी अधिकांश कृतियों में गाँव के लोगों की जीवनशैली, उनके संघर्ष एवं उनके द्वारा झेले गए संकटों का वर्णन है। इसके अलावा उनकी रचनाओं में तत्कालीन बंगाल के सामाजिक जीवन की झलक मिलती है। शरत्चन्द्र भारत के सार्वकालिक सर्वाधिक लोकप्रिय तथा सर्वाधिक अनूदित लेखक हैं। 16 जनवरी 1938 ई. को कलकत्ता में 62 वर्ष की उम्र में उनका निधन हुआ।

शेष प्रश्न

शरत्चन्द्र चट्टोपाध्याय

हिन्द पॉकेट बुक्स
पेंगुइन रैंडम हाउस इम्प्रिंट

हिन्द पॉकेट बुक्स

यूएसए | कैनेडा | यूके | आयरलैंड | ऑस्ट्रेलिया
न्यू ज़ीलैंड | भारत | साउथ अफ्रीका | चीन | सिंगापुर

हिन्द पॉकेट बुक्स, पेंगुइन रैंडम हाउस ग्रुप ऑफ़ कम्पनीज़ का हिस्सा है,
जिसका पता global.penguinrandomhouse.com पर मिलेगा

पेंगुइन रैंडम हाउस इंडिया प्रा. लि.,
चौथी मंजिल, कैपिटल टावर -1, एम जी रोड,
गुड़गांव 122 002, हरियाणा, भारत

पेंगुइन
रैंडम हाउस
इंडिया

प्रथम संस्करण हिन्द पॉकेट बुक्स द्वारा 1974 में प्रकाशित
यह संस्करण हिन्द पॉकेट बुक्स में पेंगुइन रैंडम हाउस द्वारा 2022 में प्रकाशित

10 9 8 7 6 5 4 3 2

इस पुस्तक में व्यक्त विचार लेखक के अपने हैं, जिनका यथासंभव तथ्यात्मक सत्यापन किया गया है, और इस संबंध में प्रकाशक एवं सहयोगी प्रकाशक किसी भी रूप में उत्तरदायी नहीं हैं।

ISBN 9789353496821

मुद्रकः रेप्रो इंडिया लिमिटेड

www.penguin.co.in

FSC www.fsc.org MIX Paper from responsible sources FSC® C047271

This is a legitimate digitally printed version of the book and therefore might not have certain extra finishing on the cover.

शेष प्रश्न

आज की नहीं, बहुत पहले की बात है। विभिन्न समयों में भिन्न-भिन्न पदों पर नियुक्त होकर बहुत-से बंगाली सज्जन आगरा आए और सपरिवार वहीं बस गए। उनमें से बहुत तो पीढ़ियों से बसे हुए हैं तथा कई और आते और बसते जा रहे हैं। चेचक और प्लेग जैसी महामारियों के समय की भगदड़ के सिवा इनके जीवन में तब कोई खास हलचल देखने में नहीं आई, और अब तो उनका जीवन करीब-करीब निश्चिन्त ही है। सुप्रसिद्ध ताजमहल और शाही ज़माने की ऐतिहासिक इमारतों के विषय में अब तक ये इतने जानकार हो गए हैं कि उनके विषय में अब उनके मन में किसी तरह का कुतूहल ही नहीं रह गया। ऐसी निश्चिन्तता के बीच सहसा एक दिन यहां के बंगाली समाज में चांचल्य के लक्षण दिखाई देने लगे। हुआ यह कि उस दिन एक प्रौढ़ अवस्था के बंगाली साहब अपनी शिक्षिता सुन्दरी नवयौवना कन्या के साथ यहां आए और सेहत सुधारने की अभिलाषा से शहर के एक किनारे शानदार कोठी किराये पर लेकर कुछ दिन रहने की तैयारियां करने लगे। उनके साथ बैरा, बावरची, नौकर-नौकरानी, ब्राह्मण रसोइया, जोड़ी-गाड़ी, साईस-कोचवान, मोटर-कार, शोफर-ड्राइवर, दरबान वगैरह सभी आए। और बहुत दिनों से खाली पड़ी हुई कोठी देखते-देखते इस कदर आबाद हो गई मानो रातों-रात किसीने जादू कर दिया हो।

इन बंगाली महाशय का नाम था आशुतोष गुप्ता और कन्या

का नाम मनोरमा। इन लोगों के ठाट-बाट देखते ही लोग बड़ी आसानी से समझ गए कि ये हैं कोई पुराने खानदानी रईस।

किन्तु, ऊपर जिस चांचल्य का उल्लेख किया गया है वह इनकी धन-सम्पत्ति के परिमाण की कल्पना करके या मनोरमा की शिक्षा और सौन्दर्य की ख्याति के कारण उतना नहीं हुआ जितना कि आशु बाबू के निरभिमान, सरल और शिष्ट आचरण के प्रभाव के कारण हुआ। वे स्वयं कन्या को साथ लेकर शहर पहुंचे और तलाश कर-करके सब बंगालियों के घर जा-जाकर सबसे मुलाकात करने लगे। कहने लगे, 'भई, हम बीमार आदमी हैं, आप लोगों के अतिथि है, लिहाज़ा आप सब अपनी उदारता से कृपा करके यदि हम प्रवासियों को अपने दल में शामिल नहीं कर लेंगे, तो हमारे लिए यहां का निर्वासन-काल काटना एक तरह से असम्भव हो जाएगा।' मनोरमा भी पिता से कम नहीं थी। वह भी घरों के भीतर जा-जाकर स्त्रियों से मेल-मिलाप कर आई; और साथ ही अस्वस्थ पिता की तरफ से आवेदन कर आई कि आप लोग हमें गैर न समझें, इत्यादि-इत्यादि। मतलब यह कि उसने अपनी मीठी-मीठी बातों और निस्संकोच आन्तरिकता से सबको मुग्ध कर लिया।

और, तब से आशु बाबू की गाड़ी और मोटर चाहे जब और चाहे जिसके घर जाने-आने लगी, और स्त्री-पुरुषों को लाने-पहुंचाने लगी। फिर तो वार्तालाप, हास्य-कौतुक, गाना-बजाना और देखने लायक चीज़ों को बार-बार देखते फिरने का ऐसा सिलसिला जारी हो गया कि एक ही सप्ताह के भीतर लोग इस बात को भूल ही गए कि ये लोग बाहर के हैं और बड़े आदमी हैं। और तो क्या, किसीने उनसे इतना भी नहीं पूछा, शायद संकोचवश या व्यर्थ समझकर, कि वे सनातनी हैं या ब्राह्मसमाजी। हालांकि परदेश में ऐसी खोज-बीन की कोई ज़रूरत नहीं होती, फिर भी, इनके आचार-विचार और व्यवहार से इतना तो लोग जान ही गए कि ये हों चाहे किसी भी समाज के अनुयायी, किन्तु अधिकांश बंगाली परिवारों की तरह खाने-पीने के विषय में इन्हें किसी तरह का परहेज़ नहीं है।

अविनाश मुखर्जी कालेज में प्रोफेसर हैं। बहुत दिन हुए उनकी पत्नी का देहान्त हो चुका है और फिर उन्होंने विवाह नहीं किया। घर में एक दस साल का लड़का है। आर्थिक स्थिति अच्छी होने से निश्चिन्त और स्वच्छन्द हैं। दो साल पहले की बात है, उनकी एक विधवा साली मलेरिया से पीड़ित होकर आब-हवा बदलने उनके यहां आई थीं। बुखार ने तो उनका पिण्ड छोड़ दिया, किन्तु बहनोई ने नहीं छोड़ा। तब से वे ही उनके घर की मालकिन हैं; लड़के की देख-भाल करती हैं, और घर संभालती हैं। अविनाश के बन्धु-बान्धव दोनों के मधुर सम्बन्ध की आड़ में उनका मज़ाक उड़ाते रहते हैं; किन्तु उन्हें इसकी ज़रा भी परवाह नहीं। वे हंसकर कह देते हैं, 'तुम लोग बेमतलब मज़ाक उड़ाकर मुझे शरमिन्दा न किया करो। तकदीर है भई, तकदीर! नहीं तो, कोशिश करने में मैंने कोई कोर-कसर नहीं रखी। अब सोचता हूं कि ऐसे धन की बदनामी से तो डाकू आकर मुझे मार डालें तो अच्छा।'

इसमें सन्देह नहीं कि अविनाश अपनी स्त्री से बहुत ज़्यादा प्रेम करते थे। घर-भर में यत्र-तत्र-सर्वत्र उनकी दिवंगत जीवन-संगिनी के नाना आकार और विभिन्न भंगिमाओं के फोटोग्राफ लगे हुए हैं। खासकर उनके सोने के कमरे में कीमती फ्रेम में मढ़ा हुआ बड़े आकार का आयल-पेण्टिग लगा हुआ है, जिसपर हर बुधवार को सवेरे वे फूलों की माला लटका दिया करते हैं। बुधवार को ही उनकी पत्नी का देहान्त हुआ था।

कुछ भी हो, अविनाश बाबू सदा आनन्दित रहनेवाले मनमौजी आदमी हैं। छुट्टी के दिन उनके घर बहुत-से बन्धु-बान्धव आते हैं और ताश, चौपड़ और शतरंज खेलकर अपना मनोरंजन किया करते हैं।

आज कोई त्योहार का दिन है। कालेज-कचहरी सब बन्द हैं। लिहाज़ा आज उनके घर बहुत-से लोग आए हुए हैं। उनमें से कुछ तो ताश खेल रहे हैं, कुछ शतरंज खेलने में मशगूल हैं,और कुछ बिना खेले ही खेल का मज़ा ले रहे हैं। ठीक इसी समय एक मोटर-कार दरवाज़े के सामने आ लगी; और उसके दूसरे ही क्षण अपनी कन्या

मनोरमा के साथ आशु बाबू भीतर आ पहुंचे। उन्हें देखते ही सबने सम्मान के साथ उनका स्वागत किया। और, देखते-देखते ताश और शतरंज का खेल जहां का तहां धरा रह गया। अविनाश ने हाथ जोड़ते हुए उनसे कहा, "आज मेरा परम सौभाग्य है कि आप लोगों की पदधूलि इस नाचीज़ के घर पड़ी! आज्ञा कीजिए मेरे लायक जो सेवा हो! ···हां तो, अकस्मात् असमय में कैसे पधारना हुआ?" कहते हुए उन्होंने मनोरमा के लिए एक कुरसी आगे बढ़ा दी।

आशु बाबू पास ही पड़ी हुई आरामकुरसी पर अपने शरीर का विपुल भार रखते और अपने उच्च हास्य से कमरे को गुंजायमान करते हुए बोले, "आशु गुप्ता के लिए असमय।मेरी ऐसी बदनामी तो मेरे छोटे चाचा भी नहीं कर सके थे अविनाश बाबू!"

मनोरमा मन्द-मन्द मुस्कराती हुई बोली, "ऐसा क्यों कहते हो बापूजी?" आशु बाबू कहने लगे, "तो जाने दो चाचा की बात, कन्या को आपत्ति है; किन्तु इससे बढ़कर कोई अच्छा उदाहरण कण्या के पिता की भी ताकत नहीं कि दे सके।" और फिर वे ज़ोरों से हंसने लगे। हंसी रुकने पर बोले, "लेकिन क्या कहं साहब, गठिया से लाचार हूं, बस, पंगु ही समझिए। नहीं तो, जिन चरणों की धूल का आपने इतना गौरव बढ़ा दिया है, आशु गुप्ता के उन्हीं चरणों की धूल बुहारने के लिए आपको एक खास नौकर रखना पड़ता। पर, आज ज़्यादा बैठने का वक्त नहीं है, जल्दी जाना होगा।" इस समयाभाव का कारण जानने के लिए सभी उनके मुंह की तरफ देखने लगे। आशु बाबू कहते गए, "आप लोगों से मेरा एक निवेदन है। उसे मंज़ूर कराने के लिए मैं अपनी बिटिया तक को साथ घसीट लाया हूं। कल भी छुट्टी का दिन है। शाम के बाद घर पर कुछ गाने-बजाने का आयोजन किया गया है। आप लोगों को सपरिवार पधारने की कृपा करनी होगी। उसके बाद ज़रा मीठा मुंह···" और फिर मनोरमा से बोले, "बेटी मनो, तुम भीतर जाकर वहां से भी आज्ञा ले आओ ज़रा। देर करने से काम नहीं चलेगा।" और फिर ओरों की तरफ मुखातिब होकर कहने लगे, "एक बात और है, माई यंग फ्रेण्ड्स, स्त्रियों के लिए न सही, कम

से कम पुरुषों के लिए दोनों तरह के खाने-पीने की व्यवस्था की गई है—मतलब समझ लीजिए—समझ गए न?"

समझ सभी गए, और एकसाथ सभीने अपना अभिप्राय व्यक्त कर दिया कि उनकी तरफ से परहेज़ की कोई बात नहीं। आशु बाबू खुश होते हुए बोले, "नहीं ही होना चाहिए।" और फिर मनोरमा से कहने लगे, "मनो बेटी, खाने-पीने के बारे में तुम्हें स्त्रियों से भी राय ले आनी है, कहीं भूल मत जाना। घर-घर जाकर सबकी अभिरुचि जानने और सबको आज्ञा लेकर घर लौटते-लौटते शायद हम लोगों को शाम हो जाएगी। ज़रा जल्दी करनी चाहिए।"

मनोरमा भीतर जाने के लिए उठना ही चाहती थी कि अविनाश बोल उठे, "मेरा घर तो, बहुत दिन हुए, सूना हो गया है। घर में एक साली हैं, पर वे विधवा हैं, किन्तु संगीत से उन्हें बड़ा प्रेम है, इसलिए वे जाएंगी ज़रूर; किन्तु खाना···"

आशु बाबू बीच ही में बोल उठे, "उसके लिए आप कतई चिन्ता न करें अविनाश बाबू! हमारी मनो जो है; मांस-मछली की तो बात ही छोड़िए, प्याज़-लहसुन तक नहीं छूती।"

अविनाश आश्चर्य के साथ बोले, "ऐं! कह क्या रहे हैं आप। मांस-मछली नहीं खातीं ये?"

आशु बाबू ने कहा, "खाती सब कुछ थी पहले, किन्तु दामाद साहब की मरज़ी नहीं। वे कुछ संन्यासी ढंग के आदमी हैं।"

सुनते ही मनोरमा का चेहरा लाल-सुर्ख हो उठा। वह बीच में ही बोल उठी, "तुम ये सब क्या कहे जा रहे हो, बापूजी!"

आशु बाबू सहम से गए। कन्या के कण्ठस्वर की स्वाभाविक कोमलता उसके मन की तिक्तता को छिपा न सकी। इसके बाद फिर बातचीत का सिलसिला जमा नहीं। और भी दो-चार मिनट लोग बैठे तो रहे, और आशु बाबू भी कुछ न कुछ बोलते रहे, किन्तु मनोरमा कुछ अन्यमनस्क ही रही। और, उन दोनों के चले जाने के बाद भी कुछ देर तक सबके मन पर मानो एक तरह का अप्रिय विषाद का भार लदा रहा। किसीने किसीसे स्पष्ट तो कुछ नहीं

कहा, किन्तु सभी सोचने लगे कि अकस्मात् एक दामाद साहब कहां से आ धमके! यह सभी जानते थे कि आशु बाबू के कोई पुत्र नहीं है, मनोरमा ही इकलौती बेटी है; और वह अब तक कुंवारी है।

कुछ भी हो, ये संन्यासी ढंग के दामाद साहब चाहे जो हों और चाहे जहां भी हों, वे साधारण आदमी नहीं हैं। कारण, उनकी आज्ञा नहीं, केवल मरज़ी के ज़ोर से ही इतने बड़े विलासी और ऐश्वर्यशाली पिता की एकमात्र आधुनिक शिक्षिता कन्या का निरामिष-भोजी हो जाना बड़े आश्चर्य की बात है।

2

ऐसा लगता था कि आशु बाबू शायद आज शहर के किसी बंगाली परिवार को आमन्त्रित किए बिना छोड़ेंगे नहीं; किन्तु केवल वे ही सज्जन बुलाए गए थे जो बंगाली समाज में विशिष्ट समझे जाते हैं। प्रोफेसरों का दल यथासमय आ पहुंचा। उनके घर की महिलाओं को पहले से ही गाड़ी भेजकर बुला लिया गया था।

मकान के सबसे बड़े कमरे में कीमती कालीन बिछवाकर सबके बैठने के लिए इन्तज़ाम किया गया था। उसपर तीन-चार उस्ताद बैठे साज़ का स्वर बांध रहे थे। कुछ बच्चे उन्हें घेरे बैठे थे। आशु बाबू अन्यत्र कहीं थे। खबर पाते ही वे दौड़े-दौड़े आए, और दोनों हाथ आगे बढ़ाते हुए कुछ नाटकीय ढंग से बोले, "स्वागत है सज्जनो, मोस्ट वेलकम्!" और फिर उस्तादों की ओर इशारा करते हुए धीमे स्वर में कहने लगे, "सिर्फ इन्हीं लोगों की गलेबाज़ी सुनाने के लिए आप लोगों को कष्ट नहीं दिया, बल्कि शिवनाथ बाबू भी आपको गाना सुनाएंगे, और ऐसा सुनाएंगे कि आप लोग मुझे हार्दिक आशीर्वाद देते हुए ही घर लौटेंगे।"

आशु बाबू की विनम्रता-भरी बातें सुनकर सभी प्रसन्न हो उठे। सदा-प्रसन्न अविनाश का चेहरा मारे खुशी के चमक उठा। वे बोले, "आपने तो आज सबको दंग कर दिया, आशु बाबू! आखिर हमारे इस मनहूस देश में अकस्मात् ही आप-सा रसिक-रत्न मिल कहां से

गया?"

आशु बाबू बोले, "आविष्कार किया गया है, साहब, आविष्कार! आप लोग कतई न जानते हों, ऐसी बात नहीं। हो सकता है कि भूल गए हों। चलिए, उठिए, अभी परिचय कराता हूं।" और वे अपनी बैठक का परदा सरका कर सबको भीतर ले गए।

सबने देखा कि आदमी है तो सांवला, किन्तु है रूपवान सुपुरुष। देखते ही सहसा आश्चर्यचकित हो जाना पड़ता है। उमर लगभग बत्तीस-तैंतीस की होगी, किन्तु पहली नज़र पड़ने पर कुछ कम मालूम होती है। सामने के सोफे पर बैठे वे मनोरमा से बातें कर रहे थे; और अब सीधे होकर बैठ गए और मुसकराते हुए बोले, "आइए, आइए।"

मनोरमा ने उठकर सबको हाथ जोड़के नमस्कार किया। किन्तु अकस्मात् ही आगन्तुक लोग ऐसे विभ्रम में पड़ गए कि किसीको प्रति-नमस्कार करने का ध्यान ही न रहा। इनमें अविनाश बाबू उमर में भी बड़े थे और प्रोफेसर के लिहाज़ से पद-गौरव में भी श्रेष्ठ समझे जाते थे, इसलिए सबसे पहले उन्होंने बात की। बोले, "आप आगरे कब लौटे शिवनाथ बाबू? हम लोगों को खबर तक नहीं दी!"

शिवनाथ बोले, "आश्चर्य है! खबर तो मैंने दी थी। नहीं मिली?" और फिर मुसकराते हुए कहने लगे, "मैं नहीं जानता था कि मेरे आने की प्रतीक्षा में आप लोग इतने अधीर हो रहे होंगे!"

जवाब सुनकर अविनाश बाबू ने हंसने की कोशिश ज़रूर की, किन्तु उनके साथी-संगियों के चेहरे मारे क्रोध के तमतमा उठे। कारण चाहे जो भी हो, ये लोग पहले से ही इस प्रियदर्शन गुणी व्यक्ति से प्रसन्न नहीं थे। उन सबकी मुखाकृति पर अभिव्यंजना इतनी कटु और स्पष्ट हो उठी थी कि केवल मनोरमा और उसके पिता ही नहीं बल्कि सदा-प्रसन्न अविनाश बाबू तक लज्जित हो गए। किन्तु गनीमत यह हुई कि मामला आगे नहीं बढ़ पाया, यहीं रुक गया।

इतने में बगलवाले कमरे से उस्तादजी की आवाज़ सुनाई दी,

और दूसरे ही क्षण घर के कर्मचारी ने आकर विनम्र प्रार्थना की, "सब तैयार हैं, सिर्फ आप सबके पधारने-भर की देर है।"

पेशेवर उस्तादों का संगीत जैसा हुआ करता है, यहां भी वैसा ही रहा; साधारण। किन्तु, कुछ देर बाद इन थोड़े-से श्रोताओं में शिवनाथ का गाना वास्तव में बहुत अच्छा हुआ। केवल उनका कण्ठ ही अतुलनीय हो सो बात नहीं, यथार्थ में वे इस कला में सुनिपुण और गुणी व्यक्ति थे। उनके गाने का आडम्बरहीन संयत ढंग, कण्ठ-स्वर की सरल गति और भावों की आकर्षक अभिव्यंजना आदि सब बातें ऐसी थीं जो उच्च श्रेणी के संगीतज्ञ में ही पाई जा सकती हैं। सुनकर सबके-सब मुग्ध हो गए।

गाना समाप्त होने के बाद कुछ देर तक सभी श्रोता अवाक् और स्तब्ध रह रहे; केवल वृद्ध अमीर खां साहब ने धीरे से कहा, "ऐसा कभी नहीं सुना!"

मनोरमा संगीत में अपटु नहीं थी। बचपन से ही उसने गाने-बजाने का अभ्यास किया है। अपने छोटे-से जीवन में उसने बहुतों से बहुत-कुछ सुना है, किन्तु यह बात उसे अब तक नहीं मालूम थी कि संसार में संगीत ऐसा भी हो सकता है जो अपने सर्वांगीण लय और धुनों से श्रीता के हृदय में मर्मभेदी कसक पैदा कर दे। उसकी आंखों में आंसू भर आए, और उन्हें छिपाने के लिए वह अपना मुंह फेरकर चुपके से उठी और बाहर चली गई।

अविनाश कहने लगे, "शिवनाथ गाने के लिए आसानी से तैयार नहीं होते। इनका गाना हम लोगों ने पहले भी कई बार सुना है, लेकिन आज के गाने का तो जवाब ही नहीं। साल-भर के भीतर तो इन्होंने कमाल की तरक्की कर ली है।"

हरेन्द्र बोला, "हां"

अक्षय बाबू इतिहास के अध्यापक हैं। कठोर सच्चे आदमी के रूप में मित्रों में इनका नाम है। इनके मत से 'गाना-बजाना अच्छा लगना' मन की कमज़ोरी है। उन्हें इस बात का गर्व है कि वे निष्कलंक और सच्चे आदमी हैं। यही कारण है कि केवल अपने प्रति ही नहीं, दूसरों को चरित्र-सम्बन्धी पवित्रता के प्रति भी वे सदा

सजग रहते हैं। इस आशंका से कि शिवनाथ के अकस्मात् वापस लौट आने से शहर का वातावरण कहीं कलुषित न हो जाए, उनकी गम्भीर शान्ति क्षुब्ध हो उठी है। उनकी दुश्चिन्ता इस बात से और भी बढ़ गई है कि स्त्रियां भी परदे की ओट से गाना सुनेंगी, गायक का चेहरा देखेंगी और उसपर मुग्ध होंगी। वे बोल उठे, "गाना तो सुना था मधु बाबू का। आज का यह गाना आप लोगों को चाहे जितना भी मीठा क्यों न लगा हो, किन्तु इसमें जान नहीं है।"

सहसा सन्नाटा-सा छा गया। सबके-सब चुप। कारण, पहले तो अज्ञात मधु बाबू का गाना किसीने कभी सुना नहीं, और दूसरे, गाने में जान होने न होने के सम्बन्ध में सुनिर्दिष्ट मतामत अक्षय की तरह अन्य किसीके दिमाग में स्पष्ट नहीं था। गुणमुग्ध उदार-चित्त आशु बाबू उत्तेजनावश बहस करने को तैयार थे, किन्तु अवि-नाश ने आंखों से इशारा करके उन्हें रोक दिया।

थोड़ी देर बाद संगीत पर ही चर्चा चल पड़ी। बातों ही बातों में रात बढ़ने लगी। इतने में भीतर से खबर आई कि स्त्रियां सब जीम चुकी हैं, और उन्हें घर भेजा जा रहा है। वयोवृद्ध सब-जज साहब रात हो जाने के कारण घर चल दिए, और अजीर्ण-रोगग्रस्त मुन्सिफ साहब भी पान मात्र मुंह में डालकर उनके साथ हो लिए। रह गया केवल प्रोफेसरों का दल। जीमने की बुलाहट आई तो सबके-सब उठकर चल दिए। ऊपर के बरामदे मे आसन बिछाकर पत्तलें लगाई गई थीं। सबके साथ आशु बाबू भी जीमने बैठ गए। इतने में मनोरमा स्त्रियों की तरफ से छुट्टी पाकर देख-भाल के लिए आ पहुंची।

शिवनाथ को भूख भले ही लगी हो, किन्तु उनकी खाने में रुचि नहीं थी, इसलिए वे बिना खाए ही जाने को तैयार थे। किन्तु मनोरमा ने उन्हें छोड़ा नहीं, कह-सुनकर सबके साथ बिठा दिया। आशु बाबू ने पहले तो यह किस्सा सुनाया कि टुण्डला में शिवनाथ के साथ कैसे परिचय हुआ; फिर कहने लगे, "सबसे बढ़कर खूबी है मेरे कानों की जो इनके गले की मामूली-सी अस्फुट गुंजन से ही मैं समझ गया कि ये हैं कोई गुणी पुरुष, संगीत के मर्मज्ञ!" और

फिर तुरन्त उन्होंने मनोरमा को साक्षी के तौर पर अपने पास बुला-कर कहा, "क्यों बेटी, मैंने कहा नहीं था तुमसे कि शिवनाथ बाबू संगीत के मर्मज्ञ गुणी आदमी हैं? इनसे जान-पहचान होना बड़े सौभाग्य की बात है। कहा था न मैंने तुमसे?"

मनोरमा का चेहरा मारे आनन्द के चमक उठा, वह बोली, "हां बापूजी, तुमने कहा था। गाड़ी से उतरते ही तुमने मुझे बताया था कि···"

अक्षय बीच ही में बोल उठा, "मगर देखिए आशु बाबू···"

एकाएक सब चौंक-से पड़े। अविनाश ने व्यग्रता के साथ अक्षय को रोकने की कोशिश की, "ओ-हो, रहने दो अक्षय! रहने दो आज ऐसी-वैसी बातें।"

अक्षय ने आंखों के लिहाज़ की बला टालने के लिए अपनी आंखें मीच लीं, कई बार झटके से सिर हिलाया और कहा, "नहीं अवि-नाश बाबू, ऐसी बातें दबा रखने से काम नहीं चलेगा। शिवनाथ की सारी बातें सबके सामने प्रकट कर देना मैं अपना कर्तव्य मानता हूं। आप···"

"ओ-हो-हो, कर क्या रहे हो अक्षय! कर्तव्य का विचार तो हम लोगों में भी है, भाई! पर अभी जाने दो, और किसी दिन देखा जाएगा।" कहते हुए अविनाश ने धक्का देकर अक्षय को रोकने की कोशिश की, किन्तु कुछ नतीजा नहीं निकला। धक्के से उनका शरीर हिल गया, पर कर्तव्य-बोध नहीं हिला। बोले, "आप लोग जानते हैं कि व्यर्थ का संकोच मेरे अन्दर नहीं है। अनैतिकता को बढ़ावा देना मेरे सिद्धांत के विरुद्ध है।"

असहिष्णु हरेन्द्र भी बोल उठा, "सो तो हमारे सिद्धांत के भी विरुद्ध है, मगर उसके लिए समय-समय और स्थान-काल भी तो देखना ज़रूरी है।"

अक्षय ने कहा, "नहीं। ये अगर इस शहर में फिर से नहीं आते, उच्च परिवार से घनिष्ठता बढ़ाने की कोशिश न करते, खासकर कुमारी मनोरमा का इनसे कोई सम्बन्ध न होता, तो···" कहते-कहते वे रुक गए।

बातचीत के इस सिलसिले से आशु बाबू उद्विग्न और आतंकित हो उठे, और अज्ञात आशंका से मनोरमा का चेहरा भी सफेद-फक पड़ गया।

अविनाश इस वातावरण से परेशान हो उठे। बोले, "भई, क्या बात है? क्या कर रहे हो तुम लोग?"

अक्षय की उत्तेजना फिर भी नहीं घटी; बोले, "इसी आगरे में ये भी किसी दिन प्रोफेसरी करते थे। इन्हें आशु बाबू को बताना था कि कैसे इनको वह नौकरी छूटी।"

हरेन्द्र फिर बोल उठा, "अपनी इच्छा से छोड़ दी; पत्थर का कारोबार करने के विचार से!"

अक्षय ने उसकी बात का तत्काल खण्डन किया, "नहीं, यह झूठी बात है।"

शिवनाथ चुपचाप बैठे खाना खा रहे थे; मानो इस विवाद से उनका कोई ताल्लुक ही न हो। अब उन्होंने मुंह उठाया और अत्यन्त स्वाभाविक ढंग से कहा, "बात तो झूठी ही है। कारण, प्रोफेसरी मैं अपनी इच्छा से नहीं छोड़ता तो दूसरों की, यानी आप लोगों की इच्छा से छोड़नी पड़ती। और अन्त में वही हुआ।"

आशु बाबू ने आश्चर्य के साथ पूछा, "सो कैसे?"

शिवनाथ ने उत्तर दिया, "शराब पीने की आदत के कारण।"

अक्षय ने प्रतिवाद के स्वर में कहा, "नहीं, शराब पीने के अपराध के कारण नहीं, मतवाले होने के अपराध के कारण।"

शिवनाथ ने धीरे से जवाब दिया, "जो शराब पीता है वही तो कभी-कभार मतवाला हो जाता है। जो नहीं होता वह या तो झूठ बोलता है, या फिर शराब की जगह पानी पीता है।" इतना कहकर वे हंसने लगे।

अक्षय मारे गुस्से के और भी कठोर हो उठे, बोले, "निर्लज्ज की तरह आप हंसना चाहें तो हंसते रहिए; किन्तु ऐसे समाज-विरोधी अपराध के लिए हम लोग किसीको क्षमा नहीं कर सकते, फिर चाहे वह कितना ही गुणी आदमी क्यों न हो!"

शिवनाथ ने पूर्ववत् शान्त स्वर में जवाब दिया, "मैं ऐसी बद-

नामी तो आपको करूंगा नहीं कि आप किसीको क्षमा कर सकते हैं। हां, इस सत्य को मैं अवश्य स्वीकार करता हूं कि स्वेच्छा से मुझसे नौकरी छुड़आने के लिए आप लोगों ने स्वेच्छा से बहुत ज़्यादा परिश्रम किया था।"

अक्षय बोले, "तो फिर आशा करता हूं कि आप और भी एक सत्य को इसी तरह स्वीकार कर लेंगे। आपको शायद पता नहीं कि हम लोग आपके चरित्र की और भी बहुत सारी बातें जानते हैं।"

शिवनाथ ने गरदन हिलाते हुए कहा, "नहीं, मुझे नहीं मालूम। फिर भी, इतना ज़रूर जानता हूं कि औरों के बारे में आपका कुतू-हल जितना व्यापक है, दूसरों के चरित्र की बातें खोज निकालने का अध्यवसाय भी उतना ही महान है। कहिए, किस सत्य को स्वीकार करना होगा, फरमाइए?"

अक्षय ने पूछा,"अच्छा बताइए, यह सच है या नहीं कि आपकी पत्नी मौजूद हैं, फिर भी, उन्हें त्यागकर आपने और किसीसे शादी कर ली है या नहीं?"

आशु बाबू को सहसा क्रोध आ गया, वे बोल उठे, "आप यह सब क्या बकवास कर रहे हैं अक्षय बाबू? ऐसा भी कहीं हुआ है, या हो सकता है?"

अक्षय के जवाब देने से पहले ही शिवनाथ धीर स्वर में बोल उठे, "किन्तु ऐसा ही हुआ है, आशु बाबू! उन्हें छोड़कर मैंने दूसरा विवाह किया है।"

आशु बाबू विस्मय के साथ बोले, "क्या कह रहे हैं आप! हुआ क्या था?"

शिवनाथ ने कहा, "कोई खास बात नहीं। वे हमेशा बीमार रहती हैं, उनका शरीर काम नहीं देता। स्त्रियों के लिए इतना ही काफी है। उसपर लगातार रोग-भोग के कारण दांत गिर गए हैं, माथे के बाल पक गए हैं, बूढ़ी हो गई हैं। इसीलिए उन्हें छोड़कर दूसरा ब्याह करना पड़ा है।"

आशु बाबू विह्वल दृष्टि से शिवनाथ के मुंह की ओर देखते रह गए। फिर बोले, "ऐं! सिर्फ इसीलिए? उनमें और कोई दोष

नहीं, किसी तरह की और कोई गलत बात?"

शिवनाथ ने कहा, "नहीं। झूठा अपराध लगाना तो अमानुषिकता है। ऐसा पाप ता मुझसे हो ही नहीं सकता था।"

शिवनाथ की इस निर्मल सत्यवादिता से अविनाश जल-भुनकर खाक हो गए। कहने लगे, "अमानुषिकता! पाप! पाखण्डी और किसे कहते हैं! एक बार झूठ ही बोल जाते कि उन्होंने गम्भीर अपराध कर डाला था, इसीसे उन्हें त्याग दिया है। उस एक झूठ से तुम्हारा पाप बढ़ नहीं जाता।"

शिवनाथ नाराज़ नहीं हुए। बोले, "असत्य और अन्याय का आश्रय मैं नहीं ले सकता।" उनकी यह बात हरेन्द्र के मन में तीर-सी जा लगी। वह सहसा जल-भुन गया, बोला, "विवेक नाम की वस्तु क्या आपके अन्दर है ही नहीं, शिवनाथ बाबू?"

इतने पर भी शिवनाथ को क्रोध नहीं आया। उन्होंने शांत स्वर में जवाब दिया, "ऐसा विवेक कोई मानी नहीं रखता जिसमें अपने स्वार्थ के लिए असत्य का आश्रय लिया जाए। झूठे विवेक की बेड़ी डालकर अपने को पंगु बना डालने की हिमायत मैं नहीं कर सकता। सदा दुःख भोगते जाना ही तो जीवन-धारण का उद्देश्य नहीं हो सकता।"

आशु बाबू बातें सुन-सुनकर मर्माहत हो रहे थे। वे कहने लगे, "किन्तु, आप ज़रा अपनी स्त्री की दुर्दशा के विषय में भी तो विचार कीजिए। उनके दुःखों की हम तो कल्पना भी नहीं कर सकते। उनका बीमार रहना आपके लिए दुःखदायी हो सकता है, किन्तु, क्या इसी वजह से उनको छोड़ देना उचित कहा जा सकता है? बीमार रहना तो कोई अपराध नहीं, शिवनाथ बाबू! बिना किसी अपराध के···"

"बिना किसी अपराध के भला मैं ही क्यों दुःख भोगता रहूं? मेरा ऐसा विश्वास नहीं है कि एक व्यक्ति का दुःख दूसरे व्यक्ति के सर पर लाद देने से कोई न्याय होता है।"

आशु बाबू ने आगे बहस करना उचित नहीं समझा। वे सिर्फ एक गहरी सांस लेकर चुप रह गए।

हरेन्द्र पूछ बैठा, “यह शादी हुई कहां से?”

शिवनाथ ने जवाब दिया, “गांव की गांव में ही मिल गई।”

“सौत के होते लड़की दे दी? शायद बिना मां-बाप की होगी कोई?”

“नहीं। हमारे यहां की नौकरानी की विधवा लड़की है वह।”

“घर की नौकरानी की लड़की! उसपर विधवा! बहुत खूब! जात क्या है?”

“ठीक नहीं मालूम। शायद कोरिन-कहारिन होगी।”

अक्षय बहुत देर से चुप बैठे थे, अब वे पूछ उठे, “उसे अक्षर-बोध भी नहीं होगा शायद?”

शिवनाय ने जवाब दिया, “अक्षर-बोध के लोभ से तो ब्याह किया नहीं। किया है रूप-लावण्य के लोभ से। सो, इस बात की उसमें कोई कमी नहीं।”

शिवनाथ का यह जवाब शायद मनोरमा को बहुत भद्दा लगा। उसने उठकर चले जाने की कोशिश की; किन्तु उसके पांव पत्थर-से भारी हो गए, उससे उठते नहीं बना।

अविनाश झुंझलाहट के साथ सोच रहे थे कि बातों का यही सिलसिला जारी रहा तो क्रमशः कटुता बढ़ती ही जाएगी। इसलिए इस अप्रिय प्रसंग का रुख बदल देना ही अच्छा है। किन्तु उन्हें और कोई नया प्रसंग सूझा नहीं। अकस्मात् ही वे बोल उठे, “जाने दो, जाने दो, अब बन्द करो अक्षय! खाना खतम करके उठो अब, काफी रात हो चुकी है। आशु बाबू अस्वस्थ आदमी हैं, इन्हें अब आराम करने दो।”

आशु बाबू भावाविष्ट-से बैठे थे; चौंककर सबकी तरफ देखते हुए बोले, “क्या बात है, आप लोग तो कुछ खा ही नहीं रहे हैं?”

भोजन की रुचि और भूख सबकी गायब हो चुकी थी; किन्तु शिवनाथ बाबू को शायद खाने का मज़ा अभी ही आ रहा था; वें बोल उठे, “खाने बैठे हैं तो जी भरके खाने का आनन्द लेना ही चाहिए। मंगवाइए साहब, दो-चार चॉप और खाने की इच्छा है; बहुत अच्छे बने हैं। बनानेवाले की तारीफ करनी चाहिए।”

ठीक इसी समय मनोरमा चुपके से उठकर चली जाना चाहती थी शायद, पर शिवनाथ ताड़ गए; वे बोले, "वाह, यह खूब रहा, हम लोगों का खाना खतम भी नहीं हुआ, और आप उठकर चली जा रही हैं!"

मनोरमा ने शिवनाथ की बात का कुछ जवाब नहीं दिया, मुड़कर देखा तक नहीं; मारे क्रोध और घृणा के उसके रोंगटे खड़े हो रहे थे।

3

उस अप्रिय घटना को बीते आज आठ दिन हो चुके हैं। दो दिन से रह-रहकर पानी बरस रहा है; और आज भी आकाश को हालत देखकर ऐसा लगता है कि किसी भी समय वर्षा हो सकती है। करीब पांच बजे होंगे। मनोरमा घूमने जाने के लिए तैयार होकर पिता के कमरे में आकर देखती है कि वे फर्द ओढ़े आराम-कुरसी पर पड़े आराम कर रहे हैं। उनके हाथ में एक पत्रिका है, किन्तु वे उसे पढ़ नहीं रहे हैं। मनोरमा ने आश्चर्य के साथ पूछा, "बापूजी, अभी तक तुम तैयार ही नहीं हुए? आज तो हम लोगों की इतवारी खां की कब्र देखने जाने की बात थी!"

"बात तो थी बेटी, मगर आज मेरी कमर में वात का दर्द है।"

"तो कार गैरेज में रखने के लिए कह दूं? कल देखा जाएगा। क्यों, ठीक है न?"

"नहीं-नहीं, न घूमने से तेरे सिर में दर्द शुरू हो जाएगा। जा, आज तू अकेली घूम आ। मैं तब तक इस पत्रिका को देख लूं, एक कहानी इसमें अच्छी निकली है।"

"अच्छा तो मैं जा रही हूं। जल्दी ही लौट आऊंगी। आकर तुमसे कहानी सुनूंगी, पहले से कहे जाती हूं।" और वह अकेली ही घूमने चली गई।

करीब घण्टे-भर बाद ही मनोरमा वापस आ गई, और पिता

के कमरे में घुसती हुई बोली, "कहानी कैसी लगी बापूजी? खतम कर ली? किसने लिखी है?"—कहते-कहते वह चौंक पड़ी; देखा कि कमरे में पिता अकेले नहीं हैं, उनके सामने शिवनाथ बैठे हैं।

शिवनाथ ने उठकर नमस्कार किया, और कहा, "कहां तक घूम आईं?"

मनोरमा ने कुछ जवाब नहीं दिया। प्रति-नमस्कार के बदले सिर्फ ज़रा-सा सिर हिला दिया और उनकी तरफ पीठ करके वह पिता से बात करने लगी। बोली, "पूरी पढ़ ली बापूजी? कैसी लगी?"

आशु बाबू ने संक्षेप में जवाब दिया, "नहीं, पूरी नहीं पढ़ी।"

मनोरमा ने कहा, "तो मैं लिए जाती हूं। पढ़के जल्दी तुम्हें वापस दे जाऊंगी।" और वह पत्रिका लेकर अपने कमरे की तरफ चल दी। किन्तु कमरे में जाकर न तो उसने कपड़े ही बदले और न पत्रिका ही खोलकर देखी। अनमनी-सी बैठी-बैठी न जाने क्या-क्या सोचती रही। थोड़ी देर बाद सामने से नौकर को जाते देख उसने पूछा, "अरे सुन, बापूजी के कमरे में जाकर देख तो, उनके पास कोई बैठा है क्या?"

नौकर ने आकर जवाब दिया,"कोई नहीं है।" और वह जीजी बाई का इशारा पाकर चला गया।

मनोरमा ने खिड़की का परदा उठाकर देखा। फिर वर्षा शुरू हो गई थी, पर मामूली। फिर हाथ में पत्रिका लिए हुए वह पिता के कमरे में जा पहुंची। देखा कि वे आराम कुरसी पर चुपचाप बैठे हैं। पत्रिका आराम कुरसी के हत्थे पर रखती हुई वह बोली, "बापूजी, तुम तो जानते हो, ये सब मुझे अच्छा नहीं लगता।" इतना कहकर वह सामने पड़ी कुरसी पर बैठ गई।

आशु बाबू ने मुंह उठाते हुए पूछा, "क्या सब, बेटी?"

मनोरमा बोली, "तुम ज़रूर समझते हो कि मैं क्या कहना चाहती हूं। गुणी आदमी का आदर मैं भी खूब करती हूं, सो तो तुम जानते ही हो; किन्तु शिवनाथ जैसे दुश्चरित्र शराबी को तुम क्या समझकर बढ़ावा दे रहे हो, यह मेरी समझ में नहीं आता!"

मारे शरम और संकोच के आशु बाबू का चेहरा उतर गया। कमरे के एक कोने में रखी टेबल पर किताबों का ढेर पड़ा था, उस तरफ इशारा करते हुए उन्होंने धीरे से कहा, "वे हैं न वहां···"

मनोरमा ने चौंककर उधर देखा तो सन्न रह गई। शिवनाथ टेबल के पास खड़े हुए शायद कोई किताब ढूंढ़ रहे थे। नौकर ने उसे गलत खबर दी थी। शिवनाथ आशु बाबू के पास आकर खड़े हुए तो वह मुंह उठाकर उनकी तरफ देख न सकी। शिवनाथ ने कहा, "वो किताब तो मुझे नहीं मिली आशु बाबू! अब मैं जा रहा हूं।"

आशु बाबू से और तो कुछ कहते नहीं बना, वे इतना ही कह सके, "बाहर वर्षा हो रही है।"

शिवनाथ ने कहा, "होने दीजिए। ज़्यादा नहीं है।" इतना कहकर वे जा ही रहे थे कि अकस्मात् ठिठककर खड़े हो गए; और मनोरमा को लक्ष्य कर कहने लगे, "संयोगवश मैंने जो सुन लिया है वह मेरे लिए सौभाग्य भी है और दुर्भाग्य भी। इसके लिए आप लज्जित न हों। ऐसी बातें मुझे प्रायः सुननी पड़ती हैं। हां, इतना मैं ज़रूर जानता हूं कि बातें मेरे बारे में कही जाने पर भी वे मुझे सुनाकर नहीं कही गई। इतनी निर्दयता आपमें कदापि नहीं हो सकती।" और फिर ज़रा रुककर कहने लगे, "किन्तु एक बात कहे बिना मुझसे नहीं रहा जाता, वह यह कि उस दिन निमन्त्रित सज्जनों में से एक ने जो मेरे विरुद्ध इशारा किया था कि मैं किसी खास मतलब से इस घर में घनिष्ठता बढ़ाने की कोशिश कर रहा हूं, यह बात बिलकुल बेबुनियाद और झूठ है। बात यह है कि औचित्य और अनौचित्य की धारणा सब लोगों की समान नहीं होती, और गहराई के साथ विचारकर देखा जाए तो यह बात स्पष्ट समझ में आ सकती है कि बाहर से कोई एक घटना जिस रूप में दिखाई देती है, वह उसका पूर्ण रूप नहीं होता। खैर, कुछ भी हो, मेरी प्रार्थना इतनी ही है कि मेरी बात का इतना विश्वास ज़रूर किया जाए कि आप लोगों में प्रवेश करके स्वार्थ सिद्ध करने की कोई गूढ़ दुरभिसन्धि उस दिन भी मेरे मन में नहीं थी और आज भी नहीं है।" और फिर

सहसा आशु बाबू को लक्ष्य करके कहने लगे, "मेरा गाना सुनना आपको अच्छा लगता है, यह मेरा सौभाग्य है। मेरा घर ज़्यादा दूर नहीं है, किसी दिन सुनने की मन में आ जाए, तो वहां आप अपने चरणों की रज ज़रूर दान कीजिएगा। मुझे उससे अपार खुशी होगी।" इतना कहने के बाद शिवनाथ ने फिर से दोनों को नमस्कार किया और वे बाहर चले गए।

पिता और पुत्री दोनों में से किसीसे भी शिवनाथ की बातों का उत्तर देते नहीं बना। आशु बाबू के मन में एकसाथ बहुत-सी बातें कहने के लिए आईं, किन्तु मुंह से निकल न सकीं। बाहर तब ज़ोर की वर्षा हो रही थी। किन्तु फिर भी, इतनी-सी बात भी किसीके मुंह से नहीं निकली कि 'बाहर पानी ज़ोर का पड़ रहा है, ज़रा ठहरकर जाइएगा।'

बैरा चाय की ट्रे लेकर हाज़िर हुआ तो मनोरमा ने पिता से पूछा, "तुम्हारी चाय क्या यहीं बना दूं, बापूजी?"

आशु बाबू बोले, "नहीं। मेरे लिए नहीं आई चाय, शिवनाथ बाबू पीना चाहते थे।"

मनोरमा ने बैरा को वापस ले जाने के लिए इशारा कर दिया। कमर में दर्द होने पर भी मानसिक अस्थिरता के कारण आशु बाबू कुरसी से उठकर कमरे में चहलकदमी करने लगे थे। सहसा वे खिड़की के सामने ठिठककर खड़े हो गए। फिर क्षण-भर गौर से बाहर की तरफ देखते हुए बोले, "मालूम होता है उस पेड़ के नीचे शायद शिवनाथ ही खड़े हैं। जा नहीं सके मालूम होता है, पानी में भीग रहे हैं।" फिर दूसरे ही क्षण बोल उठे, "साथ में कोई स्त्री भी खड़ी है। बंगालियों जैसे कपड़े पहने है। वह बेचारी और भी ज़्यादा भीगी जा रही है।" और फिर तुरंत नौकर को आवाज़ दी। बैरा के हाज़िर होने पर उन्होंने उसे आदेश दिया, "जा तो रे, देख वहां जाकर, पेड़ के नीचे वही बाबू खड़े हैं जो अभी यहां से गए थे? अच्छा, ज़रा ठहर जा···" कहते-कहते बात उनकी बीच में ही रुक गई, अकस्मात् उनके मन में सन्देह जाग उठा—कहीं वह शिवनाथ की दूसरी स्त्री ही तो नहीं है!

मनोरमा बोल उठी, "ठहर क्यों जाए, बाबूजी! जाके उन्हें लिवा ही लाए न!" कहते-कहते वह उठकर पिता के पास आ खड़ी हुई। बोली, "वे चाय पीना चाहते थे। मुझे मालूम होता तो में उन्हें हरगिज़ न जाने देती।"

आशु बाबू कुछ असमंजस में पड़ गए थे। लड़की की बात सुनकर धीरे से बोले, "सो तो ठीक है बेटी, पर मुझे शक हो रहा है, शायद साथ खड़ी हुई वह स्त्री शिवनाथ की दूसरी पत्नी न हो, जिसके बारे में अक्षय ने उस दिन बखेड़ा खड़ा कर दिया था। शिवनाथ जब मेरे पास आए थे तब शायद वह बाहर खड़ी-खड़ी उनकी बाट देख रही होगी।"

अब तो मनोरमा को पक्का विश्वास हो गया कि यह वही स्त्री है; किन्तु वह दुविधा में पड़ गई कि उसे अपने घर में बुलाना ठीक होगा या नहीं। पर, दूसरे ही क्षण पिता के मुंह की ओर देखते ही उसका संकोच जाता रहा। तुरंत उसने बैरा को बुलाकर कहा, "जा तो, उन दोनों को जाकर बुला ला। बाबू अगर पूछें कि किसने बुलाया है, तो मेरा नाम बता देना।"

नौकर तो चला गया, किन्तु आशु बाबू कुछ उद्विग्न होते हुए बोले, "मनो, शायद तुम गलती कर रही हो। दोनों का यहां आना ठीक नहीं होगा।"

"क्यों, बापूजी?"

"शिवनाथ यों चाहे जैसे हों, आखिर हैं तो वे उच्च शिक्षित और भद्र पुरुष। उनकी बात और है। लेकिन उनके साथ इस स्त्री से परिचय करना, घर बुलाना, क्या उचित होगा? जात-पांत के बारे में भले ही हमारे विचार उदार हों, किन्तु भेद तो है ही। नौकर-नौकरानियों के साथ मित्रता तो नहीं की जा सकती, बेटी!"

"इसमें मित्रता करने की कोई बात नहीं, बापूजी! तकलीफ के वक़्त राहचलते राहगीर को भी थोड़ी देर के लिए आश्रय दिया जा सकता है। हमें तो सिर्फ इतना ही करना है।"

इसपर भी आशु बाबू की दुविधा नहीं गई, वे सिर हिलाते हुए

बोले, "बात सिर्फ इतनी ही नहीं है, बेटी! उलझन की बात तो यह है कि घर बुलाई हुई उस स्त्री के साथ तुम कैसा सलूक करोगी?"

मनोरमा बोली, "मेरी बुद्धि पर क्या इतना भी भरोसा नहीं कर सकते बापूजी?"

आशु बाबू सूखी हंसी हंसते हुए बोले, "सो तो कर सकता हूं। फिर भी बात कुछ ऐसी है कि मन की दुविधा नहीं मिट रही। बराबरी के लोगों से तुम बहुत अच्छा व्यवहार कर सकती हो, और नौकर-नौकरानियों के साथ भी तुम्हारा व्यवहार निर्दोष होता है। फिर भी···"

आशु बाबू की बात पूरी भी न हो पाई थी कि मनोरमा अचानक चौंककर बोल उठी, "ये लो, वे आ ही रहे हैं!"

आशु बाबू जल्दी से बाहर निकलके शिवनाथ के सामने जाकर बोले, "भला यह आपने क्या किया! जल्दी में आप चल दिए, और बाहर जाकर खड़े-खड़े भीगते रहे!"

शिवनाथ ने कहा, "हां, अचानक ज़ोर का पानी आ गया। सो, मुझसे तो ज़्यादा ये भीगी हैं।" इतना कहकर वे चुप रह गए, साथ की स्त्री का परिचय न उन्होंने दिया और न इन लोगों ने ही पूछा। वास्तव में वह बहुत ज़्यादा भीग चुकी थी। उसके सबके-सब कपड़े भीगकर भारी हो गए थे। उसके माथे के घने काले बालों से पानी की धारा गालों पर से बह-बहकर नीचे गिर रही थी।

पिता और पुत्री दोनों के दोनों उसका रूप देखकर आश्चर्य से अवाक् रह गए। किन्तु इस मोहाच्छन्न भाव को दूर करने में क्षण-भर से ज़्यादा समय नहीं लगा। आशु बाबू व्यस्त-से होकर बोले, "अच्छा तो, अब कपड़े तो जल्दी से बदल लीजिए।" और फिर नौकर को आवाज़ देते हुए बोले, "जादो, जा, बाबू को हमारे नहान-घर में ले जा। जो कुछ चाहिए, सब इन्तज़ाम कर देना।"

नौकर के साथ शिवनाथ तो चले गए, किन्तु नवागता तरुणी को लेकर मनोरमा बड़ी मुसीबत में फंस गई। युवती की उमर मनोरमा के बराबर ही होगी, और उसे भी अपने भीगे कपड़े बदलने

की बहुत ज़रूरत थी; किन्तु उसकी जाति और वंश का उस दिन जो परिचय मनोरमा ने सुना था उससे वह दुविधा में पड़ गई कि क्या कहकर उसे सम्बोधित करे। रूपवती वह भले ही हो, किन्तु शिक्षा-संस्कारहीन दासी-कन्या को पिता के सामने 'आओ' कहकर घर के भीतर ले जाने में भी उसे संकोच होने लगा और 'आइए' कहकर सम्मान देने में भी उसे घृणा-सी होने लगी। इतने में उस युवती ने ही उसकी इस समस्या का समाधान कर दिया, वह बोली, "मेरे भी सब कपड़े भीग गए हैं, मेरे लिए भी धोबी के धुले कपड़े मंगा देने होंगे, और बाथ-रूम तक पहुंचा देने का कष्ट करना होगा।"

मनोरमा 'सब किए देती हूं' कहकर उसे भीतर ले गई, और महरी को बुलाकर उससे कह दिया, "इनको बाथ-रूम में ले जा और जो कुछ चाहिए सो सब दे दे।"

जाते-जाते उस युवती ने महरी से पूछा, "मेरे पहनने के लिए धोबी-धुले कपड़े और एक नयासाबुन ला देना—मैं किसीका लगाया हुआ साबुन नहीं लगाती।" उसकी यह बात मनोरमा ने भी सुन ली, और उसका चेहरा गुस्से से तमतमा उठा; किन्तु दूसरे ही क्षण मारे हंसी के उसकी आंखें चमकने लगीं। उसने हंसते हुए पूछा, "इतनी सफाई तुमने सीखी किससे?"

युवती ने जवाब दिया, "सीखूंगी किससे? इतना तो मैं खुद ही जानती हूं।"

मनोरमा ने कहा, "अच्छा! तो इस महरी को भी कुछ सिखा देना, यह बिलकुल ही गंवार है।" कहते-कहते उसे फिर हंसी आ गई। उसकी देखादेखी महरी भी हंस दी, बोली, "चलो पण्डितानीजी, साबुन-आबुन लगाकर पहले तुम कपड़े पहन के तैयार हो लो, फिर तुम्हारे पास बैठकर मैं बहुत-सी काम की बातें सीख लूंगी।" और फिर मनोरमा से पूछ उठी, "जीजी बाई, ये कौन हैं, कहां से आई हैं?"

मनोरमा अगर अपनी हंसी छिपाने के लिए दूसरी तरफ मुंह न फेर लेती, तो शायदं वह इस अशिक्षिता युवती के चेहरे पर कौतुक और उपहास के प्रच्छन्न भाव को ज़रूर ताड़ जाती।

4

मनोरमा आशु बाबू की केवल कन्या ही हो सो बात नहीं; वह अपने पिता की साथी, सलाहकार, परिचारिका, संरक्षिका सब-कुछ थी। यही कारण है कि पिता के सम्मानार्थ हमारे समाज में सन्तान के लिए जो संकोच-सहित दूरत्व की प्रथा प्रचलित है, इनमें अकसर उसकी रक्षा नहीं हो पाती थी। कभी-कभी तो पिता-पुत्री में ऐसी-ऐसी आलोचनाएं हो जाया करतीं जो अधिकांश पिता या पुत्रियों को खटक सकती हैं; किन्तु इन दोनों के कानों में वे नहीं खटकतीं। आशु बाबू अपनी बेटी से हद से ज़्यादा प्यार करते थे। स्त्री-वियोग के बाद वे जो फिर से ब्याह करने की कल्पना तक नहीं कर सके उसका भी एकमात्र कारण उनकी यह पुत्री ही थी।

आगरा आकर आशु बाबू बिना किसी संकोच के सबके साथ घुल-मिल गए थे। किन्तु सबसे बढ़कर उनकी हार्दिक मैत्री हो गई थी अविनाश से। अविनाश वैसे तो स्वच्छन्द प्रकृति के हैं, किन्तु साथ ही उनमें दो गुण और भी हैं, संयम और सहिष्णुता। इसके सिवा उनके मन में ऐसी एक स्वाभाविक शान्ति और प्रसन्नता बनी रहती है जिससे लोग आसानी से उनके प्रति आकर्षित हो आया करते हैं। किन्तु आशु बाबू उनपर मुग्ध हुए थे एक और ही कारण से। वह यह कि उनकी तरह अविनाश ने भी स्त्री-वियोग के बाद दूसरा विवाह नहीं किया था।

रोज़ शाम को आशु बाबू मनोरमा को साथ लेकर घूमने निकलते; किन्तु जैसे ही उनकी गाड़ी अविनाश के मकान के सामने से गुज़रती, वे गाड़ी रुकवाकर वहीं उतर पड़ते। मनोरमा कुछ कहती तो वे कह देते, 'शाम के वक्त ठण्डी हवा लगना मेरे लिए ठीक नहीं बेटी! जाओ तुम घूम आओ, लौटते समय यहां से तुम मुझे लेती जाना।' मनोरमा शाम की शुद्ध हवा के गुण समझाने की कोशिश करती, किन्तु पिता पर उसका कोई खास असर नहीं पड़ता। आखिर हारकर वह अकेली ही हवा खाने चली जाती।

गठिया के दर्द के कारण जिस दिन आशु बाबू बाहर नहीं

निकल पाते उस दिन अविनाश को ही उनके घर आना पड़ता; और दोनों जब इकट्ठे होते तब और-और बातों के सिलसिले में शिवनाथ का भी ज़िक्र छिड़ जाता। उस दिन की अप्रिय घटना को वेदना आशु बाबू के मन से दूर नहीं हुई थी। शिवनाथ का ज़िक्र छिड़ते ही वे सोचने लगते कि भला यह कोई कम खेद की बात है कि कोई आमन्त्रित होकर अपने घर आए, और अपमानित और लांछित होकर वापस जाए? मान लिया कि वे शराब पीते हैं, किन्तु इससे क्या! शराब पीकर तो बहुत-से लोग मतवाले हो जाया करते हैं; और यौवन-काल में खुद उनसे भी यह अपराध बन पड़ा था; किन्तु इसके लिए किसने उन्हें त्याग दिया है? फिर, शिवनाथ तो विद्वान आदमी हैं, संगीत के मर्मज्ञ हैं, स्वास्थ्य और सौन्दर्य के धनी हैं। इन सब गुणों का क्या कोई मूल्य नहीं? एक शराब की लत ही क्या ऐसी प्रचण्ड अग्नि-शिखा है जो मनुष्य के समस्त प्रशंसनीय गुणों को जलाकर भस्म कर दे?

मनुष्य के अपराधों और दोषों पर ध्यान देने की अपेक्षा उसे क्षमा करने की दिशा में उनके मन का झुकाव ज़्यादा होता जाता था, और इसी कारण अविनाश के साथ इस विषय पर वे अकसर बहस किया करते थे। प्रकट रूप से शिवनाथ को घर बुलाने का अब उन्हें साहस नहीं होता था, किन्तु मन उनका हमेशा उनकी संगत के लिए तड़पता रहता था। हां, अविनाश को इस युक्ति का उनसे कोई जवाब देते नहीं बनता था कि सिर्फ बीमार रहने के कारण पहली स्त्री को त्यागकर दूसरी स्त्री को घर ले आना सरासर अन्याय है। इस बात का ज़िक्र आते ही वे कहने लगते, 'यही तो मैं सोचता हूं कि शिवनाथ जैसे विवेकशील, शिक्षित आदमी ऐसा कैसे कर सके? मगर, कौन जाने भीतर इसके क्या रहस्य छिपा हुआ है? कोई बात हो भी सकती है।'

अविनाश कहते, 'किन्तु स्त्री तो उनकी निर्दोष हैं, यह तो वे स्वयं स्वीकार करते हैं।'

आशु बाबू यहीं पर परास्त होकर चुप रह जाते; और फिर किसी दूसरे प्रसंग पर बात करने लगते।

5

अविनाश बाबू अपने किसी ज़रूरी काम से आठ-दस दिन के लिए दिल्ली गए थे। दिल्ली से उनके वापस आ जाने की खबर पाते ही आशु बाबू ने गाड़ी भेजकर घर बुला लिया। दिल्ली-यात्रा के सम्बन्ध में दोनों में बातें हो ही रही थीं कि इतने में एक अट्ठाईस-तीस साल का सुन्दर बलिष्ठ युवक कमरे में दाखिल हुआ। उसे देखते ही आशु बाबू ने पूछा, “आ गए अजित—मनो कहां है?”

उसने कहा, “वे अब तक मेरी मदद कर रही थीं, मेरी तरह उनके कपड़ों में भी कालिख लग गई है, वे कपड़े बदलने गई हैं। मोटर बिलकुल ठीक हो गई है। शोफर से गाड़ी सामने लाकर खड़ी कर देने को कह दिया है।”

आशु बाबू ने उससे कहा, “ये मेरे परम मित्र हैं अजित! प्रोफेसर अविनाश मुखर्जी। इन्हें प्रणाम करो।”

युवक ने अविनाश को पांव छूकर प्रणाम किया; और फिर आशु बाबू की तरफ मुंह करके कहने लगा, “मनोरमा के आने में पांच मिनट से ज़्यादा नहीं लगेंगे; मगर आप तो अभी तक तैयार ही नहीं हुए! ज़रा जल्दी कीजिए न! देर हो जाने से सब-कुछ देखने का समय नहीं रहेगा। लोगों के मुंह सुना है कि ‘ताजमहल’ देखते-देखते जी ही नहीं भरता।”

आशु बाबू बोले, “जी न भरने की चीज़ ही है वह। पर, तुमने भी तो अभी कपड़े नहीं बदले हैं, जाओ बदल लो।”

युवक ने हंसते हुए जवाब दिया, “मेरी क्या बात है, यों ही सही, मेरा तो यह पेशा है। कपड़ों पर कालिख लगने से हम लोगों का गौरव घटता नहीं, बढ़ता ही है।”

उसका जवाब सुनकर आशु बाबू मन ही मन बहुत खुश हुए; और अविनाश भी उसकी विनम्र सरलता पर मुग्ध हो गए। इतने में मनोरमा भी आ पहुंची। अकस्मात् उसपर नज़र पड़ते ही अविनाश कुछ चौंक-से पड़े। इधर कई दिनों से उन्होंने मनोरमा को देखा नहीं था; और, अभी कुछ देर पहले ही आशु बाबू से जो उन्हें

यह खुशखबरी मिली थी कि उनके भावी जामाता विलायत से वापस आ गए है, उससे उन्होंने समझ लिया था कि मनोरमा के चेहरे पर आज शायद वे कोई ऐसी बात देखेंगे जो अनिर्वचनीय होगी और जीवन में कभी देखी न होगी। किन्तु मनोरमा तो वैसी की वैसी ही दिग्याई दी, उसमें कोई नई बात नहीं, पोशाक तक सीधी-सादी। अविनाश को आश्चर्य हुआ, साथ ही कुछ आशुंका भी हुई हो तो आश्चर्य नहीं।

थोड़ी देर बाद कार में बैठकर सब ताजमहल की तरफ चल दिए। शरत् पूर्णिमा का दिन था। जमुना-किनारे घाट-घाट पर जो पुण्य-लुब्ध नारियों और रूप-लुब्ध पुरुषों की भीड़ इकट्ठी हुई थी यह धीरे-धीरे कम होती जा रही थी। घर लौटती हुई उस भीड़ की शोभा देखते हुए जब ये लोग ताजमहल के मुख्य द्वार पर पहुंचे तब शरद्ऋतु का अन्तिम दिन क्रमशः अवसान की ओर बढ़ता चला जा रहा था।

जमुना-किनारे जो कुछ देखने को था उसे देखकर अक्षय का दल पहले से ही ताजमहल की चारदीवारी के भीतर पहुंच चुका था। ताजमहल वे बहुत बार देख चुके थे, इसलिए ऊपर न जाकर नीचे के बाग में ही वे एक किनारे जमके बैठ गए थे। इन लोगों को आते देखा तो वे सबके-सब शोर मचाकर स्वागत के लिए उठ खड़े हुए। आशु बाबू उनके पास जाकर अपने भारी-भरकम शरीर को सुकोमल घास पर स्थापित कर आराम की सांस लेते हुए बोले, "ओ:फेहो, अब जी में जी आया। अब जिनकी जितनी तबीयत चाहे, परम सौभाग्यवती मुमताज़ बेगम का मकबरा देखकर आनन्द लूटते रहो बाबा! अपना तो अब बूता नहीं। अपने राम तो यहीं से स्वर्गीया बेगम साहबा की खिदमत में कोर्निश बजाकर सन्तोष किए लेते है।"

मनोरमा कुछ खिन्न-सी होती हुई बोली, "सो नहीं होने का बापूजी, तुम्हें यहां अकेले छोड़कर हममें से कोई भी ऊपर नहीं जाएगा।"

आशु बाबू हंसते हुए बोले, "डरने की कोई बात नहीं बेटी!

तुम्हारे इस बूढ़े बाप को कोई चुराकर नहीं ले जाएगा यहां से।"

अविनाश ने कृत्रिम गम्भीरता के साथ अपना मन्तव्य ज़ाहिर किया, "नहीं, इस संकट की कतई कोई आशंका नहीं। कारण, क्रेन और लोहे की ज़ंजीर लाए बगैर कोई इन्हें यहां से उठाकर ले ही कसे जा सकता है!"

मनोरमा बोली, "सावधान, कोई मेरे बापूजी को नज़र न लगाएं। आप लोगों की नज़र लगने से ही बापूजी यहां आकर कुछ दुबले हो गए हैं।"

सबके-सब एकसाथ ठहाका मारकर हंस पड़े।

मनोरमा और भी कुछ कहना चाहती थी, पर अकस्मात् ही उसकी निगाह पड़ गई शिवनाथ और उनकी स्त्री पर। उसकी देखा-देखी औरों की दृष्टि भी उधर ही को घूम गई। सबने देखा कि ताज के पूरब की तरफ से घूमकर वे दोनों सामने से चले जा रहे हैं। शिवनाथ अनदेखी करके दूसरी तरफ मुड़ जाना चाहते थे, किन्तु उनकी स्त्री इधर की तरफ इशारा करती हुई बहुत खुश हो उठी, और कहने लगी, "आशु बाबू और उनकी लड़की भी ताज देखने आई हैं, चलो चलकर उनसे मिल लें।"

आशु बाबू यह मौका भला कब छोड़नेवाले थे! उन्होंने ज़ोर से आवाज़ लगाकर उन्हें पुकारा, "आइए, आइए, इधर आइए!" और उनके पास आ जाने पर पूछने लगे, "आप लोग कब आए यहां? बहुत ही अच्छा हुआ जो मिल गए। कहिए, सब खैरियत तो है? आइए, बैठिए।" और फिर वे अपने साथियों से बोले, "ये हैं शिवनाथ बाबू की स्त्री। लेकिन आपका नाम मुझे नहीं मालूम?"

"मेरा नाम है कमल। पर, मुझसे 'आप' न कहा करें, आशु बाबू! मैं तो आपकी लड़की के बराबर हूं।"

आशु बाबू खुश होते हुए बोले, "कहना उचित भी नहीं है कमल। हां तो, ये लोग मेरे मित्र हैं, तुम्हारे पति इनसे परिचित हैं। आओ बैठो।"

कमल ने अजित की तरफ इशारा करते हुए पूछा, "पर, इनका परिचय तो दिया नहीं आपने?"

आशु बाबू बोले, "क्रमश: दूंगा। ये मेरे परम आत्मीय हैं, नाम है अजितकुमार राय। अभी थोड़े ही दिन हुए विलायत से लौटे है। अच्छा कमल, तुमने क्या आज ताजमहल पहले-पहल ही देखा है?"

कमल ने सिर हिला दिया, "हां।"

आशु बाबू ने कहा, "तब तो तुम बहुत भाग्यवती हो। और अजित तुमसे भी भाग्यवान है, क्योंकि इसने संसार का सप्तआश्चर्य अभी तक देखा ही नहीं, अब देखेगा।" और फिर अजित से कहने लगे, "जाओ भई, जल्दी देख आओ, ज़्यादा देर करने से फायदा क्या?"

मनोरमा बोली, "देर तो सिर्फ तुम्हारी वजह से हो रही है, बापूजी! तुम उठो तो चलें।"

"मेरा उठना तो कोई आसान काम नहीं बेटी! उसके लिए तो तैयारी करनी पड़ेगी।"

"तो फिर करते क्यों नहीं तैयारी?"

"करता हूं। अच्छा कमल, कैसा लगा ताज?"

"आश्चर्य की वस्तु तो है ही। बहुत अच्छा लगा।"

मनोरमा कमल से बिलकुल ही नहीं बोली। वह बार-बार पिता से उठने के लिए कहने लगी। और पिता ऐसे कि 'उठता हूं' तो कह देते, पर उठने का नाम भी नहीं लेते। कमल ज़रा हंस दी, और मनोरमा की तरफ देखकर बोली, "इनकी तबीयत भी ठीक नहीं है, और इनके लिए चढ़ना-उतरना भी आसान नहीं; इससे तो बल्कि यही अच्छा होगा कि हम लोग यहां बैठे बातें करते रहें और आप लोग जाकर देख आएं।"

मनोरमा कमल की बात पर कुछ ध्यान न देकर पिता से बार-बार उठने के लिए ज़िद करने लगी।

अब जाकर अविनाश की अन्यमनस्कता दूर हुई; वे बोले, "आशु बाबू के बिना गए काम नहीं चलेगा। मनोरमा की धारणा है कि पिता की दृष्टि से देखे बिना ताजमहल के आधे सौन्दर्य का भी आनन्द नहीं लिया जा सकता।"

कमल ने अपनी सरल दृष्टि उठाकर पूछा, "क्यों?" और फिर आशु बाबू की तरफ देखती हुई बोली, "आप शायद ताज के विषय के विशेषज्ञ हैं?"

आशु बाबू बोले, "मैं तो इस विषय में कुछ भी नहीं जानता। विशेषज्ञ होना तो दूर रहा, सौन्दर्य-तत्त्व का ककहरा तक मुझे नहीं आता। सच तो यह है कि उस पहलू से मैंने इसे कभी देखा ही नहीं। मैं तो इसमें देखता हूं बादशाह शाहजहां को। मैं देखता हूं शाहजहां के मन की असीम व्यथा को जो मानो इसके हर पत्थर के कण-कण में समाई हुई है। मैं देखता हूं उनके एकनिष्ठ पत्नी-प्रेम को जो इस मर्मर-काव्य की देन को हमेशा के लिए अपनी प्रियतमा को विश्व के समक्ष अमर कर गया है।"

कमल आशु बाबू के चेहरे की तरफ देखती हुई अत्यन्त स्वाभाविक स्वर में कहने लगी, "किन्तु मैंने तो सुना है उनकी और भी बहुत-सी बेगमें थीं। शाहजहां को मुमताज से जैसा प्रेम था वैसा औरों से भी था। सम्भव है मुमताज से उनकी अपेक्षा कुछ ज़्यादा हो। तो फिर उनके प्रेम को एकनिष्ठ कैसे कहा जा सकता है, आप ही बताइए?"

इस अप्रचलित और सन्दिग्ध मन्तव्य से सबके-सब मानो चौंक-से गए। आशु बाबू या और किसीसे इसका संगत उत्तर देते नहीं बना।

अब मनोरमा भी उसकी बातें सुनकर आश्चर्य करने लगी; सोचने लगी, 'इसकी बातें तो अशिक्षित दासी-कन्या जैसी नहीं मालूम होती! आखिर इसने इतना सीखा कहां से?'

कमल क्षण-भर रुककर फिर कहने लगी, "बादशाह कवि थे। वे अपनी शक्ति, सम्पदा और धैर्य के बल पर इतनी बड़ी और विराट सौन्दर्य की वस्तु प्रतिष्ठित कर गए। बेगम मुमताज तो उसमें एक आकस्मिक उपलक्ष्य या निमित्त मात्र है। वह न होती, तो भी, किसी भी घटना को लेकर वे ऐसे सौन्दर्य की रचना कर सकते थे। धर्म के नाम पर होता तो भी उससे कुछ बनता-बिगड़ता नहीं,और हज़ारों-लाखों आदमियों की हत्या करके अपनी दिग्विजय

को स्मृति के रूप में होता तो भी कुछ फर्क नहीं पड़ता। फिर भला इसे 'एकनिष्ठ प्रेम का दान' कैसे कहा जा सकता है? यह तो बादशाह का निजी आनन्द-लोक का अक्षय दान है। और बस, इतना ही दुनिया के लिए काफी है।"

कमल की इन बातों से आशु बाबू के हृदय को बहुत ज़्यादा ठेस पहुंची। वे बार-बार सिर हिला-हिलाकर प्रतिवाद करने लगे; किन्तु कमल पर उसका कोई प्रभाव नहीं पड़ा।

अब मनोरमा की बारी थी। अब तक वह कुछ नहीं बोली थी, किन्तु अब वह अपने को रोक न सकी; बोली, "मैं मानती हूं कि आप बोलने में बहुत तेज़ हैं, और वाक्य-विन्यास भी आप खूब कर लेती हैं; किन्तु अब तक आपने जो कुछ कहा है उसमें···"

आशु बाबू सब-कुछ सहते हुए भी किसी तरह की कटुता नहीं आने देना चाहते थे; वे अत्यन्त व्यथित होकर बोले, "छीः,बेटी।"

सहसा अजित की अन्यमनस्कता जाती रही; उसने मनोरमा से कहा, "चलो, हम लोग देख आएं।" और फिर वह तुंरत उठ खड़ा हुआ।

आशु बाबू प्रसन्न होकर बोले, "अच्छी बात है, जाओ बेटी, देख आओ। तब तक हम लोग यहीं बैठे हैं। पर ज़रा जल्दी लौट आना। न मन भरे तो कल ज़रा जल्दी आ जाएंगे। क्यों, ठीक है न?"

6

मनोरमा और अजित जब ताज देखकर वापस आए तब सूरज डूब चुका था, किन्तु उजाला मौजूद था। आशु बाबू ने उन्हें देखते ही कहा, "आओ बैठो।" सबके चेहरों से यह साफ ज़ाहिर हो रहा था कि उनके आने से पहले इस गोष्ठी में बहस का सिलसिला जारी था; और अब उनके आगमन से सबने चुप्पी साध ली है।

अविनाश ने शायद अक्षय की युक्तियों का छिन्न सूत्र हाथ में लेते हुए कहा, "बादशाह शाहजहां का प्रसंग अभी रहने दो अक्षय

मैं माने लेता हूं कि उनके सम्बन्ध में विचार करने की आवश्यकता है, किन्तु सवाल इतना जटिल है कि आसानी से उसका समाधान होना मुश्किल है। लिहाज़ा, अब और कोई चर्चा चलाना चाहो तो चला सकते हो, या फिर घर चलने के विषय में विचार कर सकते हो।"

कमल कुछ कहने की सोच रही थी कि पीछे से मृदु कर-स्पर्श का अनुभव करके उधर देखने लगी। शिवनाथ ने कहा, "अब यह बहस बन्द करो, शिवानी!"

शिवानी यानी कमल ने पूछा, "क्यों, क्या बात है?"

शिवनाथ ने जवाब दिया, "ऐसे ही कह रहा हूं।" और वे चुप हो गए।

'शिवानी' नाम शिवनाथ का रखा हुआ है, वे इसी नाम से कमल को पुकारा करते हैं।

कमल ने मुसकराते हुए कहा, "ऐसे ही क्या, यों कहो कि तुम्हें घर पहुंचने की जल्दी पड़ी है।"

शिवनाथ ने कहा, "सो तो पड़ सकती है। पर, आशु बाबू की तबीयत ठीक नहीं है, इस बात का भी हम लोगों को खयाल रखना चाहिए।"

तब शाम खतम हो चुकी थी और शरत्पुर्णिमा के वाष्पाच्छन्न आकाश में स्वच्छ चांदनी छिटक रही थी। ऊपर की तरफ देखकर पिता की दृष्टि आकर्षित करते हुए मनोरमा ने कहा, "हां बापूजी, ओस पड़नी शुरू हो गई है। बस, अब उठिए, घर चला जाए।"

आशु बाबू ने कहा, "अभी लो बेटी, उठता हूं; अब देर नहीं करूंगा।"

अविनाश बोल उठे, "शिवानी नाम बहुत अच्छा रखा है शिवनाथ बाबू ने। आखिर गुणी पुरुष ठहरे! अपने नाम के साथ मेल अपूर्व मिलाया है!"

आशु बाबू मानो खिल उठे, बोले, "अजी, ये शिवनाथ नहीं, ऊपर के वे शिवनाथ!" और फिर आकाश की तरफ मुंह उठाकर

कहने लगे, "आदिकाल के उस वृद्ध घटक ने इन दोनों की जोड़ी मिलाने के लिए खाना-पीना तक छोड़ दिया होगा, और तब कहीं अपने मन की-सी सृष्टि कर पाए होंगे!"

इतने में अकस्मात् ही अक्षय सीधा होकर बैठ गया, और दो-तीन बार सिर हिलाकर बोल उठा, "अच्छा, शिवानी जी, आपसे एक प्रश्न कर सकता हूं क्या?"

अविनाश ने तुरंत उसे अपने काबू में लेते हुए कहा, "बस, बस, अब प्रश्न करने की ज़रूरत नहीं, घर चलने की ज़रूरत से ज़्यादा ज़रूरत है। लिहाज़ा अब आप उठिए और हमारे साथ घर चले चलिए तो अच्छा हो।"

ठीक इसी समय मनोरमा पिता का हाथ खींचती हुई कहने लगी, "बापूजी, अब बहुत ज़्यादा ओस पड़ने लगेगी, अब बिना उठे काम नहीं चलेगा।"

"अभी उठा।" कहते हुए आशु बाबू भी उठने का उद्यम करने लगे।

शिवनाथ भी उठ खड़े हुए, बोले, "शिवानी, अब और देर मत करो।"

कमल तत्काल उठ खड़ी हुई, और सबको नमस्कार करती हुई बोली, "आप लोगों से परिचय हुआ मानो केवल बहस करने के लिए। आशा है कोई कुछ खयाल न करेंगे।"

शिवनाथ को इतनी देर बाद अब कहीं ज़रा हंसी आई। उन्होंने कहा, "केवल बहस ही की, शिवानी! सीखा कुछ भी नहीं।" और फिर क्षण-भर रुककर कहने लगे, "हो सके, और कभी मौका मिले, तो आशु बाबू के ज़राग्रस्त वृद्ध मन के प्रति अकृत्रिम श्रद्धा रखना सीख लेना। तुम्हारे लिए इससे बढ़कर सीखने को और कुछ भी नहीं है।"

कमल ने आश्चर्य के साथ पूछा, "यह तुम क्या कह रहे हो आज?"

शिवनाथ ने उसकी बात का कुछ जवाब नहीं दिया; और फिर से सबको नमस्कार करते हुए कहा, "चलो।"

आशु बाबू एक गहरी सांस लेते हुए बोले, "आश्चर्य है!"

7

वास्तव में आश्चर्य ही तो है। शिवनाथ और शिवानी का इस तरह चला जाना एक आश्चर्यपूर्ण नाटक के बीच के ही अंक में यवनिका डालकर प्रस्थान करना ही तो है। उस यवनिका के पीछे कितनी आश्चर्य की बातें अज्ञात रह गई, कौन कह सकता है?

मनोरमा ने कहा, "अब उठो बापूजी, नहीं तो तुम्हारी तबीयत और खराब हो जाएगी।"

अविनाश भी कहने लगे, "हां, अब चलना चाहिए।"

सबके-सब तुरन्त उठ खड़े हुए। फाटक के बाहर आशु बाबू की गाड़ी खड़ी थी, लेकिन अक्षय और हरेन्द्र का तांगा लापता था। आखिर किसी तरह सट-सटाकर मोटर में ही सबको बैठना पड़ा। कुछ देर तो सब चुप रहे, अन्त में मौन भंग किया अविनाश ने। वे बोले, "शिवनाथ ने शायद गलत कहा था। कमल नौकरानी की लड़की हरगिज़ नहीं हो सकती।" इतना कहकर वे मनोरमा के मुंह की तरफ देखने लगे।

मनोरमा के मन में भी यही सवाल उठ रहा था, किन्तु वह कुछ बोली नहीं।

आशु बाबू भी चुप थे, किन्तु उनके मन में एक-एक करके बहुत-सी बातें उठ रही थीं। कुछ देर तक वे अविनाश और अक्षय की बहस सुनते रहे। फिर जब वे चुप हो गए तो आशु बाबू धीरे-धीरे कहने लगे, "एक बात पर तुम लोगों ने शायद कम ध्यान दिया होगा। कमल ने जो शिवनाथ से यह बात कही थी कि 'ये लोग कहते हैं, हमारा यह विवाह विवाह ही नहीं, धोखेबाज़ी है' और शिवनाथ ने कहा था कि 'हमारा विवाह हुआ है शैव मत से' इसपर कमल खुश होकर बोल उठी थी 'शिव के साथ विवाह अगर शैव मत से हुआ है, तो इससे बड़ी बात और क्या हो सकती है!' उसकी यह बात मुझे इतनी मीठी लगी अविनाश बाबू, कि कुछ पूछिए मत।"

अविनाश का मन भी भीतर ही भीतर ठीक इसी स्वर में बंध

रहा था, वे बोले, "और फिर शिवनाथ की तरफ देखकर कमल का यह पूछना कि 'क्यों जी, करोगे तुम ऐसा किसी दिन? मुझे छोड़ दोगे?' इसमें भी क्या कम मिठास थी? उसके बाद तो कितनी ही बातें हो गईं आशु बाबू, उसकी गूंज अब तक मेरे कानों में है।"

प्रत्युत्तर में आशु बाबू ने हंसते हुए सिर्फ सिर हिला दिया; कुछ बोले नहीं।

अक्षय कुछ कहने के लिए उचका, पर अविनाश ने उसे कुहनी से इशारा करके रोक दिया। वह रुक तो गया, पर मन ही मन भुनभुनाता रहा।

कुछ देर बाद आशु बाबू की कोठी आ गई। मनोरमा के साथ आशु बाबू तो उतर गए, किन्तु अजित नहीं उतरा। उसने कहा, "सिर में बड़ा दर्द हो रहा है। मैं ज़रा बाहर घूम आऊं।"

आशु बाबू ने कहा, "अच्छा जाओ, घूम आओ। पर पैदल मत घूमना, गाड़ी ले जाओ। इन सबको भी उतारते जाना।" फिर कुछ सोचकर बोले, "पर ज़्यादा देर मत करना, जल्दी लौट आना।"

अजित ने ड्राइवर को उतार दिया, और खुद गाड़ी लेकर चल दिया।

8

दो सप्ताह बाद की बात है। उस दिन अजित अकेला ही मोटर लेकर घूमने निकल पड़ा। उसके लिए यह कोई नई बात नहीं, ऐसा वह अकसर किया करता है। जो सड़क शहर के उत्तर से आकर कालेजों के सामने से सीधी पश्चिम की ओर चली गई है, उसपर जाते-जाते अकस्मात् एक निराली जगह में किसी नारी के कण्ठ से ज़ोर की आवाज़ आई, "अजित बाबू!" सुनते ही वह चौंक पड़ा, और गाड़ी खड़ी करके पीछे की तरफ मुड़कर देखने लगा। देखा कि शिवनाथ की स्त्री कमल है! सड़क के किनारे एक टूटा-फूटा पुराना मकान है, सामने उसके वैसा ही सौन्दर्यहीन फूलों का बगीचा है, और उसीके एक किनारे खड़ी कमल हाथ उठाकर उसे बुला रही

है। अजित ने मोटर रोकी तो वह उसके पास मा गई; बोली, "और भी एक दिन आप ऐसे ही अकेले तेज़ी से गाड़ी चलाते हुए जा रहे थे। मैंने कई बार ज़ोर-ज़ोर से पुकारा, पर माप सुन ही नहीं पाए। सुनेंगे भी कैसे? आप इतनी तेज़ गाड़ी चलाते हैं कि देखनेवाले को चक्कर आ जाए। आपको डर नहीं लगता?"

अजित गाड़ी से उतरता हुआ बोला, "आप यहां अकेली कैसे? शिवनाथ बाबू कहां हैं?"

कमल ने कहा, "वे घर में नहीं हैं। लेकिन आप अकेले कैसे, घूम रहे हैं? उस दिन भी मैंने देखा था, साथ में कोई नहीं था?"

"नहीं। इधर कई दिनों से आशु बाबू की तबीयत कुछ खराब चल रही है, सो कोई घूमने नहीं निकलता। पर शाम के वक्त मुझे घर में बिलकुल अच्छा नहीं लगता, इससे हवाखोरी के लिए निकल पड़ता हूं।"

"मेरा भी यही हाल है। पर, 'अच्छा नहीं लगता' कह देने से ही तो काम नहीं चलता, साधनहीनों को किसी न किसी तरह 'अच्छा लगाना ही पड़ता है। इसके सिवा उपाय क्या है?" इतना कहकर कमल अजित के मुंह की तरफ देखने लगी। और फिर दूसरे ही क्षण बोल उठी, "ले चलिएगा मुझे अपने साथ? ज़रा घूम आऊंगी, और क्या!"

अजित धर्म-संकट में पड़ गया। वह 'हां' करे या 'ना' करे, उसकी कुछ समझ में नहीं आया। उसने दुविधा के साथ पूछा, "यहां आपका साथी-संगी भी शायद कोई नहीं होगा?"

कमल ने कहा, "यहां साथी-संगी कहां से आएगा? देख नहीं रहे हैं इस मुहल्ले की हालत! यह जगह शहर से बिलकुल बाहर ही समझिए। हमारे पड़ोसी सब मोची ही मोची हैं। कारखाने जाते हैं, शराब पी-पीकर घर आते हैं, सारी रात हल्ला मचाते रहते हैं। यह हालत है इस मुहल्ले की।"

अजित ने पूछा, "इधर शरीफ लोग बिलकुल हैं ही नहीं क्या?"

कमल ने जवाब दिया, "मेरे खयाल से नहीं हैं।" और वह

अजित के बिना कहे ही गाड़ी के खुले दरवाज़े से खुद ही भीतर जाकर बैठ गई और बोली, "आइए। मैं बहुत दिनों से मोटर पर नहीं घूमी। आज मौका मिला है, मुझे आज बहुत दूर तक घुमा लाना होगा। है मंज़ूर?"

बेचारे अजित को कुछ सूझा ही नहीं कि क्या करना चाहिए। सकुचाता हुआ बोला, "बहुत दूर घुमाने से रात ज़्यादा हो जाएगी। और तब शिवनाथ बाबू घर आकर आपको नहीं देखेंगे तो शायद चिन्ता में पड़ जाएंगे।"

कमल ने कहा, "नहीं, वे चिन्ता में नहीं पड़ेंगे।"

अजित बोला, "आप ड्राइवर के पास न बैठकर पीछे बैठिए न, आराम से।"

कमल ने कहा, "ड्राइवर तो आप स्वयं ही हैं। पास बैठे बगैर बात कैसे करूंगी? बैठिए आप, देर न कीजिए।"

अजित बैठ गया, और गाड़ी चलाने लगा। रास्ता साफ था, लोगों का आना-जाना भी नहीं के बराबर था। गाड़ी की चाल क्रमशः तेज़ होने लगी। कमल ने कहा, "आप तेज़ चलाना ही पसन्द करते हैं क्या?"

अजित ने जवाब दिया, "हां।"

"डर नहीं लगता आपको?"

"नहीं, मुझे इसकी आदत पड़ गई है।"

"शायदा आदत ही सब कुछ है।" कहकर वह क्षण-भर चुप रही, फिर बोली, "पर मुझे तो आदत नहीं, फिर भी मुझे यह अच्छा लग रहा है। शायद यह स्वभाव की बात है?"

"हो सकता है।"

"ज़रूर। लेकिन इसमें विपत्ति भी आ सकती है। जो चढ़ते हैं उनपर भी और जो दब जाते हैं उनपर भी। क्यों, ठीक है न?"

अजित ने कहा, "नहीं, दबेंगे क्यों?"

कमल ने कहा, "दब जाएं तो क्या हानि है अजित बाबू? तेज़ चलने का भी एक आनन्द है; क्या गाड़ी और क्या जीवन, दोनों के लिए। किन्तु जो डरपोक होते हैं वे तेज़ नहीं चल सकते।"

अंधेरा क्रमशः गाढ़ा होता जा रहा था। अजित ने वापस लौटने की बात कही तो कमल बोली, "अभी से? चलिए, और थोड़ा जाया जाए।"

अजित बोला, "काफी दूर आ गए हैं, घर पहुंचने में बहुत रात हो जाएगी।"

"हो जाए तो क्या हर्ज है?"

"लेकिन शिवनाथ बाबू नाराज़ होंगे।"

"हो जाने दीजिए।"

अजित को आश्चर्य हुआ। उसने कहा, "लेकिन आशु बाबू की तबीयत ठीक नहीं है, उन्हें चिन्ता हो जाने से और भी तबीयत खराब हो जाएगी। बिना मेरे घर पहुंचे उनके लिए सोना मुश्किल हो जाएगा।"

किन्तु कमल मानी नहीं, वह आग्रह कर-करके अजित को मानो धकेल-धकेलकर आगे ले जाने लगी। क्रमशः सुनसान रास्ता और भी सुनसान मालूम होने लगा, और अंधेरा और भी गाढ़ा होने लगा। सहसा अजित ने उद्विग्न होकर गाड़ी की चाल धीमी कर दी, और कहा, "बस, अब नहीं, ऐसे अंधेरे में खतरे का भी तो डर है, चलिए वापस चलें।"

कमल ने कहा, "चलिए।"

वापस लौटते हुए कमल धीरे-धीरे कहने लगी, "मैं सोच रही थी कि मनुष्य असत्य के साथ समझौता करके जीवन का कितना आनन्द, कितनी सम्पदा नष्ट कर देता है। मुझे अकेली ले चलने में आपको कितना ज़बरदस्त संकोच हो रहा था! मैं भी अगर वैसे ही डर से पीछे हट जाती, तो आज जैसा आनन्द मुझे भला कैसे मिल सकता था?"

अजित ने कहा, "किन्तु अन्त तक बिना देखे पहले से तो निश्चयपूर्वक कुछ कहा नहीं जा सकता; घर पहुंचने के बाद आनन्द के बदले निरानन्द का दुःख भी तो उठाना पड़ सकता है।"

इसके बाद कमल न जाने क्या-क्या सोचती और कहती गई, अजित ने उसकी बातों का कोई जवाब नहीं दिया; वह अपने-आपमें

तन्मय होकर गाड़ी चलाता रहा।

गाड़ी जब कमल के घर के सामने पहुंची तो अजित ने उतारते हुए विदाई का नमस्कार किया; किन्तु कमल ने उसका पीछा नहीं छोड़ा; वह बोली, "आइए, कुछ देर के लिए कमरे में चलके आराम कर लीजिए, फिर जाइएगा।" और अजित को अपने कमरे में ले जाकर वह बोली, "यही हम लोगों का सोने का कमरा है।"

अजित चारों तरफ देख-भालकर और थोड़ी देर बैठकर बोला, "बस अब आज्ञा दीजिए। अच्छा तो, नमस्कार।"

कमल उसके साथ-साथ गाड़ी तक पहुंचाने आई। गाड़ी में बैठते हुए अजित ने धीरे से कहा, "अच्छा, आज तो चलता हूं, आज्ञा हो तो कल इधर ही घूमने आऊं?"

कमल ने कहा, "हां, आइएगा।"

अजित ने कमरे की जैसी हालत देखी उससे उसके मन में शंका हुई कि शायद शिवनाथ अब यहां आते नहीं। उसने संकोच के साथ पूछा, "कोई अपराध न समझे तो एक बात पूछूं, शिवनाथ बाबू कितने दिन हुए यहां नहीं आए?"

"सो तो कई दिन हो गए।" कहती हुई कमल हंस दी। किन्तु लालटेन के धुंधले प्रकाश में अजित को स्पष्ट दिखाई दिया कि उसकी यह हंसी पहले की सी नहीं है।

9

अजित जब घर पहुंचा तब करीब आधी रात बीत चुकी थी। गेट खुला था। दरबान ने सलाम करके कहा कि शोफर आपको ढूंढ़ने बाहर गया है। अजित गैरेज में गाड़ी रखकर कम्पित हृदय से आशु बाबू के कमरे में पहुंचा। घुसते ही उसने देखा कि वे अभी सोने-नहीं गए हैं, अस्वस्थ शरीर लिए उसकी प्रतीक्षा में बैठे हैं। अजित को देखते ही वे सीधे होकर बैठ गए। बोले, "आ गए, चलो अच्छा हुआ। मैं बार-बार इसी चिन्ता में सूखा जा रहा था कि कहीं कोई ऐक्सिडेण्ट तो नहीं हो गया जो इतनी देर हो रही

है! मैं तुमसे कितनी ही बार कह चुका हूं कि दूर के रास्ते में कभी अकेले नहीं जाना चाहिए, साथ में शोफर को ज़रूर ले जाना चाहिए। आखिर इस बूढ़े की बात सामने आई न? शिक्षा तो मिली।"

अजित लज्जित होकर कृत्रिम हंसी हंसता हुआ बोला, "आप लोगों को इतनी दुश्चिन्ता में डाल दिया, इसके लिए मुझे बड़ा पछतावा हो रहा है। न जाने क्या सूझा मुझे कि बहुत दूर निकल गया।"

आशु बाबू ने कहा, "पछतावा कल कर लेना, अभी तो घड़ी की तरफ देखो, एक बज चुका है। थोड़ा-बहुत खा-पीकर सो जाओ जाकर। कल सुनूंगा सब किस्सा।" फिर वे बैरा को पुकारने लगे। भूल ही गए कि वह भी बाहर गया है अजित की तलाश में। याद आते ही कहने लगे, "उसे भी तो भेजा है तुम्हारी तलाश में।"

अजित बोला, "बताइए भला, मैं कोई छोटा बच्चा तो था नहीं जो कहीं का कहीं भटक कर खो जाता! और फिर इतने बड़े शहर में नौकर मुझे कहां ढूंढ़ता फिरेगा?"

"तुमने तो कह दिया, कहां ढूंढ़ता फिरेगा; पर हम लोगों की क्या हालत थी, सो तुम क्या जानो? रात के ग्यारह बजे तो शिवनाथ का गाना खतम हुआ, तब से एक-एक क्षण हम लोग तुम्हारी प्रतीक्षा करते रहे। और, ये मनो, मनो कहां गई? उसे भी तो तब से नहीं देख रहा हूं!"

"शायद सो गई होंगी।"

"सोएगी कैसे जी? अभी तक उसने खाना ही नहीं खाया।" कहते-कहते आशु बाबू कुछ सोचने लगे, फिर बोले, "अस्तबल में कोचवान को देखा था क्या, तुम तो उधर गाड़ी रखने गए होगे?"

अजित ने कहा, "नहीं तो।"

"तो बस हो गया!" कहते हुए आशु बाबू दुश्चिन्ता के मारे फिर एक बार उठके बैठ गए। बोले, "जो सोचा था वही हुआ न आखिर। मालूम होता है वह भी गाड़ी लेकर निकल पड़ी तुम्हारी तलाश में। इस डर से कि कहीं मैं मना न कर दूं मुझसे कह तक

नहीं गई। अब बताओ, कैसी परेशानी है! कौन जाने कब तक लौटेगी!"

अजित बोला, "मैं देखता हूं जाकर, गाड़ी है या नहीं।" इतना कहकर वह चल दिया गाड़ी देखने। अस्तबल में जाकर देखा कि गाड़ी मौजूद है और घोड़े बीच-बीच में पैर पटकते हुए मज़े से घास खा रहे हैं। उसकी एक दुश्चिन्ता तो मिटी।

नीचे के बरामदे के उत्तर की तरफ विलायती झाऊ और पाम के पेड़ खड़े-खड़े हवा के झोंकों से झूम रहे थे। उनके सामने ही पहली मंज़िल पर मनोरमा का सोने का कमरा है। अजित यह देखने के लिए कि उसके कमरे में बत्ती जल रही है या नहीं, उसी तरफ से होकर आशु बाबू के कमरे में जा रहा था। जाते-जाते उसे झाड़ी में से किसीकी आवाज़ सुनाई दी। कण्ठस्वर परिचित था। किसी एक गाने के स्वर के विषय में बात हो रही थी। चर्चा कोई बुरी नहीं थी; किन्तु उसके लिए इतनी रात में झाड़ियों के बीच बैठने की ज़रूरत नहीं थी। क्षण-भर के लिए अजित के कदम रुक गए, किन्तु क्षण-भर के लिए ही। फिर वह तुरत ही वहां से दबे पांव चल दिया। परन्तु उन दोनों में से कोई भी यह न जान सका कि उनकी बातें और किसीने भी सुन ली हैं।

अजित के पहुंचने पर आशु बाबू ने व्यग्रता के साथ पूछा, "कुछ पता लगा?"

अजित ने कहा, "गाड़ी तो अस्तबल में ही है। मनोरमा बाहर नहीं गईं, घर ही में होंगी।"

"खैर, अब जान में जान आई।" कहते हुए आशु बाबू ने निश्चिन्त होकर सन्तोष की सांस ली। फिर कहा, "रात बहुत हो चुकी है, शायद वह थक-थकाकर कमरे में जाके सो गई होगी। अब वह शायद ही खाना खाए। पर तुम जाकर महाराज से परोसवाकर खा-पी लो, और सो जाओ।"

अजित ने कहा, "इतनी रात बीते अब मैं नहीं खाऊंगा। आप सोने जाइए, नहीं तो आपकी तबीयत और भी खराब हो जाएगी।"

आशु बाबू ने कहा, "जाता हूं। पर तुम थोड़ा कुछ खाकर ही

सोना।" और वे सोने चले गए।

अजित अपने कमरे में तो चला गया, पर सोया नहीं; खिड़की के पास खड़ा होकर बाहर की तरफ देखने लगा। वह जानता था कि स्वर-सम्बन्धी बातचीत खतम हो जाने पर मनोरमा पिता की खोज-खबर लेने इधर एक बार आएगी ज़रूर।

मनोरमा आई, पर करीब आध घण्टे बाद। पहले वह पिता की बैठक के सामने पहुंची तो देखा कि वहां अंधेरा है। नौकर पास ही कहीं जाग रहा था; मालिक के पुकारने पर उसने उत्तर तो नहीं दिया था, किन्तु उनके चले जाने पर बैठक की बत्ती बुझा दी थी। मनोरमा थोड़ी देर इधर-उधर झांकती रही, फिर अजित के कमरे की तरफ उसकी नज़र गई तो देखा कि वह खिड़की के पास खड़ा हुआ बाहर की तरफ देख रहा है। उसके कमरे में भी बत्ती नहीं जल रही थी, किन्तु बाहर जो बत्ती जल रही थी उसका क्षीण प्रकाश खिड़की तक आ रहा था। मनोरमा ने खुले दरवाज़े के पास जाकर आवाज़ दी, "कौन?"

अजित चौंक पड़ा, बोला, "मैं हूं, अजित।"

"वाह जी वाह! कब आ गए? बापूजी शायद सोने चले गए। उनसे मिल लिए थे?"

"हां।"

"तो फिर मुझे खबर क्यों नहीं दी?"

"उन्होंने समझा कि शायद तुम सो गई हो।"

"वाह, मैं सो कैसे जाती? अभी तक तो मैंने खाना भी नहीं खाया।"

"तो खा-पीकर सो जाओ। बहुत रात हो चुकी है।"

"तुम नहीं खाओगे?"

"नहीं।" कहकर अजित अपने बिस्तर पर बैठ गया।

"वाह! तुम अच्छे रहे!" इससे ज़्यादा मनोरमा और कुछ कह न सकी।

अजित भी चुप रहा। मनोरमा दरवाज़े के बाहर स्तब्ध खड़ी रही। न जाने क्यों, आज उसमें अजित को मना-मुनूकर, नाराज़

होकर, अपनी ज़िद पूरी करने लायक ज़ोर भी नहीं रहा। ऐसा लगा कि किसीने उसका मुंह कसके बन्द कर दिया हो। गहरी रात में वह बहुत देर तक चुपचाप जहां की तहां खड़ी रही; फिर धीरे-धीरे कुछ सोचती हुई वहां से चल दी।

सवेरे उठते ही आशु बाबू को नौकर से मालूम हुआ कि अजित और मनोरमा दोनों में से किसीने भी खाना नहीं खाया। चाय की टेबल पर बैठते ही आशु बाबू ने बड़ी उत्कण्ठा से पूछा, “कल ज़रूर कोई ऐक्सिडेण्ट हो गया होगा, हुआ था न?”

अजित ने कहा, “नहीं तो।”

“तो क्या तेल निबट गया था? या मोटर में कोई खराबी हो गई थी?”

“नहीं। तेल काफी था, गाड़ी भी ठीक थी।”

“तो फिर इतनी देर कैसे लग गई?”

अजित से कुछ कहते नहीं बना तो ‘ऐसे ही’ कहकर चुप रह गया।

मनोरमा खुद चाय नहीं पीती। उसने चाय बनाकर एक कप पिता के आगे रख दिया, और दूसरा कप और नाश्ते की तश्तरी अजित की ओर बढ़ा दी। पर न तो उसने अजित की ओर मुंह उठाकर देखा और न उससे कोई बात ही पूछी। दोनों के इस भाव-परिवर्तन को आशु बाबू ताड़ गए। नाश्ता करने के बाद अजित जब नहाने चला गया तब आशु बाबू उद्विग्न चित्त से लड़की से बोले, “नहीं बेटी, यह बात अच्छी नहीं। अजित से हमारा सम्बन्ध चाहे जितना भी घनिष्ठ क्यों न हो, तो भी, हमारे घर वे मेहमान हैं। मेहमान के योग्य उनका सम्मान होना ही चाहिए।”

मनोरमा बोली, “मैंने कब कहा कि नहीं होना चाहिए?”

“नहीं बेटी! ठीक है कि तुमने नहीं कहा; लेकिन हमारे व्यवहार से किसी तरह की लापरवाही या नाराज़ी का भाव प्रकट होना, यह भी तो अपराध में ही गिना जाएगा।”

मनोरमा ने कहा, “सो तो मैं मानती हूं। पर तुमने किसीसे सुना कि मुझसे ऐसा कोई अपराध बन पड़ा है?”

आशु बाबू लड़की के इस सवाल का जवाब न दे सके। उन्होंने किसीसे सुना कुछ नहीं, न उन्हें कुछ मालूम ही है। उनका तो केवल अनुमान ही है। फिर भी, वे प्रसन्न न हो सके। कारण, इस तरह की बहस तो की जा सकती है; किन्तु पिता के उत्कण्ठित चित्त को निःशंक नहीं किया जा सकता। कुछ देर बाद वे मानो अपने-आपसे ही कहने लगे, "अजित के वापस आने तक मैं तो जाग ही रहा था। मैंने उससे खाना खाने के लिए भी कहा था, पर ज़्यादा रात हो जाने से उसने खाना नहीं खाया। और मैं भी सोने चला गया। मेरी समझ से तो इतनी ही त्रुटि हुई होगी। इसमें ऐसा क्या कसूर हो गया कि उसे इतना बुरा लग गया! और फिर तुम्हारा सो जाना भी ठीक नहीं हुआ बेटी!"

मनोरमा चुप रही। आशु बाबू भी कुछ देर तक मौन रहे, फिर शायद अपने मन की लज्जा को दबाते हुए बोले, "उसके मन की बात तुमने उससे पूछी क्यों नहीं? पूछने से शायद कुछ मालूम हो सकता था।"

पूछने को तो बहुत-सी बातें थीं; पर पूछना कठिन था, खासकर मनोरमा के लिए। इस बात को आशु बाबू समझ सकते थे; फिर भी उन्होंने कहा, "इतना तो साफ मालूम पड़ता है कि वह नाराज़ है। हो सकता है कि उसने समझ लिया हो कि तुमने उसकी उपेक्षा की है। ऐसी अनुचित धारणा तो हमारी तरफ से उसके मन में रहने नहीं दी जानी चाहिए बेटी!"।

मनोरमा बोली, "मेरे विषय में यदि कोई अनुचित धारणा उन्होंने बना ली हो तो यह उनका दोष है। एक आदमी के दोष को सुधारने की ज़िम्मेदारी क्या दूसरे आदमी को अपने ऊपर ले लेनी चाहिए, बापूजी?"

पिता पुत्री के इस प्रश्न का उत्तर न दे सके। अपनी कन्या का वे जिस ढंग से पालन-पोषण करते आए हैं उससे ऐसा कोई आदेश वे नहीं कर सकते थे जो उसके आत्मसम्मान को ठेस पहुंचाता हो।

शाम के वक्त एक तांगे को गेट के अन्दर घुसते देख आशु बाबू ने नौकर से दरियाफ्त किया तो मालूम हुआ कि वह अजित बाबू के लिए आया है। तुरन्त बैरा को भेजकर उन्होंने अजित को अपने पास बुलाया। जब वह आ गया तो हंसते हुए उन्होंने उससे पूछा, "तांगे की क्या ज़रूरत पड़ गई अजित?"

अजित ने जवाब दिया, "ज़रा घूमने जाना है।"

"क्यों, मोटर कहां गई? फिर बिगड़ गई क्या?"

"नहीं तो, ठीक है। लेकिन आप लोगों को आज उसकी ज़रूरत पड़ सकती है!"

"अगर पड़े भी, तो उसके लिए जोड़ी-गाड़ी तो मौजूद है।" —इतना कहकर आशु बाबू क्षण-भर चुप रहे, फिर बोले, "बेटा अजित, मुझे सच-सच बता दो; मोटर के बारे में कोई बात हुई है क्या?"

अजित ने कहा, "नहीं। लेकिन आज भी तो यहां संगीत-सभा बैठेगी। उसमें लोगों को लाने-पहुंचाने के लिए मोटर ही ठीक रहेगी, जोड़ी-गाड़ी में बड़ा झंझट रहेगा।"

आज सवेरे से ही आशु बाबू का मन ठीक नहीं था। मनोरमा और अजित के आपसी सम्बन्ध बिगड़ते देख उनका मन इसी समस्या की उधेड़-बुन में फंसा हुआ था; और इसीलिए वे भूल ही गए थे कि आज शाम के लिए वे कल ही सबको न्योता दे चुके हैं। अब लड़की की मानसिक हालत और अजित का इस तरह तांगे पर बैठकर बाहर घूमने जाना उनके लिए असह्य वेदना का कारण बन गया; इससे झुंझलाकर वे बोल उठे, "आज वो सब कुछ नहीं होगा।"

अजित बोला, "क्यों?"

"क्यों, सो मनोरमा से ही पूछ देखो एक बार।"—कहकर आशु बाबू ने नौकर को आवाज़ दी, और उससे कहा, "जा तो, अपनी जीजी बाई को बुला ला एक बार।" फिर अजित से हंसते हुए बोले, "तुम नाखुश हो बेटा! फिर गाना-बाना सुनेगा कौन? मनो? या अकेला मैं? जब घर में किसीकी भी मानसिक दशा

ठीक नहीं, तो संगीत की बैठक बिलकुल ही बेकार है। खैर, गाना-वाना और किसी दिन सुन लिया जाएगा; आज तो तुम मोटर लेकर ज़रा घूम-फिर आओ। पर ज़्यादा देर न लगाना। और हां, तुम अकेले मत जाना, ड्राइवर को ले जाना साथ में। वह नालायक बैठा-बैठा बिलकुल ही आलसी हुआ जा रहा है।"—इतना कह वे सन्तोष की सांस लेकर आरामकुरसी पर पैर फैलाके पड़ रहे।

मनोरमा ने कमरे में कदम रखते ही वहां जब अजित को देखा तो वह गरदन टेढ़ी करके खड़ी हो गई। पैरों की आहट सुनकर आशु बाबू फिर सीधे होकर बैठ गए, और सकौतुक स्निग्ध हंसी के साथ कन्या से बोले, "क्यों बेटी, आज तुम्हें क्या-क्या करना है, कुछ याद है, या सब भूल-भालकर निश्चिन्त बैठी हो?"

"क्या करना है, बापूजी?"

"कल जब गाना खत्म हुआ था तब उन सबको आज के लिए न्योता दिया था, सो भी याद नहीं क्या?"

मनोरमा ने सिर हिलाते हुए जवाब दिया, "है क्यों नहीं! मोटर भेज दी है मैंने उन लोगों को ले आने के लिए।"

"मोटर तो भेज दी है, और खाने-पीने का इन्तज़ाम?"

"सब ठीक है, कोई त्रुटि नहीं रहेगी।"

"अच्छी बात है।" इतना कहकर वे आरामकुरसी पर पड़ रहे।

मनोरमा चली गई। अजित भी बाहर जा रहा था, किन्तु आशु बाबू ने इशारे से उसे रोक लिया; और फिर वे उठके बैठ गए। क्षण-भर चुप रहने के बाद कहने लगे, "बेटा अजित, लड़की की तरफ से क्षमा मांगने में मेरे मन में संकोच हो रहा है। पर उसकी मां जीवित नहीं हैं, वे होतीं तो मुझे ऐसी बात कहनी नहीं पड़ती।" अजित चुप रहा। आशु बाबू कहते रहे, "ये सब बातें वे ही सुलझा लेतीं। वे तुम्हारे मुंह से यह बात ज़रूर निकलवा लेतीं कि तुम क्यों नाराज़ हो। किन्तु वे तो अब हैं नहीं। सो, मुझे क्या तुम इतना नहीं बता सकते कि तुम क्यों नाखुश हो?" उनका स्वर ऐसा करुण और मर्मस्पर्शी था कि कठोर से कठोर सुननेवाला भी व्यथित हो उठे;

फिर भी अजित न जाने कैसे चुप रह गया! आशु बाबू फिर बोल उठे, "मनो से क्या तुम्हारी कोई बात नहीं हुई?"

अजित ने कहा, "हुई थी।"

आशु बाबू उत्सुक होकर पूछने लगे, "हुई थी? कब हुई? मनो तो कल रात को थक-थकाकर सो गई थी! उसने तुमसे कुछ कहा था?"

अजित कुछ देर चुप रहकर शायद यह विचारता रहा कि क्या जवाब दिया जाए। फिर धीरे से बोला, "उतनी रात तक जगते रहना न आसान था और न उचित ही। सो जातीं तो उसमें कोई दोष नहीं था, पर वे सोई नहीं थीं। आपके सोने चले जाने के कुछ देर बाद ही उनसे मेरी भेंट हो गई थी।"

"फिर?"

"फिर, और कोई बात मैं आपसे नहीं कहना चाहूंगा।" इतना कहकर अजित वहां से चल दिया, और दरवाज़े के बाहर जाते-जाते वह कहता गया, "कल या परसों तक शायद मैं यहां से चला जाऊंगा।"

आशु बाबू कुछ भी नहीं समझ सके; सिर्फ इतना ही उनकी समझ में आया कि ज़रूर कोई रहस्य है इसमें। मनोरमा की तरफ से ज़रूर कोई असहनीय दुर्व्यवहार हो गया है।

तांगा अजित को लेकर बाहर चला गया; और उसकी आवाज़ आशु बाबू ने सुन ली। इसके कुछ ही देर बाद हॉर्न बजाती हुई मोटर निमन्त्रितों को लेकर आ पहुंची; और उसका शोर भी उन्होंने सुन लिया। किन्तु वे ज़रा भी हिले-डुले नहीं, जैसे के तैसे मूर्ति की तरह निश्चल बैठे रहे।

संगीत-सभा की बैठक जब जमने लगी तब नौकर ने वहां जाकर खबर सुनाई, "बाबू साहब की आज तबीयत ठीक नहीं है, वे सो गए हैं।"

उस रात को फिर गाना-वाना नहीं जमा। खाने-पीने का उत्साह भी ठंडा पड़ गया। सबको बार-बार बस एक ही बात का खयाल होने लगा कि घर का एक आदमी हवा खाने के बहाने बाहर

चला गया, और दूसरा आदमी सभा के जिस स्थान को अपने विपुल शरीर और प्रसन्न हास्य-परिहास से सबके आकर्षण का केन्द्र बनाए रखता था, वह स्थान आज बिलकुल सूना पड़ा हुआ है।

10

उधर अजित का तांगा कमल के घर के सामने जाकर खड़ा हो गया। कमल सड़क के किनारेवाले अपने बरामदे में खड़ी थी। अजित को देखते ही उसने हाथ उठाकर नमस्कार किया, और तांगे की तरफ इशारा करते हुए ऊंचे स्वर में कहा, "उसे विदा कर दीजिए। नहीं तो, सामने खड़ा-खड़ा वह बार-बार वापस चलने के लिए जल्दी मचाता रहेगा।"

अजित ने किराया चुकाकर तांगेवाले को विदा कर दिया। फिर बरामदे के सामने पहुंचते ही उसने कमल से कहा, "विदा तो कर दिया; मगर लौटते वक्त दूसरा मिल तो जाएगा?"

कमल ने कहा, "मिलना तो मुश्किल ही है; लेकिन घर ऐसा क्या दूर है? पैदल ही चले जाइएगा।"

"पैदल जाना पड़ेगा?"

कमल ने कहा, "क्यों, डर लगेगा क्या? खतरे की कोई बात हो तो मैं खुद साथ चलकर आपको घर तक पहुंचा आऊंगी। खैर, आइए, भीतर आइए।" और वह उसे भीतर अपने रसोईघर में ले गई। आसन बिछाती हुई बोली, "बैठिए। ज़रा देखिए तो, दिन-भर लगके मैंने आपके लिए क्या-क्या सामान बनाया है! आप न आते तो शायद मैं गुस्से में आकर सब मोचियों में बांट देती।"

अजित बोला, "तो आपको गुस्सा खूब आता है? खैर, कोई बात नहीं, उस हालत में इन भोज्य पदार्थों का मेरी अपेक्षा कहीं ज़्यादा सदुपयोग होता।"

"इसके मानी?" कहकर कमल कुछ देर तक अजित के मुंह की तरफ देखती रही, फिर अपने-आप ही कहने लगी, "आपका मतलब शायद यह है कि अमीरों को खिलाने की अपेक्षा गरीबों को

दान कर देना कहीं ज़्यादा पुण्य-कर्म है? यह हुआ साधु-सज्जनों का बुराई-भलाई का विचार, यानी धर्मात्माओं की धर्म-बुद्धि का निर्णय। असल में, ऐसे लोग इसीको सार्थक व्यय समझकर उसके एवज़ में अपने परलोक के खाते में पुण्य की रकम जमा कराते रहते है, और मरने के बाद अगले जन्म में ब्याज समेत उसे वसूल करने की आशा में इस जन्म में दुःख उठाते रहते हैं। बेचारे यह नहीं जानते कि वास्तविक आनन्द का सुधापात्र तो अपव्यय के झरने से ही भरता रहता है!"

अजित ने आश्चर्य से कमल के मुंह की ओर देखते हुए कहा, "मनुष्य के कर्तव्य में क्या आनन्द है ही नहीं?"

कमल ने ज़ोर से कहा, "नहीं। नहीं है। कर्तव्य की भावना में जो आनन्द दिखाई देता है वह आनन्द नहीं, आनन्द का केवल भ्रम है, दुःख का ही नामान्तर है। मनुष्य के लिए बुद्धि का शासन ऐसा ही दुर्भाग्य-पूर्ण है कि वह उसे आनन्द मानने को मजबूर है। वह तो बन्धन है। ऐसा ही यदि न होता, तो यह जो शिवनाथ का आसन बिछाकर मैंने आपको बिठाया है, प्रेम के इस अपव्यय के बिना मैं आनन्द कहां से पाती? अजित बाबू, मेरी सब बातें अभी आप समझ नहीं सकेंगे, और समझने की कोशिश करने से भी कोई लाभ नहीं। किन्तु मेरी ऐसी उलटी बातों के मानी कभी अपने-आप ही आपको समझ में आ जाएं, तो उस दिन मेरी याद कर लीजिएगा। खैर, अब इन सब बातों को जाने दीजिए—आप खाना खाइए।" इतना कहकर उसने थाली परोसकर अजित के सामने रख दी।

अजित कुछ देर तक तो चुप रहा, फिर कहने लगा, "यह सही है कि आपके अन्त के कुछ शब्दों के गूढ़ अर्थ को मैं हृदयंगम नहीं कर पाया, किन्तु वे अबोध्य हों, ऐसा मैं नहीं समझता। समझा देने से समझ भी सकता हूं।" .

कमल बोली, "कौन समझा देगा अजित बाबू? मैं? मुझे क्या पड़ी है!" और फिर उसने हंसते हुए और भी कई चीज़ें थाली में परोस दीं।

अजित खाने में मन लगाता हुआ बोला, "आपको शायद मालूम

नहीं कि मैंने कल रात को खाना नहीं खाया।"

"मुझे मालूम तो नहीं, पर मुझे सन्देह ज़रूर था कि इतनी रात बीते आप शायद ही खाना खाएं। आखिर वही हुआ। मेरे दोष से कल आपने तकलीफ ही पाई।"

"पर आज तो मैं ब्याज समेत वसूल कर रहा हूं।" कहते-कहते उसे खयाल आया कि कमल अभी तक भूखी ही है। मन-ही-मन लज्जित होता हुआ वह बोला, "और मेरा हाल देखिए, आप सवेरे से भूखी हैं, और मैं हूं कि जानवरों की तरह खाए ही चला जा रहा हूं। आपका ज़रा खयाल तक मेरे मन में नहीं आया!" .

कमल हंसती हुई बोली, "पर, यह तो मेरे अपने खाने से कहीं बढ़कर है। इसीसे तो आते ही आपको जिमाने बैठ गई हूं।"

"सचमुच आप आश्चर्यमयी हैं! शुरू से ही आपको देखकर मुझे ऐसा आश्चर्य हुआ कि मैं कुछ कह नहीं सकता।"

सुनते ही कमल हंसने लगी। बोली, "सो तो कमबख्त मेरा रूप है! मगर उसने भी अपनी हार मान ली अक्षय के आगे। उन्हें यह परास्त न कर सका।"

अजित लज्जित होते हुए भी हंसने लगा। बोला, "बात तो कुछ ऐसी ही है। उनकी बात छोड़िए, वे गोलकुण्डा के माणिक ठहरे! उनपर खरोंच पड़ना मुश्किल है।"

अजित खाना खा चुका; पर वह उठा नहीं। कमल के यह कहने पर भी कि उठके हाथ-मुंह धो लीजिए, वह उसी आसन पर बैठा रहा। बोला, "पहले आप खा लीजिए। उसके बाद मैं उठूंगा, पहले नहीं।"

"अच्छे आदमी हैं आप भी! मैं खा रही हूं, आप पहले उठिए तो सही।"

"नहीं, सो नहीं हो सकता।"

"अच्छा तो आप आसन जमाए बैठे रहिए, मैं खा रही हूं।" इतना कहकर कमल ने अपनी थाली परोसी तो अजित देखता ही रह गया। थाली में सिर्फ चावल, दाल, उबले हुए आलू और नमक के सिवा और कुछ नहीं था। और-और दिन वह क्या खाती-पीती

है, सो तो अजित को नहीं मालूम; किन्तु आज, जबकि इतनी तरह की चीज़ें बनी हैं, उसके स्वेच्छाकृत आत्मसंयम को देखकर अजित की आखों में आंसू भर आए। वैसे तर्क करने में कमल मुंह से चाहे जो भी कहे, किन्तु वास्तव में भोग के क्षेत्र में उसके इस कठोर आत्मसंयम को देखकर अजित भाव-विभोर हो उठा। असम्मान और अनादर से जिन कठोरहृदय व्यक्तियों ने उसे लांछित किया था उन सबके प्रति उसकी घृणा की सीमा न रही। कमल के भोजन की हालत देखकर अपने मनोभाव को वह दबा न सका। कहने लगा, "अपने को बड़ा मानकर जो लोग आपको अपमानित और लांछित करके अपने को दूर रखना चाहते हैं, सच पूछा जाए तो वे आपके पांव छूने के लायक भी नहीं हैं।"

कमल ने आश्चर्य के साथ मुंह उठाकर पूछा, "क्यों?"

"क्यों, सो मैं नहीं जानता; किन्तु इस सत्य को मैं दृढ़ता के साथ कह सकता हूं।"

इससे कमल का विस्मय का भाव दूर नहीं हुआ; किन्तु वह चुप रह गई।

अजित ने संकोच के साथ पूछा, "आप मुझे क्षमा कर सकें तो आपसे एक बात पूछूं?"

"क्या बात?"

"निर्दय शिवनाथ के द्वारा लांछित और वंचित होने के कारण ही क्या आपने ऐसा कष्टसाध्य व्रत धारण किया है?"

"नहीं तो, अपने पहले पति के देहान्त के बाद से ही मैं ऐसा भोजन करती आ रही हूं। इससे मुझे कोई कष्ट नहीं होता।"

सुनते ही अजित का चेहरा बुझ-सा गया। कुछ देर स्तब्ध रहकर उसने पूछा, "आपका एक बार पहले भी विवाह हो चुका है?"

कमल ने शान्त भाव से कहा, "हां। असम के ईसाई थे वे। उनके मरने के बाद मेरे पिता भी जाते रहे, अचानक घोड़े से गिर-कर। तब से मैं ऐसा ही खाती आ रही हूं।"

अजित एक गहरी सांस लेकर रह गया। वह और भी कई

बातें पूछना चाहता था, किन्तु पूछने का अवसर ही नहीं मिल सका। कमल थाली सरकाती हुई बोली, "मेरा खाना हो चुका, आप चलिए उस कमरे में, मैं हाथ धोकर आती हूं।"

अजित बोला, "नहीं, अब मैं जाऊंगा।"

"बैठिएगा नहीं? आज इतनी जल्दी चले जाएंगे?"

"हां, आज जल्दी ही जाना है।"

कमल ने उसके चेहरे की तरफ गौर से देखा। देखते ही वह समझ गई कि उसके चेहरे पर वह सहानुभूतिपूर्ण कोमल भाव नहीं रहा जो अभी कुछ देर पहले तक था, और यह समझने में भी उसे देर न लगी कि अजित ने अन्त में उससे जो बातें पूछी थीं उसके उत्तर में उसने अपने जीवन की जो दो-चार बातें बताईं, उनका असर अजित पर अच्छा नहीं पड़ा। कमल कुछ देर तक अजित के चेहरे की तरफ निर्निमेष दृष्टि से देखती रही, फिर शान्त कण्ठ से बोली, "अच्छा, जाइए।"

अब अजित क्या कहे, उसकी कुछ समझ में नहीं आया। कुछ सोचकर उसने पूछा, "आप क्या अब यहीं रहेंगी?"

"क्यों, क्या बात है?"

"मान लीजिए, शिवनाथ अगर आ इन्दा नहीं आए तो? उन-पर तो आपका कोई ज़ोर नहीं है?"

कमल बोली, "नहीं।" फिर ज़रा ठहरकर पूछ उठी, "आप लोगों के यहां तो वे रोज़ ही आते रहते हैं, आप गुप्त रूप से क्या मुझे खबर नहीं दे सकते?"

"उससे क्या होगा?"

कमल ने व्यथित चित्त से जवाब दिया, "होगा और क्या! घर का किराया दो इस महीने का दे दिया है। पर और भी तो खर्च हैं। उनसे एक बार मिल लेती तो मैं कल-परसों तक चली जा सकती थी।"

"कहां जाना चाहती हैं?"

कमल ने अजित के इस प्रश्न का जवाब नहीं दिया। वह चुप रह गई।

अजित ने पूछा, "आपके हाथ में शायद रुपये नहीं हैं?"

कमल ने इस सवाल का भी कोई जवाब नहीं दिया।

अजित कुछ देर तक चुप रहकर कुछ सोचने लगा, फिर बोला, "आते समय में आपके लिए कुछ रुपये लेता आया था, लीजिएगा?"

"नहीं।"

"नहीं क्यों? मुझे निश्चित मालूम है कि आपके पास रुपये नहीं हैं। जो भी कुछ था, सो आज आपने मेरे ऊपर खर्च कर दिया।" इस बात का भी कुछ जवाब न पाकर फिर उसने कहा, "ज़रूरत पड़ने पर क्या कोई मित्रों से कुछ लेता नहीं?"

कमल ने जवाब दिया, "किन्तु आप तो मित्र नहीं हैं।"

"न सही, पर अ-मित्रों से भी कर्ज़ लिया जाता है और बाद में हाथ में रुपये आने पर चुका दिया जाता है। फिर आप वैसे ही कर्ज़ ले लीजिए।"

कमल ने गरदन हिलाते हुए दृढ़ता से उत्तर दिया, "नहीं, सो में नहीं ले सकती।"

अजित समझ गया कि अब कमल के इस निर्णय में कोई परिवर्तन नहीं हो सकता। फिर उसने कमल की तरफ गौर से जब देखा तो वह स्पष्ट समझ गया कि कल जो उसके बदन पर मामूली गहने थे उनमें से भी कई नहीं हैं। इसके मानी यह हुए कि उन्हें बेचकर देनदारी चुकाई गई है। वेदना के भार से सहसा उसका मन भीतर से रो उठा। उसने पूछा, "तो यहां से जाना ही आपने तय कर लिया है क्या?"

कमल बोली, "इसके सिवा और चारा ही क्या है।"

इस उत्तर से अजित का चित्त और भी व्यथित हो उठा। उसने अन्तिम सहानुभूति के तौर पर कहा, "संसार में आपके लिए क्या कोई भी ऐसा नहीं है जिससे आप किसी तरह की सहायता ले सके?"

कमल ने ज़रा सोचकर कहा, "हैं क्यों नहीं, हैं। और लड़की के रूप में केवल उन्हीं के पास जाकर मैं हाथ पसार सकती हूं। हां तो, आपको तो देर हुई जा रही है। मैं साथ चलकर पहुंचा दूं?'

अजित सहम गया, बोला, "नहीं-नहीं, मैं अकेला ही जा रहा हूं।"

"तो जाइए। नमस्कार।"

अजित धीरे-धीरे नीचे उतरा और घर की तरफ पैदल चल दिया।

11

करीब तीन बजे होंगे। जाड़ा काफी था। आशु बाबू के कमरे की कांच की खिड़कियां दिन-भर बन्द ही रहती हैं। आरामकुरसी पर पड़े-पड़े वे कुछ पढ़ रहे थे। उनके हाथ के कागज़ पर पीछे से किसीकी छाया पड़ते ही वे समझ गए कि अब उनके नौकर की दोपहर की नींद पूरी हुई है। उन्होंने आवाज़ दी, "क्यों रे जदुआ, कच्ची नींद में तो नहीं उठ बैठा, नहीं तो फिर सिर-दर्द के बहाने छुट्टी मांगने लगेगा? इधर आ, सुन ज़रा, मेरी रज़ाई ठीक कर दे, पांव खुल गए हैं।"

रज़ाई का अधिकांश हिस्सा कार्पेट पर जा पड़ा था। आगन्तुक ने उसे उठाकर नीचे तक उनके पैर अच्छी तरह ढक दिए। आशु बाबू बोले, "बस, हो गया, रहने दे। ज़्यादा जतन करने की ज़रूरत नहीं। अब एक सिगार देकर और भी सोना हो तो सो ले, अभी तो काफी देर है दिन डूबने में। लेकिन समझ रखना, कल, हां, कल ही···यानी, कल तेरी नौकरी चली ही जाएगी!"

कोई जवाब नहीं मिला। कारण, मालिक के इस तरह के नोटिस से नौकर अभ्यस्त हो चुका था। आशु बाबू से यह बात छिपी नहीं थी। थोड़ी देर बाद फिर उनके हाथ के कागज़ पर छाया आ पड़ी तो उन्होंने हाथ बढ़ाकर सिगार ले लिया, और दीआसलाई जलने की आवाज़ के साथ ऊपर को मुंह उठाकर देखा तो वे दंग रह गए। बोले, "सो ही तो मैं सोच रहा था कि जदुआ का हाथ ऐसा कैसा! इस तरह जतन से पैर ढकने का शऊर तो उसकी चौदह पीढ़ियों में से किसीको न होगा।"

कमल बोल उठी, "पर इधर जो मेरी उंगलियां जली जा रही हैं।"

आशु बाबू ने जल्दी से उसके हाथ से जलती दी आसलाई की सींक लेकर दूर फेंक दी। फिर उसके हाथ को अपने हाथ में लेते हुए बोले, "इतने दिन तुम दिखाई क्यों नहीं दी बेटी?" इस बार उन्होंने पहले-पहल कमल को 'बेटी' कहकर सम्बोधित किया।

कमल एक कुरसी खींच कर कुछ दूर बैठना चाहती थी, किन्तु उन्होंने टोकते हुए उससे कहा, "नहीं बेटी, वहां नहीं। तुम मेरे बिलकुल पास आकर बैठो।" और जब वह उनके पास कुरसी खींच-कर बैठ गई तब वे बोले, "आज अचानक इस बूढ़े की याद कैसे आ गई, बेटी?"

कमल ने कहा, "आज सवेरे से ही मेरा जी चाह रहा था आपको देखने को, इसीसे चली आई।"

आशु बाबू ने कहा, "अच्छा किया।" इससे ज़्यादा वे और कुछ न कह सके। औरों की तरह उन्हें भी मालूम था कि कमल का यहां कोई साथी-संगी नहीं है, न कोई उसे चाहता ही है; किसीके घर जाकर दो बातें कर ले सो भी उसे नसीब नहीं। फिर भी, उनके मुंह से ये शब्द भी न निकल सके कि 'कमल, जब भी तुम्हारी तबीयत चाहे, तुम मेरे पास चली आया करो।' शायद वे कुछ सोच रहे थे। इतने में उनके हाथ का कागज़ खिसककर नीचे गिर गया। कमल ने कागज़ उठाकर उनके हाथ में थमाते हुए कहा, "आप पढ़ रहे थे, मैंने आकर उसमें विघ्न तो नहीं डाल दिया?"

आशु बाबू बोले, "नहीं। मैं पढ़ चुका। जो कुछ थोड़ा-बहुत बाकी है उसे बिना पढ़े भी काम चल सकता है।" और फिर कुछ देर रुककर कहने लगे, "अच्छा ही हुआ जो तुम आ गईं, नहीं तो मुझे अकेला ही पड़ा रहना पड़ता। तुम्हारे आ जाने से इतना तो होगा कि तुम बातें करती रहो और मैं सुनता रहूं।"

कमल ने कहा, "दिन-भर मैं आपसे बातें करती रहूं, तो भी मैं थकने का नाम न लूं। पर डर इस बात का है कि कोई नाराज़ हो जाए तो बात करने की जो थोड़ी-बहुत आज़ादी मिल रही है उससे

भी वंचित न होना पड़े।" इतना कहकर वह हंसने लगी।

किन्तु उसकी इस हंसी से आशु बाबू प्रसन्न न हो सके। कारण, उसका कहना सही था। उन्होंने कहा, "बात तो तुम्हारी ठीक ही है, कमल! पर, जो लोग नाराज़ हो सकते हैं उनमें से अभी यहां कोई मौजूद नहीं है। यहां के जो नये मजिस्ट्रेट हैं वे बंगाली हैं। उनकी पत्नी से मनोरमा की मित्रता है, दोनों कालेज में एकसाथ पढ़ी हैं। मनो उन्हीं के यहां गई हुई है, शायद रात तक लौट पाएगी।"

कमल ने हंसते हुए पूछा, "आपने कहा कि जो लोग नाराज़ हो सकते हैं—सो उनमें से एक तो हुई मनोरमा, बाकी के और कौन-कौन हैं?"

आशु बाबू बोले, "सभी हैं, यहां ऐसों की कमी नहीं है। पहले मुझे ऐसा लगता था कि अजित शायद तुमसे नाखुश नहीं है, पर अब देख रहा हूं कि वही सबसे ज़्यादा नाखुश है। और अब अविनाश को भी ऐसा देख रहा हूं। सबने मिलकर मानो तुम्हारे विरुद्ध षड्यन्त्र रच रखा है। सोचता हूं तो ताज्जुब होता है!"

अब की बार कमल ज़ोर से हंस पड़ी। बोली, "यह तो तुच्छ कुशांकुर को मारने के लिए वज्रदण्ड का प्रहार हुआ! आखिर मुझ जैसी एक समाज और संसार से बहिष्कृत तुच्छ स्त्री के विरुद्ध षड्यन्त्र करने की क्या ज़रूरत आ पड़ी! मैं तो आपके घर के सिवा और किसी के यहां जाती नहीं।"

आशु बाबू कहने लगे, "सो तो तुम्हारा कहना ठीक है। इस शहर में यह भी किसीको नहीं मालूम कि तुम्हारा घर कहां है। किन्तु इसीलिए तुम तुच्छ नहीं हो बेटी! और शायद इसीलिए ये लोग न तो तुम्हें भूल सकते हैं, न माफ ही कर सकते हैं। यही वजह है कि तुम्हारी आलोचना किए बिना उन्हें चैन नहीं मिलता।" कहते-कहते वे कुछ देर के लिए रुक गए, फिर कहने लगे, "देखा कमल, यह संसार इतना विचित्र और ऐसा कठोर है कि इसमें कोई भी आदमी पूरे सुख-सन्तोष के साथ नहीं जी सकता। जीवन के चारों तरफ यहा कांटे ही कांटे दीखेंगे। अब सवाल उठता है, आखिर ऐसा क्यों है? इसलिए कि संसार या सृष्टि असम्पूर्ण है। अच्छा देखो,

मेरे बारे में सभी सोचते होंगे कि हमेशा प्रसन्न रहनेवाले इस बूढ़े के समान शायद ही कोई सुखी होगा। काफी धन-दौलत है, काफी ज़मीन-जायदाद है···"

"सो तो है ही।"

"तुमने तो कह दिया, सो तो है ही; किन्तु तुम्हें मेरे मन की भी कुछ खबर है कि मेरे मन को कितना सुख है, कितनी शान्ति है?"

"नहीं। आपके मन की बात मैं कैसे जान सकती हूं, आशु बाबू?"

आशु बाबू कहते-कहते कुछ भूल-से गए मानो। बोले, "देखो बेटी, तुम मेरी मनो के बराबर ही होगी। तुम्हारे मुंह से अपना नाम सुनता हूं तो मेरे कानों में कैसा तो खटकने लगता है। तुम्हें कोई आपत्ति न हो तो तुम मुझे चाचाजी या ताऊजी कहा करो।"

आशु बाबू की स्नेहाकुल वाणी कानों में पड़ते ही कमल का हृदय गद्गद हो उठा। उसकी आंखें डबडबा आईं। फिर भी, किसी तरह अपने को संयत करके वह बोली, "नहीं, सो मैं नहीं कह सकती।"

"नहीं? नहीं क्यों?"

"उसमें एक कारण है। शायद···" कहते-कहते वह रुक गई। उसका शायद अभिप्राय था कि ऐसा करने से घरवालों को अच्छा नहीं लगेगा। खैर, जो भी कुछ हो। उसने तत्काल चर्चा का विषय ही बदल दिया। बोल उठी, "अजित बाबू कहां हैं?"

आशु बाबू शायद उसके 'नहीं' कहने पर कुछ अन्यमनस्क-से हो गए थे। कमल का प्रश्न सुनते ही वे सावधान होकर बोले, "मालूम नहीं, शायद घर में ही होंगे।" और फिर कुछ देर चुप रहने के बाद कहने लगे, "कई दिनों से मेरे पास कम आने लगे हैं। और, शायद वे यहां से जल्दी चले जाएंगे।"

"कहां जानेवाले हैं वे?"

"बूढ़े आदमी को क्या सब लोग सब बातें बताते हैं, बेटी? नहीं बताते, शायद इसकी वे ज़रूरत ही नहीं समझते।"

कमल हंस दी। वह कुछ कहना ही चाहती थी कि इतने में दरवाज़े के पास किसी आदमी की छाया दीख पड़ी। नौकर ने आकर ऐसा कठोर संवाद दिया कि आशु बाबू और कमल दोनों परस्पर एक-दूसरे का मुंह देखते रह गए। नौकर के संवाद का सार यह या कि अविनाश, अक्षय, हरेन्द्र, अजित आदि बाबुओं का पूरा दल का दल आ रहा है।

क्षण-भर बाद बाबुओं का समुदाय कमरे में घुसते ही आश्चर्य से दंग रह गया। कारण, इस बात की उन लोगों ने कल्पना भी नहीं की थी कि कमल यहां मौजूद होगी। हरेन्द्र ने हाथ उठाकर कमल को नमस्कार किया। अविनाश ने चेहरे पर हंसी लीने की कोशिश करते हुए एक बार इधर और एक बार उधर गरदन हिलाई, जिसका अर्थ किसीकी समझ में ही नहीं आया। अक्षय सीधा चलने-वाला आदमी ठहरा। वह सीधा आया और सीधे अभिप्राय से एक आंख से अवज्ञा और दूसरी से विरक्ति बरसाता हुआ एक कुरसी खींचकर उसपर जमके बैठ गया। उसने आशु बाबू से पूछा, "मेरा लेख आपने पढ़ा?"

"हां, पढ़ लिया।"—कहते हुए आशु बाबू उठके बैठ गए।

आशु बाबू के कुछ कहने से पहले ही अविनाश ने कहना शुरू कर दिया, "मैंने भी उसे पढ़ा है आशु बाबू! अधिकांश बातें ठीक लिखी हैं। देश की सामाजिक व्यवस्था का अगर सुधार करना हो तो उस आंदोलन को जाने हुए पक्के मार्ग पर ही आगे बढ़ाना चाहिए। यह तो हम मानते हैं कि यूरोप के सम्पर्क में आकर हमने बहुत-सी मच्छी चीज़ें पाई हैं और अपनी बहुत सी त्रुटियों को हमने समझा है; परन्तु हमारा सुधार हमारे अपने मार्ग से ही होना चाहिए। केवल दूसरों के अनुकरण से ही हमारा कल्याण नहीं हो सकता। भारतीय नारी की जो विशिष्टता है, यदि क्षणिक लोभ और मोह के वशीभूत होकर हम उस विशिष्टता से उसे भ्रष्ट करने की कोशिश करेंगे तो हम हर तरफ से असफल ही रहेंगे। क्यों, ठीक है न, आशु बाबू?"

आशु बाबू अकपट भाव से अविनाश की बातों को स्वीकार

करते हुए बोले, "इस विषय में तो तर्क करने की कोई गुंजाइश ही नही, अविनाश बाबू! अनेक मनीषी बहुत दिनों से यह बात कहते आए हैं, और शायद भारत के लोग उनका विरोध भी नहीं करते।"

अक्षय बोल उठा, "करने का कोई रास्ता ही नहीं। इसके सिवा और भी एक बात है जो इस लेख में नहीं लिखी गई ; उसे मैं कल होनेवाली नारी-कल्याण समिति की बैठक में अपने भाषण में कहूंगा।"

आशु बाबू ने कमल की ओर मुड़ते हुए कहा, "तुम्हारे लिए तो समिति का निगन्त्रण आया नहीं है, तुम उस में नहीं जाओगी। और मैं टहरा गठिया से लाचार। मैं भले ही वहां न जाऊं, पर समिति बनी है तुम्हीं लोगों की भलाई के लिए। अच्छा कमल, तुम्हारा इस विषय में क्या मत है?"

और कोई समय होता तो आज के दिन कमल चुप ही रहती; किन्तु एक तो उसका मन आज वैसे ही ग्लानि से भरा हुआ था, दूसरे, इतने पुरुषों की ऐसी पौरुषहीन दलबन्दी और दम्भपूर्ण प्रतिकूलता से उसके तन-मन में आग-सी लग गई। फिर भी अपने को यथा-साध्य संयत करके वह मुंह उठाकर हंसती हुई बोली, "किस विषय में आशु बाबू? अनुकरण के विषय में या भारतीय नारी की विशि-ष्टता के विषय में?" .

आशु बाबू ने कहा, "मान लो कि दोनों ही विषयों में।"

कमल कहने लगी, "अनुकरण अगर केवल बाहर की नकल ही हो, तो वह धोखा ही है, अनुकरण है ही नहीं। कारण, तब वह आकृति से मेल खाते हुए भी प्रकृति से नहीं मिलती। किन्तु, भीतर और बाहर से यदि वह एक-सी हो, तो उसमें केवल अनुकरण होने के कारण ही लज्जा की कोई बात नहीं है।"

आशु बाबू सिर हिलाते हुए बोले, "है क्यों नहीं कमल, ज़रूर है। कारण, वैसे अनुकरण से हम अपनी विशेषता खो बैठते हैं।"

कमल ने कहा, "भले ही खो बैठें, आशु बाबू! भारत की विशिष्टता और यूरोप की विशिष्टता में बड़ा भारी अन्तर है। असल में, किसी देश की किसी विशिष्टता के लिए मनुष्य नहीं है, बल्कि मनुष्य के लिए ही उस विशिष्टता का आदर है। यथार्थ में

विचारने की बात तो यह है कि मौजूदा हालत में वह विशिष्टता उसके लिए कल्याणकारी है या नहीं। इसके अलावा अन्य सब बातें अन्ध मोह में ही गिनी जाएंगी।"

आशु बाबू व्यथित होकर बोले, "केवल अन्ध मोह ही है कमल, उससे अधिक और कुछ नहीं?"

कमल ने कहा, "नहीं। सिर्फ इसी कारण कि किसी एक राष्ट्र या समाज की कोई एक विशेषता बहुत दिनों से चली आ रही है, क्या उस राष्ट्र या समाज के मनुष्यों को अपने कल्याण-अकल्याण का विचार किए बगैर हमेशा उसी सांचे में ढलते रहना होगा? इसके क्या मानी हो सकते हैं? मनुष्य से बढ़कर मनुष्य की विशेषता नहीं हो सकती और इस बात को जब हम भूल जाते हैं तब विशेषता भी जाती रहती है और मनुष्य को भी हम खो बैठते हैं। वास्तविक लज्जा तो इसी में है आशु बाबू!"

इस बीच में अक्षय और हरेन्द्र ने कई बार उचककर बोलने की कोशिश की किन्तु अविनाश ने उन्हें बड़ी तत्परता से सम्हाल लिया, बोलने नहीं दिया।

आशु बाबू ने कहा, "यह मैं नहीं कहता कमल, कि तुम्हारी युक्तियों में सत्य नहीं है, पर जिन बातों की तुम अवज्ञा से उपेक्षा कर रही हो उनमें भी बहुत-सा सत्य है।"

यह बहस शायद और भी देर तक चलती रहती; किन्तु अजित से नहीं रहा गया। वह बहुत देर से कमल की बातें सुन-सुनकर उत्तेजित हो रहा था। किन्तु अब वह एकाएक उठ खड़ा हुआ, जिसकी कि किसीको भी उम्मीद नहीं थी, और शोर-सा करता हुआ बोल उठा, "आपकी बातों की उग्रता से शायद इन लोगों को आश्चर्य हुआ होगा, मगर मुझे कतई नहीं हुआ। मैं जानता हूं कि आपके इस विजातीय मनोभाव का मूल स्रोत कहां है। और किसलिए हमारे समस्त कल्याणकारी आदर्शों के प्रति आपको इतनी तीव्र घृणा है। मगर जाने दीजिए, अब हमारे पास व्यर्थ बरबाद करने लायक वक्त नहीं है, पांच बज चुके हैं।"

अजित के पीछे-पीछे सबके-सब कमरे से बाहर निकल गए।

किसीने कमल से अभिवादन तक नहीं किया, और न किसीने मुड़कर उसकी तरफ देखा ही। युक्तियां जब हार मानने लगीं तब इस तरह से पुरुषों के दल ने विजय-घोषणा करके अपने पौरुष की रक्षा की।

जब सब चले गए तब आशु बाबू धीरे से बोले, "कमल, मुझपर ही आज तुमने सबसे ज़्यादा आघात किया है, और संयोग की बात कि आज ही मैंने तुमसे सम्पूर्ण हृदय-मन से प्यार किया है। आज ही मैंने यह अनुभव किया है कि मेरी मनोरमा से तुम किसी अंश में कम नहीं हो, बेटी!"

कमल ने गद्गद स्वर में कहा, "इसका कारण यह है कि आप सचमुच में महान पुरुष हैं,चाचाजी! आप इन लोगों के समान पाखंडी नहीं हैं।" और फिर क्षण-भर चुप रहने के बाद बोली, "अच्छा तो अब मेरा भी समय निकला जा रहा है, मैं जाती हूं।" इतना कहकर उसने आशु बाबू के पांवों तक झुककर भक्ति-भाव से प्रणाम किया। प्रणाम वह साधारणतः किसीको भी नहीं करती। आज उसके इस अनहोने आचरण से आशु बाबू पुलकित हो उठे, और अन्तःकरण से आशीर्वाद देते हुए बोले, "अब कब आओगी बेटी?"

"अब शायद मेरा आना न हो सकेगा, चाचाजी! जल्दी ही मैं अन्यत्र कहीं चली जाऊंगी।" इतना कहकर कमल कमरे से बाहर चली गई; और आशु बाबू स्नेहसिक्त दृष्टि से उसकी तरफ देखते हुए चुपचाप बैठे रहे।

12

आगरा के नये मजिस्ट्रेट की पत्नी का नाम है मालिनी। उन्हींके उद्योग से और उन्हीं के मकान में 'नारी-कल्याण-समिति' की स्थापना हुई थी। समिति के प्रथम अधिवेशन का आयोजन बड़े समारोह के साथ ही हुआ था; किन्तु वह ठीक तरह से तो हुआ ही नहीं, बल्कि उसमें गड़बड़ी ही ज़्यादा हुई। कारण शायद यह था कि उसका आयोजन खास तौर से स्त्रियों के लिए ही हुआ था, किन्तु

उसमें पुरुषों के शामिल होने की भी मनाही नहीं थी। उसका भार सौंपा गया था अविनाश पर। लेखक और वक्ता के रूप में अक्षय का नाम था; इसलिए समिति की सदस्याओं में उसका आदर भी खूब था। उसके परामर्श के अनुसार जो निमन्त्रणपत्र भेजे गए उनमें पुरुषों की संख्या ज़्यादा हो गई; और इसीलिए उनकी उपस्थिति भी स्त्रियों से बढ़ गई। यहां तक कि इस बार स्वयं आशु बाबू को भी रिहाई नहीं मिली। कारण, स्वयं मालिनी आकर उन्हें पकड़ ले गई थी।

अक्षय अपना भाषण हाथ में लिए तैयार बैठा था, और सभानेत्री द्वारा अपना नाम सुनते ही वह सीधा मंच पर पहुंच गया। साधारण विनय दिखाने के प्रचलित दो-चार शब्द कहने के बाद वह तनकर और कठोरता के साथ अपना लिखित भाषण पढ़ने लगा। किन्तु कुछ ही देर बाद ऐसा लगने लगा कि उसका वक्तव्य अरुचिकर और ज़रूरत से ज़्यादा लम्बा है। अक्षय ने अपने भाषण में आचीन काल की सीता-सावित्री आदि के महान आदर्श और पवित्र जीवन-धाराओं का उल्लेख किया, और उसके बाद ही आधुनिक नारी-जाति की आदर्शहीनता पर कटाक्ष करना शुरू कर दिया। यहां तक कि एक आधुनिक और शिक्षिता महिला के जीवन में उसने क्या-क्या देखा, उसका भी वह विस्तार से वर्णन करता चला गया। खासकर उसे इस बात का गर्व था कि वह अप्रिय सत्य कहने में डरता नहीं। लिहाज़ा, उसके भाषण में, सत्य हो चाहे न हो, अप्रिय वचनों की कोई कमी नहीं रही। और भाषण के अन्त में वह गहरे दु:ख के साथ यह कहने के लिए मजबूर हो गया कि इसी शहर में, ठीक ऐसी ही एक स्त्री मौजूद है, जो शिष्ट समाज में प्रश्रय पा रही है। ऐसी स्त्री, जो अपने दाम्पत्य-जीवन को अवैध जानकर भी, लज्जित नहीं होती, उलटे उपेक्षा की हंसी हंसा करती है। उसके बाद आगे चलकर उसने और भी जो-जो बातें कह डालीं उनका उल्लेख न करना ही अच्छा है।

उपस्थित महिलाओं में एक मनोरमा के सिवा और किसीने भी कमल को अपनी आंखों से नहीं देखा था। किन्तु उसके रूप की

ख्याति और चरित्र की अख्याति पुरुषों की ज़बान पर चढ़कर क्रमशः व्याप्त होती जा रही थी। यहां तक कि समिति की सभानेत्री मालिनीदेवी के कान भी उससे वंचित नहीं रहे। इसलिए, रुचि और नीति की रक्षा के विचार के उत्साह से व्यक्तिगत आलोचना तीव्र हो उठने में शायद देर न लगती; किन्तु वक्ता का परम मित्र हरेन्द्र ही उसमें कठोर प्रतिबन्धक हो उठा। वह जोश में आकर सीधा उठ खड़ा हुआ, और अपनी हथेली पर मुक्का मारता हुआ बोला, "वक्ता के इस वक्तव्य का मैं पूर्णतः प्रतिवाद करता हूं। सिर्फ अप्रासंगिक होने के कारण ही नहीं, बल्कि इसलिए भी कि किसी भी महिला पर उनकी अनुपस्थिति में आक्रमण करने की रुचि पाशविक है और उनके चरित्र का अकारण उल्लेख करना अशिष्ट और निन्दनीय है। सच पूछा जाए, तो नारी-कल्याण-समिति की तरफ से ऐसे वक्ता को धिक्कार देना चाहिए।"

इसके बाद ही एकाएक महामारी का सा विकट काण्ड उठ खड़ा हुआ। अक्षय हिताहित-ज्ञानशून्य होकर जो मन में आया सो बकने लगा, और अल्प-भाषी हरेन्द्र 'जानवर' और 'क्रूर' कह-कहकर संक्षेप में उसका जवाब देने लगा।

बेचारी मालिनीदेवी नई-नई ही इन लोगों के सम्पर्क में आई थीं; सहसा इस तरह के वाक्-वितण्डा को उग्रता से वे बड़े संकट में पड़ गईं। इस उत्तेजना के प्रवाह में पड़कर अन्यान्य लोगों ने भी अपना मतामत प्रकट करने में कसर नहीं रखी। चुप रहे तो केवल एक आशु बाबू। उनके सिवा और एक सज्जन ने इस तर्क-युद्ध में भाग नहीं लिया, वे थे अविनाश बाबू।

सभानेत्री मालिनीदेवी इस बात को भली भांति जानती थीं कि व्यक्ति-विशेष के चरित्र की बुराई-भलाई का निरूपण करना इस समिति का उद्देश्य नहीं है और न ऐसी आलोचना से किसीको कोई लाभ ही हो सकता है। इसके सिवा, इस बात पर भी उनका ध्यान आकर्षित हुआ था कि अक्षय के भाषण में आशु बाबू पर भी कटाक्ष किया गया है और उससे उन्हें अत्यन्त दुःख हुआ है। सभा भंग होने के बाद वे चुपके से अपना आसन त्यागकर आशु बाबू

के पास जा बैठी, और लज्जित मृदु कण्ठ से बोली, "नाहक आज आपकी शान्ति नष्ट हुई। मैं अत्यन्त दुखित हूं आशु बाबू!"

आशु बाबू हंसने की कोशिश करते हुए बोले, "घर में भी मैं अकेला ही बैठा रहता, यहां कम से कम समय तो कट गया।"

मालिनी ने कहा, "वह इससे कहीं अच्छा था।" और फिर ज़रा रुककर बोलीं, "आज वे यहां हैं नहीं। मनोरमा मेरे साथ खाना खाकर घर जाएगी।"

आशु बाबू ने कहा, "अच्छी बात है। मैं यहां से घर जाकर गाड़ी भेज दूंगा।"

अविनाश और अजित के साथ आशु बाबू गाड़ी में बैठ ही रहे थे कि हरेन्द्र और अक्षय भी आ धमके। उन्हें भी घर पहुंचा देना होगा। उपाय नहीं था, राज़ी होना पड़ा। रास्ते-भर आशु बाबू मौन रहे; किन्तु निरन्तर उनके मन में यह बात कांटे की तरह चुभती रही कि कमल को लक्ष्य करके अक्षय ने आज भरी सभा में उनपर भी अनुचित और अशिष्ट कटाक्ष किया।

गाड़ी घर पर पहुंची। गाड़ी से उतरते ही आशु बाबू ने देखा कि नीचे के बरामदे में कोई अपरिचित आदमी बैठा है। बम्बई-वालों की सी पोशाक थी उसकी। आशु बाबू के पास आकर उसने अंगरेज़ी में अभिवादन किया, और एक चिट्ठी उनके हाथ में थमा दी। चिट्ठी उन्होंने अजित के हाथ में देते हुए कहा, "देखो तो किसकी है?"

अजित ने उसे मोटर की बत्ती के सामने ले जाकर पढ़ा, फिर कहा, "कमल की चिट्ठी है।"

"कमल की? क्या लिखा है उसने?"

"बात तो इसमें कुछ खुलासा नहीं लिखी; लिखा है, पत्रवाहक आपको सब बता देगा।"

आशु बाबू के जिज्ञासु चेहरे की तरफ देखते हुए उस आदमी ने कहा, "उनकी इच्छा नहीं थी कि चिट्ठी और किसीके हाथ पड़े। खैर, आप उनके अपने आदमी हैं।" और फिर वह धीरे से बोला, "उनपर मेरे कुछ रुपये पावने हैं।"

सुनते ही आशु बाबू सहसा अत्यन्त क्रुद्ध हो उठे, बोले, "मैं उनका अपना आदमी नहीं हूं, वे मेरी कोई नहीं होती। उनकी तरफ से मैं क्यों रुपये देने लगा?"

गाड़ी में बैठा हुआ अक्षय कुछ बड़बड़ाया। पत्रवाहक भला आदमी था; लज्जित होकर बोला, "रुपये आपको नहीं देने होंगे, आप सिर्फ कुछ दिनों के लिए ज़मानत दे दें तो···"

आशु बाबू का गुस्सा और भी बढ़ गया। उन्होंने कहा, "ज़मानत देने की मुझे क्या गर्ज़ पड़ी है! उनके पति हैं, कर्ज़ की बात उन्हींसे जाकर कहिए।"

सुनकर उस आदमी को बड़ा आश्चर्य हुआ। उसने कहा, "उनके पति के बारे में तो मैंने कभी कुछ सुना नहीं!"

"पता लगाने से सुन लेंगे। गुड नाइट!" इतना कहकर आशु बाबू ने उसकी तरफ से मुंह फेर लिया, और अजित की तरफ मुखातिब होकर बोले, "आओ अजित, अब देर मत करो।" और फिर वे उसे साथ लेकर ऊपर चले गए। ऊपर के सहनवाले बरामदे से झांककर उन्होंने फिर एक बार ड्राइवर को याद दिला दिया कि मजिस्ट्रेट साहब की कोठी पर गाड़ी पहुंचने में देर नहीं होनी चाहिए।

अजित सीधा अपने कमरे में जा रहा था; किन्तु आशु बाबू उसे अपने कमरे में ले गए। बोले, "बैठो। देख लिया आजकल का हाल?"

अजित चुप रहा; किन्तु, इस बात के मानी क्या हुए, सो वह समझ गया। बगैर कुछ जाने-सुने एक दिन कमल जैसी रहस्यमयी तरुणी के प्रति अजित का हृदय विस्मय और सहानुभूति से भर उठा था। किन्तु जिस दिन कमल ने निशीथ रात्रि में अपने विगत जीवन का कच्चा चिट्ठा अनायास ही उसके आगे खोलकर रख दिया था, उस दिन से अजित की विरक्ति और घृणा की कोई सीमा ही नहीं रही थी। और इसीसे, आज की सभा में अक्षय ने जो कमल के बारे में अशिष्ट कटाक्ष और कटूक्तियों की बौछार की, उससे अजित को किसी तरह का खेद नहीं हुआ। फिर भी, अक्षय

की क्रोधान्ध बर्बरता ने चाहे जितना भी विष-वमन क्यों न किया हो, आशु बाबू जैसे शान्तिप्रिय और उदारहृदय वयोवृद्ध व्यक्ति अभी-अभी जो कर बैठे उससे परोक्ष में कमल के मानो कान मल दिए गए। कमल को अजित स्वयं अच्छा नहीं कहता; किन्तु इससे क्या हुआ? दुर्दशा में पड़ी एक स्त्री के बुरे दिनों में मांगी गई मामूली भीख को लात मार देना, और बड़ी आशा और विश्वास के साथ भेजे हुए उसके पत्रवाहक के आगे उसका इतना निष्ठुर अपमान कर देना, यह कैसी बात! आशु बाबू के विषय में अकस्मात् ऐसे दुर्व्यवहार की कोई कल्पना तक नहीं कर सकता। आज की इस घटना ने अजित को हक्का-बक्का कर दिया।

आशु बाबू खुद भी शायद अन्यमनस्क-से हो गए थे। सहसा सचेत होकर वे फिर बोल उठे, "मज़ा देख लिया न, अजित! मैं निश्चय के साथ कह सकता हूं, यह उस शिवनाथ की ही चालाकी है।"

अजित ने कहा, "नहीं भी हो सकती। बिना जाने कुछ कहा नहीं जा सकता।"

"तुम्हारी बात भी ठीक हो सकती है। फिर भी, मेरा विश्वास है कि यह चालबाज़ी और किसीकी नहीं, शिवनाथ की ही है। मुझे वह खूब पैसेवाला समझता है न!"

"सो तो सभी समझते हैं। कमल खुद भी न जानती हो, सों बात नहीं।"

"तब तो और भी ज़्यादा बुरी बात है। पति से छिपाना तो कोई अच्छी बात नहीं। एक तो छिपाकर और दूसरे शायद उसकी राय के खिलाफ दूसरे किसीसे रुपये उधार मांगना स्त्री के लिए कितनी बुरी बात है, सोचो तो ज़रा!"

"उन्होंने रुपये तो मांगे नहीं हैं, सिर्फ ज़ामिन होने के लिए अनुरोध किया है।"

"एक ही बात है। और फिर मुझे 'अपना आदमी' बताकर उस आदमी को धोखा क्यों दिया? वास्तव में मैं तो उसका कोई लगता नहीं। फिर ऐसा झूठ क्यों?"

"शायद वे आपको हृदय से अपना ही समझती हों। मुझे तो ऐसा नहीं लगता कि वे किसीको धोखा दे सकती हैं।"

आशु बाबू शायद कुछ संशय में पड़ गए कि शायद वे गलती कर रहे हैं; बोले, "नहीं-नहीं, मैं ऐसा कुछ नहीं कह रहा।" सच तो यह है कि अकस्मात् गुस्से में आकर उस आदमी को जो उन्होंने रुखाई के साथ विदा कर दिया था, उसके लिए उनके मन में बड़ी ग्लानि उठ रही थी। उन्होंने कहा, "देखो अजित, जब कि वह मुझे अपना ही समझती थी, और किसी अनिवार्य संकट से छुटकारा पाने के लिए उसे दो-चार सौ रुपयों की तत्काल ज़रूरत पड़ गई थी, तो उसे खुद मेरे पास आकर ले जाना चाहिए था। खामखाह किसी अपरिचित आदमी को इस तरह भेजने की क्या ज़रूरत थी?"

इतने में नौकर ने आकर खबर दी कि भोजन तैयार है। आशु बाबू ने उससे कह दिया, "ठीक हैं, यहीं भिजवा दो।" और फिर अजित से बोले, "यह अक्षय तो बिलकुल ही बेहूदा मालूम होता है। उसे स्थान-काल का ज़रा भी ज्ञान नहीं। हमेशा उत्तेजना में उन्मत्त-सा होकर अंटसंट बोलने लगता है।" इतना कहकर वे थोड़ी देर तक कुछ सोचते रहे। फिर कहने लगे, "एक काम न करो अजित! बैरा को बुलाकर उस दराज में देखने को कहो तो उसमें क्या है। फिलहाल कम से कम पांच-सात सो जितने भी हों, भिजवा दो। अपना ड्राइवर शायद उन लोगों का घर जानता है—वह जाकर दे आएगा।" और फिर वे खुद ही बैरा को ज़ोर-ज़ोर से पुकारने लगे।

अजित ने उन्हें रोकते हुए कहा, "जो होना था सो हो गया, अब रात में रहने दीजिए, कल सवेरे विचार करके जो करना हो सो कीजिएगा। और फिर अभी ड्राइवर भी तो नहीं है। मनोरमा को लेकर जाने कब तक आ पाएगा। इस बीच कमल को सब मालूम हो ही जाएगा, फिर रुपये भेजना ठीक न होगा। और मेरा तो खयाल है, सब बात मालूम हो जाने के बाद फिर शायद वे आपसे सहायता लेंगी भी नहीं।"

"किन्तु यह तो तुम्हारा आखिर अनुमान ही है।"

"हां, सो तो है ही।"

"मगर, परदेश में संकट के समय मदद लेना मजबूरी भी तो है अजित!"

"सो तो है; लेकिन, ज़रूरत की मजबूरी से उनके लिए आत्म-सम्मान की मजबूरी शायद ज़्यादा ज़रूरी हो सकती है।"

"लेकिन, यह भी तो तुम्हारा सिर्फ अनुमान ही है?"

"नहीं, यह अनुमान से कहीं ज़्यादा बड़ी बात है। कम से कम मेरा तो यही विश्वास है।" इतना कहकर अजित ने अपना सिर झुका लिया।

कुछ देर तक दोनों के दोनों चुप रहे। फिर अजित धीरे से उठा और चिन्ता में डूबा हुआ धीरे-धीरे बाहर निकल गया।

आशु बाबू ने उसे रोका नहीं। सिर्फ वेदना से व्याकुल आंखें फैलाकर वे उसकी ओर देखते रहे। इस बात को वे स्वयं भी जानते थे कि कमल के विषय में ऐसा विश्वास होना न तो असम्भव है और न असंगत; अजित का कहना ठीक ही है। आज की अवांछित घटना और निरुपाय पश्चात्ताप उनके हृदय को मानो खरोंचने लगा, और वे जैसे के तैसे निस्तब्ध बैठे रहे।

13

नारी-कल्याण-समिति से लौटने के बाद नीलिमा अपने बहनोई अविनाश के पीछे पड़ गई। बोली, "जीजाजी साहब, मैं कमल से एक बार मिलना चाहती हूं। मेरी बड़ी इच्छा है कि उन्हें निमन्त्रण देकर अपने यहां खिलाऊं-पिलाऊं।"

अविनाश आश्चर्य से दंग रह गए। बोले, "तुम्हारी हिम्मत तो कम नही छोटी बेगम! जान-पहचान तक ही सन्तोष न करके एक-दम सीधा निमन्त्रण देकर जीजा के घर बुलाकर जिमाने-जठाने का आयोजन कर डाला!"

"क्यों, वो कोई बाघ-भालू है, जो उससे डरना पड़ेगा?"

"बाघ-भालू यहां हैं नहीं, नहीं तो तुम्हारे हुक्म से उन्हें भी

भोजन का निमन्त्रण-पत्र भेज दिया जाता। किन्तु कमल को! बाप रे बाप! कहीं अक्षय ने सुन लिया तो फिर खैर नहीं। मुझे देश-निकाला देकर ही वह दम लेगा।"

"तुम्हारे अक्षय बाबू से मैं नहीं डरती।"

"तुम्हारे न डरने से उसे कोई नुकसान नहीं, अकेले मेरे डरने से ही उसका काम बखूबी चल जाएगा।"

"उनका चल जाए तो चल जाए, पर मेरा नहीं चलेगा। मैं कमल को न्योतकर ज़रूर अपने घर बुलाऊंगी। तुम न जाओगे तो मैं खुद जाकर उन्हें लिवा लाऊंगी।"

"मगर मुझे उनके घर का ही पता नहीं कि कहां रहती हैं।"

नीलिमा बोली, "लालाजी जानते हैं। मैं उनके साथ चली जाऊंगी। वे तुम्हारी तरह डरपोक नहीं हैं।" फिर ज़रा सोचकर कहने लगी, "तुम लोगों के मुंह से जो कुछ सुना है उससे तो लगता है कि दोष कमल का नहीं, शिवनाथ का ही है। सो, शिवनाथ को तो मैं बुला नहीं रही; मैं बुलाना चाहती हूं सिर्फ कमल को। आखिर देख तो लूं कि वे कैसी हैं!"

अविनाश बात तो सब समझ गए, किन्तु साफ-साफ अपनी सम्मति न दे सके; और न मना करने की हिम्मत पड़ी।

दूसरे दिन हरेन्द्र को बुलवाकर नीलिमा ने उससे कहा, "लालाजी, तुम्हें मेरा एक काम कर देना होगा। तुम कुंआरे आदमी ठहरे, घर में दुलहन तो है नहीं, जो सदाचार की दुहाई देकर तुम्हारे कान ऐंठ देगी।"

हरेन्द्र बीच ही में बोल उठा, "अब भूमिका रहने दो भाभी! असल बात बता दो, क्या हुक्म है, जिसकी तामील किए बिना मेरी खैर नहीं!"

"हुक्म बस इतना ही है कि कमल को निमन्त्रण देना है, इसमें तुम्हारी मदद चाहिए। बताओ, किस वक्त चलोगे?"

"जिस वक्त हुक्म होगा, बन्दा उसी वक्त चलने को तैयार है। लेकिन, क्रिया से पहले कर्ता की जो ज़रूरत होती है। घर-कर्ता की राय भी तो चाहिए। भाई साहब की क्या राय है?"

“वे अपनी राय अपने पास ही रक्खें, मुझे उसकी ज़रूरत नहीं। मैं उनकी साली हूं, साली की जीजी नहीं, जो वे ‘पति परमगुरु’ की गदा घुमाकर मुझपर शासन चलाएंगे। मेरी मरज़ी होगी उसे मैं बुलाऊंगी, खिलाऊंगी। और सुनो, मजिस्ट्रेट की बहू भी कमल को देखने और उनसे बातचीत करने यहां आना चाहती हैं। घर-कर्ताजी को अगर यह बरदाश्त न हो, तो वे उतना समय और कहीं जाकर बिता आ सकते हैं।”

अविनाश बरामदे में आरामकुरसी पर पड़े ‘पायोनियर’ पढ़ रहे थे, और अब तक तटस्थ-से बने कुछ बोल नहीं रहे थे; परन्तु अब उनसे रहा नहीं गया, उन्होंने कहा, “मगर यह काम अच्छा नहीं होगा हरेन्द्र! कल की बात तो तुम्हें याद ही होगी। आशु बाबू जैसे सदाशिव आदमी को भी सावधान होना पड़ता है, समझे?”

हरेन्द्र स्थिति को समझ गया। वह सोचने लगा, कहीं ऐसा न हो कि कल की वह रुपयोंवाली बात उठ खड़ी हो और नीलिमा को सब मालूम हो जाए, इसलिए उसने चट से प्रसंग को दबाते हुए कहा, “इससे तो बल्कि ऐसा क्यों न किया जाए कि उन्हें मेरे यहां बुला लिया जाए और भाभी वहां की गृहिणी बनकर सब सम्हाल लें। लक्ष्मी-हीन घर में कम से कम एक दिन के लिए ही लक्ष्मी का आविर्भाव हो जाए तो मैं भी धन्य हो जाऊं। और वहां के लड़के भी थोड़ी-बहुत स्वादिष्ट चीज़ें खाकर खुशियां मना लें।”

नीलिमा को हरेन्द्र का यह प्रस्ताव जंच गया। उसने फौरन ही कहा, “यह बड़ी अच्छी बात कही तुमने, ऐसा ही किया जाए।” और फिर वह अविनाश को सुनाने के इरादे से अभिमान के स्वर में बोली, “इससे कम से कम मैं भी हमेशा के लिए किसीके उलाहनों से बच जाऊंगी।”

अविनाश अब उठके बैठ गए। बोले, “निर्णय तो बुरा नहीं है। इससे कम से कम इतनी तो कैफियत दी जा सकेगी कि शिवनाथ को छोड़कर सिर्फ कमल को बुलाने का उद्देश्य केवल स्त्रियों में जान-पहचान करना ही था।”

बात युक्तिसंगत थी, और नीलिमा भी कुछ ही क्षण पहले इस

विचार से सहमत थी; किन्तु अचानक ही, न जाने क्यों, उसका मत बदल गया और कमल को उसने अपने यहां ही बुलाना ठीक समझा।

शाम को हरेन्द्र ने पाकर सूचना दी कि अब तकलीफ उठाकर कमल के घर जाने की ज़रूरत नहीं, कमल से उसकी बात हो गई है, उन्होंने निमन्त्रण स्वीकार कर लिया है। सुनते ही नीलिमा प्रसन्न हो उठी, बोली, "कमल ऐसे तो बहुत अच्छे स्वभाव की मालूम होती हैं। घमंड नाम को भी नहीं।"

अविनाश शायद कुछ कहना चाहते थे, किन्तु न जाने क्या सोचकर वे चुप रह गए।

कमल ठीक समय पर आ गई; किन्तु अकेली और पैदल आई। नीलिमा ने उसे आदर के साथ बिठाया। अविनाश सामने ही खड़े थे। कमल को उन्होंने बहुत दिनों से देखा नहीं था और उसके चेहरे और कपड़ों को देखकर वे आश्चर्यचकित रह गए। गरीबी का प्रभाव उसपर स्पष्ट दिखाई दे रहा था। अविनाश ने पूछा,"रात को अकेली ही पैदल चली आ रही हो क्या?"

कमल ने कहा, "इसका कारण तो बिलकुल स्पष्ट है अविनाश बाबू! समझने में कठिनाई तो नहीं होनी चाहिए।"

अविनाश लज्जित हो गए। अपनी लज्जा छिआने के लिए कहने लगे, "नहीं-नहीं, कैसी बात कर रही हो कमल! रात के वक्त ऐसे आना ठीक नहीं।" और फिर नीलिमा से बोले, "ये ही हैं कमल। इन्हींका दूसरा नाम है शिवानी, शिवनाथ का रखा हुआ। इनसे मिलने के लिए इतनी उतावली हो रही थीं तुम, लो अब खूब मिल लो। अच्छा चलो, अब भीतर ले चलो इन्हें। तैयारियां तो तुम सब कर ही चुकी हो, फिर व्यर्थ में ज़्यादा रात करने से फायदा? समय पर इन्हें फिर घर भी तो पहुंचना है।"

इतने में हरेन्द्र ने आकर कमल को नमस्कार किया, और फिर नीलिमा से कहने लगा, "अतिथि के स्वागत के लिए मैं ठीक

वक्त पर हाज़िर न हो सका, इसके लिए मैं माफी चाहता हूं भाभी! अक्षय आया था मेरे पास, उसे मीठी बातों से सन्तुष्ट करके विदा करने में देर हो गई।" इतना कहकर वह हंसने लगा।

भीतर जाकर कमल ने जो भोजन का आयोजन देखा, तो क्षण-भर तो वह चुप रही; फिर बोली, "मेरे लिए चीज़ें तो यहां बहुत बनाई गई हैं, पर मैं तो ये सब खाती नहीं।" सुनते ही सब चंचल हो उठे, और एक-दूसरे का मुंह देखने लगे। कोई कुछ बोला नहीं तो कमल खुद ही बोली, "जिसे आप लोग हविष्यान्न कहा करते हैं, मैं तो सिर्फ वही खाती हूं।"

सुनते ही नीलिमा अचम्भे में पड़ गई। उसने कहा, "हविष्यान्न भला आप किस दुःख से खाने लगीं?"

कमल ने कहा, "आपका कहना ठीक है। कोई दुःख नहीं हो, सो बात तो नहीं; पर मैं ये सब चीज़ें खाती नहीं हूं, इसीलिए मेरी ज़रूरतें भी कम हैं। आप इसके लिए कुछ खयाल न करें।"

नीलिमा खिन्न होती हुई बोली, "पर, बिना खयाल किए रहा भी तो नहीं जाता। न खाने से मेरी सारी मेहनत ही व्यर्थ चली जाएगी; सामान जो इतना बिगड़ेगा सो अलग।"

कमल हंस दी, बोली, "आपने मेरे लिए इतना सब किया उसके लिए धन्यवाद के सिवा भला और आपको क्या दे सकती हूं! आपका इतना परिश्रम व्यर्थ गया, इसका भी मुझे बहुत दुःख है; किन्तु उपाय जो नहीं। बताइए क्या करूं?"

नीलिमा ने विनय के साथ अन्तिम कोशिश करते हुए कहा, "सिर्फ आज भर के लिए, मेरे अनुरोध से, सिर्फ एक दिन के लिए क्या आप नियम भंग नहीं कर सकतीं?"

कमल सिर हिलाती हुई बोली, "कर सकती तो ज़रूर करती, किन्तु कोई उपाय नहीं।"

कमल के हंसते हुए चेहरे को देखकर सहसा कोई ऐसा नहीं समझ सकता कि उसमें कितनी दृढ़ता है; किन्तु हरेन्द्र समझ गया कि उसके इस निश्चय में किसी तरह का फेरफार नहीं हो सकता। उन की तरफ से अनुरोध की पुनरुक्ति होते हो वह बोल उठा,

"रहने दो भाभीजी, अब इनसे ज़्यादा मत कहो। रही चीज़ें बिगड़ने की बात, सो उसके लिए निश्चिन्त रहो तुम। मेरे यहां के लड़के आकर सब पोंछ-पांछकर साफ कर जाएंगे। पर इनसे अब ज़्यादा आग्रह मत करो; बल्कि ये जो कुछ खाती हैं उसकी जल्दी से तैयारी कर डालो।"

नीलिमा हरेन्द्र पर गुस्सा होती हुई बोली, "किए देती हूं; पर तुम अब रहने दो, मुझे तसल्ली देने की ज़रूरत नहीं। मेरी बनाई हुई इतनी सारी चीज़ें कोई घास-फूस नहीं हैं जो तुम अपने बाड़े के भेड़-बकरों को यहां लाकर चरा ले जाओगे। समझे?"

हरेन्द्र हंस दिया। बोला, "समझ गया। पर, भाभीजी, उनपर तुम इतनी नाराज़ क्यों रहा करती हो, सो तो बताओ?"

नीलिमा बोली, "उन्हींकी बदौलत तो तुम्हारी ऐसी दुर्गति है। फिर नाराज़ न रहूं तो क्या उनकी पूजा करूं? बाप रुपया छोड़ गए हैं, खुद भी कुछ कम नहीं कमाते। अब तक बहू आ जाती तो बाल-बच्चों से घर भर जाता। सो तो नहीं, आश्रम खोला है जी जलाने के लिए।"

कमल अब तक दोनों की बातें सुन-सुनकर आश्चर्य कर रही थी। कारण,सब बातें साफ-साफ उसकी समझ में नहीं आ रही थीं। कमल जब हरेन्द्र के मुंह की ओर जिज्ञासु दृष्टि से देखने लगी तब वह उसके मनोभाव को भांप गया, और लज्जित होकर बोला, "भाभीजी की बहुत दिनों से मुझपर जो नालिश चल रही है, आज उसकी ये सज़ा सुना रही हैं। आप कुछ खयाल न करें।" और फिर संक्षेप में भीतरी रहस्य को समझाने के लिए उसने कहा, "मेरे यहां बे-मां-बाप के कुछ अनाथ विद्यार्थी रहते हैं। वे वहीं खाते-पीते हैं, और स्कूल और कालेज में पढ़ते हैं। भाभीजी का सुनिश्चित मत है कि वे पालतू जानवर हैं, उनके लिए मैंने अपने घर को बाड़ा बना रखा है, इत्यादि-इत्यादि।"

कमल ने आश्चर्य के साथ कहा, "ये बात है? पर, मैंने तो कभी किसीसे सुना नहीं कि आप ऐसा आश्रम चला रहे हैं?"

हरेन्द्र बोला, "सुनने लायक कोई बात ही नहीं उसमें,तो सुनेंगी

कहां से? किन्तु इतना मैं ज़रूर कह सकता हूं कि वे सब चरित्रवान और अच्छे लड़के हैं। उनपर मेरा बहुत स्नेह है।"

नीलिमा को सचमुच ही गुस्सा आ गया, बोल उठी, "और साथ-साथ यह क्यों नहीं बता देते कि उन सबकी दृढ़ प्रतिज्ञा है कि वे बड़े होकर देश-सेवा करेंगे, समाज का उद्धार करेंगे। यानी, गुरु जैसे वीर बनकर दिग्विजय के लिए निकल पड़ेंगे! हुंह, जैसे गुरु वैसे चेला! सब देख लिया है मैंने! मेरे आगे ज़्यादा शेखी न बघारा करो, समझे लालाजी!"

हरेन्द्र ने कमल से कहा, "चलेंगी किसी दिन उन्हें देखने? देखकर आपको खुशी ही होगी।"

कमल उसी क्षण राज़ी होती हुई बोली, "अगर आप ले जाना चाहें, तो मैं कल ही चलने को तैयार हूं।"

हरेन्द्र ने कहा, "नहीं, कल तो नहीं, और किसी दिन ले चलूंगा। अभी हमारे आश्रम के राजेन्द्र और सतीश वगैरह काशी गए हैं। उनके आ जाने के बाद।"

अविनाश अभी-अभी आके खड़े हुए थे। वे हरेन्द्र की बात सुनकर बोले, "आवारों का अड्डा अभी से 'आश्रम' भी हो गया! खूब पाखण्ड करना आता है भई तुम्हें!"

नीलिमा नाराज़ हो गई। बोली, "यह तुम्हारी बहुत बेजा बात है मुखर्जी साहब! लालाजी तुमसे कभी चन्दा लेने तो आए नहीं जो तुम उन्हें ऐसे पाखण्डी कहके फटकार बता रहे हो! अपने खर्च से पराये लड़कों को पढ़ा-लिखाकर आदमी बनाना पाखण्ड नहीं है प्रोफेसर साहब!"

हरेन्द्र बीच ही में बोल उठा, "बस-बस, रहने भी दीजिए भाभीजी, अभी-अभी आप ही तो 'भेड़-बकरे' कहकर उनका तिरस्कार कर रही थीं, और अब आपकी ही बात को जब भाई साहब ने दुहरा दिया, तो आप उनका तिरस्कार कर रही हैं। यह कहां का न्याय है, बताइए तो?"

नीलिमा बोली, "मैं कह रही थी गुस्से में, और ये कह रहे हैं तुम्हें बुद्धू बनाने के लिए, समझे कुछ?"

कमल ने पूछा, "आपके यहां के तो सभी लड़के स्कूल-कालेजों में पढ़ते होंगे?"

हरेन्द्र ने कहा, "हां, बाहर से तो ऐसा ही लगता है।"

अविनाश ने व्यंग्य मार दिया, "और, भीतर से सब प्राणायाम और रेचक-कुम्भक का अभ्यास करते हैं, यह भी तो बता दो!" .

सुनते ही सबके-सब हंस पड़े। इतने में रसोइया-महाराज ने आकर सूचना दी कि सब तैयार है।

नीलिमा ने कमल से कहा, "चलिए, आपका हविष्यान्न तैयार है।" और सबको साथ लेकर वह रसोईघर की तरफ चल दी।

14

कमल के सामने 'आश्रम' शब्द हरेन्द्र के मुंह से अकस्मात् ही निकल गया था। किन्तु वास्तव में उसका ऐसा कोई इरादा नहीं था कि वह अपने वासस्थान को औरों के सामने इतने गौरव के पद पर प्रतिष्ठित करे। पर बात यह है कि ऐसी चीज़ों का कुछ स्वभाव ही ऐसा होता है कि आगे चलकर वे संस्था का रूप ले लेती हैं, और तब उनका स्वरूप ही बदल जाता है। हुआ भी यही। इस सम्बन्ध में यहां कुछ और कह देना उचित होगा।

हरेन्द्र के कोई भाई या बहन नहीं थी। पिता वकालत करके काफी धन छोड़ गए थे। उनकी मृत्यु के बाद घर में सिर्फ हरेन्द्र और उसकी विधवा मां रह गई थीं। जब हरेन्द्र की पढ़ाई पूरी हो चुकी तब मां भी परलोक सिधार गईं। घर में फिर कोई ऐसा रहा ही नहीं जो हरेन्द्र को गृहस्थ-जीवन बिताने की प्रेरणा देता रहता, और अन्त में उसे इसके लिए विवश कर देता। इसलिए, पढ़ाई जब खतम हो गई तब हाथ में कोई काम न रहने के कारण ही हरेन्द्र को देश और देशवासियों की सेवा में मन लगाना पड़ा। और फिर, मन लगा तो लगता ही चला गया। उसने दुर्भिक्ष-निवारिणी-समिति से लेकर राष्ट्रीय सेवा संघ तक कई संस्थाएं कायम कीं। इस तरह जैसे-जैसे उसका नाम ज़ाहिर होता रहा, वैसे-वैसे चन्दे के लिए उसके घर

भीड़ इकट्ठी होती रही। पहले तो वह इस काम के लिए बैंक से मिलनेवाले ब्याज के रुपये ही खर्च करता रहा, किन्तु जब ऐसी नौबत आ गई कि मूल जमा-पूंजी पर हाथ लगाए बगैर काम नहीं चल सका तब उसका दिमाग ठनका। और ठीक ऐसी अवस्था में अकस्मात् उसकी अविनाश से भेंट हो गई, और फिर धीरे-धीरे वह घनिष्ठता में परिणत हो गई। अविनाश के कालेज में तब एक अध्यापक का स्थान रिक्त था; सो उन्होंने कोशिश करके हरेन्द्र को उस पद पर नियुक्त करा दिया और अपने साथ वे उसे आगरा ले आए। उसके आगरा आकर बसने का यही इतिहास है। जब तक कोई अच्छा मकान नहीं मिला तब तक हरेन्द्र को अविनाश के घर ही रहना पड़ा, और उस हालत में नीलिमा से उसका परिचय हो गया और बाद में क्रमशः वह घनिष्ठ होता रहा। आगरे में चूंकि मुसलमानी राज्य रह चुका था, इसलिए उस ज़माने के बड़े-बड़े मकान कम किराये पर मिल जाया करते थे। ऐसा ही एक मकान हरेन्द्र को मिल गया। वही मकान अब हरेन्द्र का 'आश्रम' बन गया है।

नीलिमा के साथ हरेन्द्र का जो रिश्ता बना उसका भी वर्णन कर देना आवश्यक है। हरेन्द्र को पहले ही दिन से नीलिमा ने अपना लिया था, और उसका ढंग भी निराला था। नीलिमा ने हरेन्द्र को अपरिचित आदमी समझकर एक दिन भी ओट में रहकर नौकर-नौकरानी के मारफत आत्मीयता दिखाने की कोशिश नहीं की। पहले ही दिन वह उसके सामने निकल आई, और बोली, 'तुम्हें कब क्या चाहिए लालाजी, सो मुझसे कहने में शरमाना मत। मैं इस घर की गृहिणी नहीं हूं, फिर भी, गृहिणीपन का भार सब मेरे ही ऊपर है। तुम्हारे भाई साहब ने शुरू में ही मुझे चेता दिया है कि छोटे बाबू की खातिरदारी में ज़रा भी कमी रह गई तो मेरी तनखा में कटौती हो जाएगी! सो, इस गरीबन का नुकसान न करा देना कहीं। अपनी ज़रूरतों की बराबर सूचना देते रहना मुझे।'

हरेन्द्र को उस समय कुछ सूझा ही नहीं कि वह उसकी बात का क्या जवाब दे। वह सहमा-सा रह गया। नीलिमा उसके सामने

आकर बिना किसी संकोच के हंसती हुई जो बात कह गई उसके लिए वह खुद ही लज्जित हो गया, और मुंह उठाकर उसकी तरफ देख भी न सका। किन्तु उसकी यह शर्म ज़्यादा दिन टिकी नहीं, दूसरे ही दिन से उसने 'भाभीजी' कहकर अपना नाता पक्का कर लिया।

दो सप्ताह योंही बीत गए। फिर अचानक एक दिन नीलिमा को जब यह मालूम हुआ कि हरेन्द्र ने अपने लिए एक अलग मकान किराये पर ले लिया है तो उसने नाखुश होकर हरेन्द्र से कहा, 'इतनी जल्दी क्यों कर डाली लालाजी, यहां ऐसा कौन तुम्हें पकड़ रखना चाहता था?'

हरेन्द्र लज्जित हो उठा। बोला, 'एक न एक दिन तो जाना ही पड़ता भाभीजी!'

नीलिमा ने कहा, 'सो तो शायद जाना पड़ता; पर, तुम दोनों की बातचीत सुनकर मुझे ऐसा लग रहा है कि देश सेवा का नशा तुमपर खूब गहरा छाया हुआ है, इसलिए मेरा तुमसे यही कहना है कि और भी कुछ दिन तुम मेरी हिफाज़त में रह जाते तो अच्छा होता।'

हरेन्द्र ने जवाब दिया, 'सो तो रहूंगा ही भाभीजी! यहां से कुल-जमा दस मिनट का रास्ता तो है ही। तुम्हारी निगाह से बच के जाऊंगा कहां आखिर?'

अविनाश अपने कमरे में बैठे कुछ काम कर रहे थे; वे वहीं से बोल उठे, 'जहन्नुम में, और कहां! बहुत मना किया कि मत जा अलग मकान में, यहीं बना रह, मगर इज्जत बड़ी या भाई साहब की बात! ठीक है, चला जा भाई, जो कुछ पास-पल्ले बचा है, सब दरिद्र-नारायण की सेवा चढ़ा-चुढ़ कर नक्की कर। और क्या!'

नीलिमा बीच ही में बोल उठी, 'तुम अपना काम करो जी, हम आपस में सुलझ लेंगे।'

इस तरह शुरू से ही इन दोनों में जो देवर-भाभी का रिश्ता चल पड़ा सो चल पड़ा; शायद कभी टूटेगा भी नहीं।

नये मकान में पहुंचकर हरेन्द्र ने नौकर और रसोइया वगैरह रख लिए, और शान्त-शिष्ट अध्यापकों की तरह कालेज के काम में मन लगाया। मकान बहुत बड़ा था, और कमरे भी उसमें बहुत थे। दो-तीन कमरों के अलावा बाकी के सब खाली पड़े थे, और कुछ ही दिन बाद वे हरेन्द्र को खलने लगे। आखिर सोच-विचारकर उसने राजेन्द्र को पत्र लिखा। वह था दुभिक्ष-निवारिणी समिति का मन्त्री। देशोद्धार के काम में उसे पुलिस के चक्कर में फंसना पड़ा था। कुछ ही दिन हुए वह जेल से छूटा था, और आगे के लिए काम की रूप-रेखा तैयार करने की इच्छा से अपने पुराने मित्रों की तलाश में घूम रहा था। इतने में हरेन्द्र की चिट्ठी और रेल-खर्च के लिए रुपये पाकर वह तुरन्त आगरा चला आया। राजेन्द्र का मित्र था सतीश, और वह किसी तिकड़म से हवालात से निकलकर मेदिनीपुर ज़िले के किसी एक गांव में ब्रह्मचर्याश्रम खोलने की उधेड़-बुन में लगा हुआ था। राजेन्द्र का पत्र पाते ही वह अपने महान संकल्प को स्थगित रखके एक सप्ताह के अन्दर ही आगरा आ गया। वह अकेला ही नहीं आया, गांव के एक भक्त को भी अपने साथ लेता आया था। इन दोनों की दृढ़ धारणा थी कि संसार में भारतवर्ष ही एकमात्र धर्म-भूमि है, मुनि-ऋषिगण ही यहां के देवता हैं। यहां के लोग ब्रह्मचारी होना भूल गए हैं और इसी कारण हमारा सब-कुछ नष्ट होता जा रहा है। लिहाज़ा, आज जो देशवासियों के लिए एकमात्र करने का काम है, वह है गांव-गांव और नगर-नगर में ब्रह्मचर्याश्रम की स्थापना करना। आगरा आने के बाद इन दोनों ने अपनी अकाट्य युक्तियों और शास्त्र-वचनों के बल पर ये सब बातें हरेन्द्र को समझानी शुरू की तो सुनते-सुनते वह उनपर मुग्ध हो गया। और फिर, उसने देशोद्धार की भावना में डुबकर ऐसे ही एक आश्रम की प्रतिष्ठा करने का दृढ़ संकल्प कर लिया।

हरेन्द्र अपने इस साधु-संकल्प की धुन में उन्मत्त-सा हो उठा। किन्तु, तपस्या और साधना की वस्तु होने के कारण आश्रम की सारी बातें गुप्त रखी जाने लगीं; केवल राजेन्द्र और सतीश दोनों बीच-बीच में बाहर जा-जाकर लड़के इकट्ठे करके लाने लगे। इस

तरह थोड़े ही दिनों में लगभग सारा मकान छोटी-बड़ी उमर के लड़कों से भर गया। बाहर के लोग इस आश्रम के सम्बन्ध में विशेष कुछ जानते न थे और न ज़्यादा कुछ जानने की कोशिश ही करते थे। उड़ती खबरों से सिर्फ इतना सुन लिया करते थे कि हरेन्द्र के मकान में रहकर कुछ गरीब बंगाली लड़के शिक्षा पा रहे हैं। इससे ज़्यादा अविनाश और नीलिमा को भी विशेष कुछ नहीं मालूम था।

धीरे-धीरे हरेन्द्र का मकान यथार्थ में आश्रम में परिणत हो गया। उसमें नाना प्रकार को कठोर से कठोर तपस्या, अर्थात् ब्राह्म-मुहूर्त में उठकर स्तोत्र-पाठ, प्राणायाम, ध्यान, वेद-पाठ आदि शास्त्र-विहित क्रिया और प्रक्रियाएं चलती रहतीं। उसके बाद पढ़ना-लिखना और नित्य-कर्म, निरामिष विशुद्ध सात्त्विक आहारादि से निवृत्त होकर शिक्षायतन जाना और यथासमय सबका सीधे आश्रम वापस आना। इस तरह आश्रम का सुचारु रूप से काम चल रहा था कि सहसा उसमें कुछ व्यतिक्रम दिखाई दिया। वह यह कि कुछ दिनों से राजेन्द्र का आचरण पहले जैसा नहीं रहा था। आश्रम के किसी काम में अब उसकी पहले जैसी लगन नहीं दिखाई देती। प्रातःकाल साधन-भजन में अब वह आयः अनुपस्थित रहता, और पूछने पर कह देता कि तबीयत ठीक नहीं है। किसी-किसी दिन सवेरे ही उठकर बाहर निकल जाता, दिन-भर गायब रहता, और रात को जब वह घर लौटता तब उसका चेहरा ऐसा होता कि हरेन्द्र तक को कारण पूछने का साहस न होता। सतीश आश्रम का मन्त्री था, उसीपर शृंखला-रक्षा का भार था। किन्तु राजेन्द्र के इन सब अनाचारों के विरुद्ध कुछ कहने-सुनने या हरेन्द्र से शिकायत करने की उसकी भी हिम्मत न पड़ती। हां, कभी-कभी इंगितों मे इतना आभास ज़रूर दे देता कि अब उसे आश्रम में रखना उचित नहीं। इससे अन्य लड़कों पर बुरा असर पड़ेगा और वे बिना बिगड़े न रहेंगे।

राजेन्द्र की तरफ से जब 'अति' होने लगी तब सतीश की दुश्चिन्ता का ठिकाना न रहा। उसने देखा कि अब हरेन्द्र को सब

रहस्य बता देना ही ठीक है, अन्यथा अचानक किसी दिन आश्रम पर पुलिस का धावा हुए बगैर नहीं रह सकता। असल में, सतीश राजेन्द्र का बचपन का साथी था और अब तक वह उसके सम्पर्क में रहता चला आया है। इसलिए उसकी कोई भी बात उससे छिपी नहीं थी। अन्त में सतीश ने हरेन्द्र को उसकी सब बातें बता दी कि वह कैसा अच्छा छात्र रहा है, बराबर फर्स्ट आता रहा, डाक्टरी पास कर चुका है, पर है नास्तिक। ईश्वर को नहीं मानता, किन्तु चरित्र का पक्का है, और साथ ही क्रान्तिकारी-दल में शामिल है। मतलब यह कि उसने हरेन्द्र से कोई भी बात छिपाई नहीं। सब-कुछ कह चुकने के बाद अन्त में सतीश को कहना ही पड़ा, "मैं सोचता हूं, उसके कारण कहीं आश्रम पर पुलिस को सन्देह न हो जाए।"

सब सुनकर हरेन्द्र गहरी चिन्ता में डूब गया।

उसके बाद एक दिन हरेन्द्र सतीश से कहने लगा, "जानते हो, मैंने आगे के लिए क्या तय किया है? बात विचारने और निश्चय करने की है। हमारे आश्रम का अस्तित्व और उद्देश्य छिपाए रखने से अब काम नहीं चल सकता। देशवासियों की सहानुभूति प्राप्त करना अब हमारे लिए आवश्यक हो गया है। मैं समझता हूं कि अब इस आश्रम की विशिष्ट कार्य-पद्धति का जन-साधारण में प्रचार होना बहुत ज़रूरी है।"

सतीश बोला, "किन्तु उससे क्या काम में बाधाएं नहीं आएंगी?"

हरेन्द्र ने कहा, "नहीं। इसी रविवार को मैंने कुछ लोगों को आश्रम में आमन्त्रित किया है, वे सब देखने आएंगे। उस दिन हमें ऐसा कर दिखाना होगा कि आश्रम की शिक्षा, साधना, संयम और विशुद्धता का उन सबपर गहरा प्रभाव पड़े। इस आश्रम पर सब मुग्ध हो जाएं। इसका सारा का सारा दायित्व तुम्हारे ही ऊपर है, सो तुम समझ लेना।"

रविवार के दिन शाम से कुछ पहले ही आमन्त्रित लोग आ

पहुंचे। उनमें अविनाश, नीलिमा, कमल, अजित आदि सभी थे। आए नहीं तो सिर्फ एक आशु बाबू। शिवनाथ यहां थे नहीं, और अक्षय को शायद जान-बूझकर छोड़ दिया गया था। हरेन्द्र दरवाज़े से उन सबको स्वागत के साथ भीतर ले आया। लड़के उस समय अपने नित्य कर्तव्य-कार्यों में लगे हुए थे। कोई बत्तियां जला रहा था, कोई सफाई में जुटा हुआ था, कोई चूल्हा सुलगा रहा था, कोई पानी भर रहा था और कोई रसोई की तैयारियों में लगा हुआ था।

हरेन्द्र अविनाश से कहने लगा, “भाई साहब, आप जिन्हें अभागे-आवारा कहा करते हैं, ये ही हैं वे आश्रम के होनहार बालक। हमारे यहां नौकर और रसोइये नहीं रखे जाते। यहां का सब काम ये ही लोग किया करते हैं। भाभीजी, चलिए आप हमारी भोजन-शाला में। आज आश्रम का पर्व का दिन है, देखिए चलकर वहां की व्यवस्था।”

नीलिमा के पीछे-पीछे अन्य लोग भी रसोईघर के सामने जा खड़े हुए। लड़कों ने खड़े होकर सबको नमस्कार किया, और फिर वे पूर्ववत् अपने काम में जुट गए। नीलिमा ने बड़े स्नेह के साथ लड़कों से पूछा, “आज तुम्हारे यहां क्या-क्या रसोई बनेगी?”

एक लड़के ने प्रसन्न होते हुए जवाब दिया, “रविवार के दिन हमारे यहां दम-आलू बनते हैं।”

“और क्या-क्या बनता है?”

“बस, और कुछ नहीं।”

नीलिमा ने आश्चर्य और व्याकुलता के साथ पूछा, “सिर्फ दम-आलू, बस? दाल, साग-तरकारी, झोल वगैरह कुछ नहीं?”

लड़के ने जवाब दिया, “दाल हमारे यहां कल बनी थी।”

सतीश पास ही खड़ा था, उसने कहा, “हमारे आश्रम में एक दिन में एक ही चीज़ बनाने का नियम है।”

नीलिमा ने फिर पूछा, “और, नौकर और रसोइया वगैरह हैं या उनके रखने पर भी पाबन्दी है?”

हरेन्द्र ने जवाब दिया, “नहीं, अपना सब काम ये खुद अपने

हाथ से ही करते हैं।"

नीलिमा ने आगे और कुछ नहीं पूछा। लड़कों की हालत देखकर उसकी आंखें डबडबा आई। बोली, "लालाजी, अब और कहीं ले चलो मुझे।"

हरेन्द्र ने कहा, "मैं तो जानता था, यह सब आपसे देखा नहीं जाएगा।" और कमल की तरफ देखता हुआ बोला, "लेकिन, आप तो इन सब बातों की स्वयं ही अभ्यस्त हैं, इसलिए इसका महत्त्व आप ही ठीक-ठीक समझ सकती हैं।"

हरेन्द्र के गम्भीर चेहरे पर नज़र पड़ते ही कमल हंस पड़ी। बोली, "मेरी बात अलग है। मगर, मैं पूछती हूं, इन बच्चों को ऐसे आडम्बर के साथ इस तरह की गरीबी का दुःख उठाने का नाम ही क्या 'आदमी बनाना' है हरेन बाबू? वास्तव में इन्हें आदमी बनाना है तो साधारण और स्वाभाविक मार्ग से बनाइए। बनावटी दुःख का बोझ इनके सिर पर लादकर असमय में ही इन्हें बौना या कुबड़ा न बनाया जाए तो अच्छा है।"

कमल के शब्दों की कठोरता से हरेन्द्र भीतर से तिलमिला तो गया, पर मुंह से कुछ नहीं बोला। अविनाश ने टिप्पणी की, "कमल को बुलाकर आश्रम की बारीकियां समझाना तुम्हारा गलत रहा हरेन्द्र!"

कमल सहम-सी गई। बोली, "सचमुच, मुझे बुलाना किसीके लिए भी लाभदायक सिद्ध नहीं होता। आप ठीक कह रहे हैं अविनाश बाबू!"

नीलिमा बोली, "पर, मैं तुम्हारे 'किसीके लिए' में शामिल नहीं हूं कमल। मेरे यहां कभी तुम्हारा अनादर नहीं हो सकता। चलो, हम लोग ऊपर चलके बैठे। लालाजी के आश्रम में और क्या-क्या आतिशबाज़ियां निकलती हैं, देखें तो सही!"—इस तरह नीलिमा ने मानो कमल की लज्जा पर परदा डाल दिया।

दूसरी मंज़िल पर आश्रम का आफिस था। कमरा बहुत बड़ा था और उसमें आफिस के लायक लगभग सभी आवश्यक सामान था। नीचे की अन्धकारमय और आनन्दहीन आबहवा में से निकलकर इस

कमरे में आकर सबके सब प्रसन्न हो गए। सबसे पहले हरेन्द्र ने ही बात छेड़ी, "अजित बाबू, सुना है कि कल आप चले जा रहे हैं?"

अजित ने कहा, "जा तो रहा हूं, पर कल नहीं, परसों।"

हरेन्द्र ने पूछा, "फिर आएंगे कब तक?"

अजित बोला, "फिलहाल कुछ तय नहीं किया।"

अविनाश कुछ उकता-से गए थे। उन्होंने हरेन्द्र से कहा, "अब चलना चाहिए, क्यों हरेन्द्र? सब देख-भाल चुके, अब ज़्यादा देर करने से क्या फायदा?"

हरेन्द्र कुछ कहना ही चाहता था कि इतने में एक लड़के ने आकर सूचना दी, "अक्षय बाबू आए हैं।" और उसके पीछे-पीछे अक्षय भी आ पहुंचा, और कमरे में कदम रखते ही बोल उठा, "ऐं! आज क्या बात है भई? यहां तो लगभग सभी हस्तियां विराजमान हैं, कोई उत्सव था क्या?"

हरेन्द्र ने कहा, "सो तो नहीं था, पर इन सबका समागम अपने-आपमें उत्सव से ज़्यादा समझिए। आपका कैसे आना हुआ, सो बताइए।"

अक्षय बोला, "मेरे आने का कोई खास कारण तो नहीं है। आशु बाबू के साथ कार में घूमने निकला था, सो इधर से निकलते वक्त मन में आ गई कि चलो, आज हरेन्द्रजी की गोशाला ही देखते चलें। अच्छा ही हुआ, सबसे मुलाकात तो हो गई।" और फिर वह कमल की तरफ देखता हुआ बोला, "तुम्हारे यहां कल सवेरे ही जाने की सोच रहा था, पर मकान मुझे नहीं मालूम था—अच्छा हुआ जो यहां तुमसे भेंट हो गई। एक शुभ संवाद है।"

कमल चुप रही। हरेन्द्र ने पूछा, "क्या है भाई, सुनाओ तो सही?"

अक्षय बोला, "कल रास्ते में सिलाई-मशीनवाले उस कमबख्त पारसी से भेंट हो गई जो उस दिन कमल की तरफ से आशु बाबू के यहां रुपये उधार लेने गया था। वहीं मुझे मालूम हुआ कि कमल इस समय उससे उधार मशीन लेकर फतुई-वतुई सीकर अपना गुज़ारा कर रही हैं। और मज़ा यह देखिए कि शिवनाथ अपनी मौज से

लापता हैं।" फिर उसने कमल से कहा, "आशु बाबू ने पूरे रुपये देकर तुम्हारे लिए उससे मशीन खरीदकर रख ली है। कल सवेरे ही किसीको भेजकर मशीन मंगा लेना। खाने-पहनने से तंग हो, कम से कम हम लोगों से तो यह बात कहनी चाहिए थी?"

अक्षय के कहने के ढंग और उसकी बर्बर निष्ठुरता से उपस्थित सभी लोग मर्माहत हो गए। कमल ने धीमे स्वर में जवाब दिया, "मेरी तरफ से कृतज्ञता जताकर उन्हें मशीन वापस कर देने को कह दीजिएगा। अब मुझे उसकी कतई ज़रूरत नहीं।"

हरेन्द्र सहसा बिगड़कर बोल उठा, "अक्षय बाबू, चले जाइए आप इस घर से। आपको मैंने बुलाया नहीं था, और न चाहा ही था कि आप यहां आने का कष्ट करें। फिर भी आप चले ही आए! आपकी पशुता की क्या कहीं कोई हद ही नहीं?"

कमल ने अकस्मात् मुंह उठाते ही देखा कि अजित की आंखों में आंसू भर आए हैं। उसने कहा, "अजित बाबू, आपके साथ तो गाड़ी होगी? कृपा करके आप मुझे घर पर उतारते जाइएगा?"

अजित मुंह से कुछ बोला नहीं, सिर्फ सिर हिलाकर उसने अपनी स्वीकृति दे दी।

कमल ने नमस्कार करते हुए नीलिमा से कहा, "अब शायद जल्दी भेंट न हो सकेगी। मैं यहां से चली जा रही हूं।"

किसीको उससे यह पूछने की हिम्मत नहीं पड़ी कि 'कहां?' नीलिमा ने अंत्यन्त व्यथित हृदय से कमल का हाथ अपने हाथ में लेकर दबा लिया; मुंह से वह कुछ बोल न सकी। दोनों की आंखें छलछला आईं।

और फिर, कमल तुरन्त हरेन्द्र को नमस्कार करके अजित के पीछे-पीछे कमरे से बाहर निकल गई।

15

कार में कमल अन्यमनस्क-सी बैठी आकाश की और देख रही थी। कार रुकते ही इधर-उधर निगाह फेंककर फेंककर उसने अजित से

पूछा, "यहां कहां आ गए अजित बाबू? मेरे घर का रास्ता तो यह नहीं है?"

अजित ने जवाब दिया, "नहीं, यह आपके घर का रास्ता नहीं है।"

"नहीं है! तो अब लौटना पड़ेगा शायद?"

"सो आप जानें। हुक्म करते ही लोट पड़ूंगा।"

सुनके कमल आश्चर्य में पड़ गई। अजित के इस अद्‌भुत उत्तर के कारण उसे उतना आश्चर्य नहीं हुआ जितना कि उसके कण्ठस्वर की अस्वाभाविकता से हुआ। क्षण-भर मौन रहकर उसने अपने को संयत और दृढ़ किया, फिर धीमे स्वर में कहा, "रास्ता भूलने का अनुरोध तो मैंने आपसे किया नहीं था अजित बाबू, जो उसके संशोधन का हुक्म मुझे ही देना पड़ेगा? ठीक जगह पहुंचा देने का दायित्व तो आपका ही है, मेरा कर्तव्य तो सिर्फ इतना ही है कि मैं आपपर भरोसा किए रहूं।"

"किन्तु दायित्व-बोध की धारणा में ही यदि मैं गलती कर बैठा होऊं, तो उसे बदला कैसे जाए?"

कमल बोली, "पर, उस 'किन्तु' पर तो कोई विचार चल नहीं सकता अजित बाबू! गलती के बारे में पहले मुझे असन्दिग्ध हो जाने दें, उसके बाद मैं इसका विचार कर सकती हूं।"

अजित ने अस्फुट स्वर में कहा, "तो आप विचार कीजिए, तब तक मैं प्रतीक्षा कर रहा हूं।" और फिर क्षण-भर स्तब्ध रहने के बाद वह सहसा बोल उठा, "कमल, उस दिन की बात याद है तुम्हें? उस दिन भी ठीक ऐसा ही अंधेरा था?"

"हां, ऐसा ही अंधेरा था।" इतना कहकर कमल ने गाड़ी का दरवाज़ा खोला और पीछे से उतरकर वह सामने की सीट पर अजित के बगल में आके बैठ गई। सुनसान अंधियारी रात बिलकुल मौन थी। और गाड़ी में बैठे दोनों यात्री भी कुछ बोल नहीं रहे थे।

"अजित बाबू!"

"हूं।"

अजित की छाती के भीतर आंधी-सी उठ रही थी। आगे कहने

की बात मुंह में ही हिलगके रह गई। कमल ने पूछा, "आप क्या सोच रहे हैं, बताइए न?"

अजित का कण्ठ कांपने लगा। वह कहने लगा, "आशु बाबू के घर का उस दिन का मेरा आचरण तुम्हें याद है? उस दिन मैं सोच रहा था कि तुम्हारा अतीत ही शायद तुम्हारे जीवन का सबसे बड़ा हिस्सा है, उसके साथ मैं कैसे समझौता कर सकता था? उस दिन तुम्हारी पीछे की ही छाया को आगे लाकर मैंने तुम्हारा चेहरा ढक दिया था, इस बात को बिलकुल भूल ही गया था कि सूरज घूमा करता है। खैर, उसे जाने दो। आज क्या सोच रहा हूं, सो तुम नहीं समझ सकतीं।"

कमल ने कहा, "स्त्री होकर इसके बाद भी न समझ सकूं, मैं क्या इतनी नासमझ हूं? जब आप रास्ता भूले, मैंने तो तभी समझ लिया था।"

अजित धीरे से कमल के कंधे पर बायां हाथ रखता हुआ चुप बैठा रहा। कुछ देर बाद वह बोला, "कमल, ऐसा लगता है कि आज मैं अपने को सम्हाल न सकूंगा।"

इतने पर भी कमल उससे हटके नहीं बैठी। और, उसके आचरण में विस्मय या विह्वलता का नाम तक न था; वह सहज-स्वाभाविक और शान्त स्वर में कहने लगी, "इसमें आश्चर्य की कोई बात ही नहीं, अजित बाबू! ऐसा तो प्रायः हुआ ही करता है। और फिर आप तो केवल एक पुरुष ही नहीं हैं, आप एक न्यायनिष्ठ और शिष्ट पुरुष भी हैं। थकान आने पर आप फिर अपने कंधे से मुझे उतारिएगा कैसे? इतना ओछा काम तो आप कर नहीं सकेंगे?"

अजित का स्वर गाढ़ा हो उठा; बोला, "ऐसी आशंका तुम करती ही क्यों हो कमल कि ऐसा काम मुझे करना ही पड़ेगा?"

कमल हंस दी। बोली, "आशंका मैं अपने लिए नहीं करती, अजित बाबू! करती हूं केवल आपके लिए। आपसे ऐसा करते बनता तो मुझे कोई भय नहीं था। फकत एक रात की गलती के बदले इतनी भारी सज़ा आप पर लाद देने में मुझे तरस आता है। अब नहीं, चलिए अब लौटा जाए।"

बात अजित के कानों तक तो पहुंची, पर हृदय तक नहीं पहुंच पाई। अगले ही क्षण उसकी नसों का खून उन्मत्त-सा हो उठा, और उसे वह अपनी छाती के पास खींचता हुआ बोल उठा, "मेरे ऊपर क्या तुम विश्वास नहीं कर सकतीं कमल?"

क्षण-भर के लिए कमल की सांस रुक-सी गई, वह बोली, "कर सकती हूं।"

"तो फिर तुम किसलिए लौटना चाहती हो, बताओ? चलो, हम कहीं चले चलें।"

"चलिए।"

गाड़ी चलाते वक्त अचानक अजित रुक गया, बोला, "साथ ले चलने लायक क्या तुम्हारे घर में कुछ भी नहीं है?"

"नहीं। लेकिन आपके पास?"

अजित को कुछ सोचना पड़ा। सोचते-सोचते जेब में हाथ डालकर बोला, "साथ में रुपये-पैसे तो कुछ हैं नहीं! आखिर उनकी ज़रूरत तो पड़ेगी ही।"

कमल ने कहा, "गाड़ी बेच देने से काफी रुपये आ जाएंगे।"

कमल की बात सुनते ही अजित स्तब्ध रह गया। उसका बायां हाथ जो अब तक कमल के कंधे पर ही था, खिसक के वह नीचे गिर पड़ा। बहुत देर तक चुप रहने के बाद वह बोला, "तुम क्या मेरा मज़ाक उड़ा रही हो कमल?"

"नहीं तो, सच कह रही हूं।"

"सच कह रही हो और सच ही समझ रही हो कि मैं गाडी चुराकर बेच सकता हूं? अच्छा, ऐसा काम तुम खुद कर सकती हो कमल?"

कमल ने जवाब दिया, "सकने और न सकने पर यदि आप निर्भर होते अजित बाबू, तो मैं आपके इस प्रश्न का जवाब देती। असल बात यह है कि पराई चीज़ हड़प लेने की हिम्मत आपमें नहीं है। चलिए, गाड़ी घुमाकर मुझे घर पहुंचा दीजिए।"

गाड़ी घुमा लेने के बाद अजित ने कमल से पूछा, "पराई चीज़ हड़पने की क्या बहुत बड़ी बात समझती हो तुम?"

कमल बोली, "बड़ी और छोटी की बात नहीं कही मैंने। फकत इतना ही कहा है कि हड़पने का साहस नहीं आपमें।"

"नहीं, नहीं है, यह मानता हूं मैं; और उसके लिए मैं किसी तरह की लज्जा भी महसूस नहीं करता।" इतना कहकर अजित ज़रा रुका, और फिर कहने लगा, "और यदि ऐसा साहस होता भी, तो उसे मैं लज्जा की ही बात समझता; और फिर मेरा तो विश्वास है कि सभी शिष्ट व्यक्ति इस बात को स्वीकार करेंगे।"

कमल ने तुरत जवाब दिया, "क्योंकि स्वीकार करना बहुत आसान है। उसमें वाहवाही जो मिलती है!"

"सिर्फ वाहवाही ही? उससे ज़्यादा और कुछ भी नहीं? शिक्षा और संस्कृति नाम की कोई चीज़ ही नहीं तुम्हारी दृष्टि में?"

"अगर हो भी, तो उसके विषय में फिर कभी समय मिलने पर बहस कर लूंगी, आज नहीं।" इतना कहकर वह कुछ सोचने लगी; फिर बोली, "सुनिए अजित बाबू, आपके इस तर्क पर, अगर और कोई होता, तो व्यंग्य से कह देता, 'कमल को हड़पने की कोशिश में तो शिक्षा और संस्कृति को ज़रा भी संकोच नहीं हुआ!' किन्तु मैं ऐसा नहीं कह सकती; कारण, कमल किसीकी सम्पत्ति नहीं है। वह तो केवल अपनी ही है, अन्य किसीकी भी नहीं।"

मोटर की बत्तियों के उजाले में अजित को दिखाई दिया कि सामने कई बैलगाड़ियां खड़ी हैं। पास ही शायद कोई गांव है, और किसान अपनी गाड़ियां जहां की तहां खोलकर तथा बैल लेकर अपने-अपने घर चले गए हैं। अजित उस जगह को सावधानी से पार करने के बाद बोला, "कमल, तुम्हें समझना बहुत कठिन है।"

कमल ने हंसते हुए जवाब दिया, "कठिन कैसे है? आप ठीक ही तो समझे थे कि रास्ता भूलते ही मुझे भुलाकर आसानी से ले जाया जा सकता है।"

"शायद वह मेरी भूल थी।"

कमल ने फिर हंसते हुए जवाब दिया, "रास्ता भूल जाना भूल, मुझे भुलाकर ले जाने की कोशिश भूल, सभी कुछ भूल? आखिर भूलों का इतना बड़ा भारी बोझ आपके सिर से उतरेगा कब?

अजित बाबू, अपने पर श्रद्धा रखना सीखिए आप। इस तरह अपनी ही दृष्टि में अपने को छोटा न बनाइए।"

इसके बाद दोनों में से कोई कुछ नहीं बोला, और गाड़ी चलती चली गई।

कुछ देर बाद गाड़ी अचानक रुक गई। अंधेरे में सड़क के किनारे कोई खड़ा था, उसने शायद इशारे से गाड़ी रुकवाई थी। उसके पास आते ही दोनों के दोनों आतंक से चौंक उठे। अजित के मुंह से निकल पड़ा, "कौन?"

उत्तर मिला, "मैं हूं, राजेन्द्र। वही, जिसे आज आप लोगों ने हरेन भाई साहब के आश्रम में देखा था।"

अजित बोला, "अच्छा, राजेन्द्र हो। इतनी रात में यहां कैसे?"

"आप लोगों की ही बाट देख रहा था। आप लोगों के चले आने के बाद ही आशु बाबू के यहां से आदमी आया था आपको ढूंढ़ने।" इतना कहकर वह कमल की तरफ देखने लगा।

कमल ने पूछा, "मुझे ढूंढ़ने का कारण?"

राजेन्द्र कहने लगा, "शहर में बहुत ज़ोर का इन्फ्लूएंज़ा फेला हुआ है, और बड़ी तादाद में लोग मर रहे हैं। शिवनाथ बाबू बहुत ज़्यादा बीमार हैं। उन्हें मैं डोली में लिटाकर आशु बाबू के मकान पर पहुंचा आया हूं। आशु बाबू ने शायद यह सोचकर आदमी भेजा होगा कि आप आश्रम में ही होंगी।"

"अभी कितने बजे होंगे?"

"शायद दो बजे होंगे।"

कमल ने हाथ बढ़ाकर गाड़ी का दरवाज़ा खोलते हुए राजेन्द्र से कहा, "आइए आप, भीतर बैठ जाइए। रास्ते में आपको आश्रम में उतारते जाएंगे।"

गेट के अन्दर घुसते ही दोनों ने देखा कि आशु बाबू अपने कमरे की खुली हुई खिड़की के सामने खड़े हैं। गाड़ी की आवाज़ सुनते ही वे ऊपर से ही पूछने लगे, "आ गए अजित? साथ में कौन है,

कमल ?"

"हां।"

"जदुआ, कमल को शिवनाथ के कमरे में ले जा।" कहते-कहते वे स्वयं ही नीचे उतर आए, और कहने लगे, "सुना होगा शायद, शिवनाथ बीमार पड़ गए हैं। शहर में बड़े ज़ोरों से इन्फ्लूएंज़ा फैल रहा है, काफी लोग मर रहे हैं। मेरी अपनी तबीयत भी आज सवेरे से ठीक नहीं है, हरारत-सी हो रही है।"

कमल उद्विग्न हो उठी। बोली, "तो फिर आप इस तरह जाग क्यों रहे हैं? उनकी देखरेख करनेवाले यहां और भी तो लोग हैं।"

आशु बाबू बोले, "कौन है, बताओ? डाक्टर आकर अच्छी तरह देख गए हैं। मुझे सो जाने के लिए कहकर मनोरमा खुद ही रोगी को देखभाल करने गई है, वो वहां बैठो जाग रही होगी। मुझे नींद नहीं आई, फिर तुम लोगों के आने में देर होने लगी। खैर, अब देर करना ठीक नहीं। चलो मेरे साथ, रोगी के पास जाकर देखा जाए कि उनका क्या हाल है। देखो कमल, बिना अच्छी तीमारदारी के आरोग्य होने में बहुत देर लग जाती है, सो तुम खुद चलकर उन्हें संभालो, जिससे वे जल्दी उठ खड़े हों।" यह कहते हुए वे सबको लेकर शिवनाथ के कमरे की तरफ बढ़ने लगे। किंकर्तव्यविमूढ़ अजित बगैर समझे ही उनके साथ हो लिया। आशु बाबू ने सबको सावधान कर दिया कि सब दबे पांव सावधानी से रोगी के कमरे में प्रवेश करें, ताकि किसी तरह की आहट न हो, रोगी के विश्राम में विघ्न न होने पाए। सबने ऐसा ही किया। किन्तु जैसे ही सब उस कमरे में घुसे और उनके सामने जो स्वप्नातीत दृश्य दिखाई दिया वैसे ही सबके होश उड़ गए। देखा, पलंग के पास कुरसी पर बैठी मनोरमा रात्रि-जागरण की थकान से रोगी की छाती पर अपना माथा रखे सो रही है और शिवनाथ की दोनों बांहें उसके गले में पड़ी हैं। देखते ही आशु बाबू की आंखों के आग मानो घनान्धकार का जाल-सा उतर आया। उसी क्षण चौंककर वे वहां से उलटे पांव भाग खड़े हुए। अजित और कमल

परस्पर एक-दूसरे का मुंह ताकते रह गए और फिर धीरे-धीरे चुप-चाप बाहर निकल गए।

16

जाने-आने के रास्ते के बगल में ही एक छायादार बरामदा है। कमल और अजित दोनों रोगी के कमरे से निकलकर वहीं रुक गए। वहां एक लालटेन लटक रही थी। उसके धुंधले उजाले में व मल ने देखा कि अजित का चेहरा सफेद फक पड़ गया है। मानो अकस्मात् ज़ोर का धक्का खाकर चेहरे का सारा खून अभ्यत्र कहीं हट गया हो। कोई तीसरा व्यक्ति वहां नहीं था, शायद इसी कारण अजित उससे बिना किसी संकोच के पूछ सका, "आप क्या अभी अपने घर लौट जाना चाहती हैं? जाना चाहें तो मैं उसका इन्तज़ाम कर सकता हूं?"

कमल अजित के चेहरे की तरफ देखती हुई चुप रही। कमल की तरफ से कोई जवाब न पाकर अजित ने कहा, "अब तो आपका यहां एक क्षण भी रहना ठीक न होगा।"

"और आपका रहना ठीक होगा?"

"नहीं, मेरा रहना भी ठीक नहीं। कल सवेरे ही मैं अन्यत्र कहीं चला जाऊंगा।"

"यही अच्छा है। मैं भी अब आगरा छोड़कर और कहीं जाकर रहने की सोच रही हूं; और शायद दो-एक दिन में इसका इन्तज़ाम कर लूंगी। अभी तो आज की बाकी रात इस कुरसी पर बैठकर बिता देनी है। अब आप जाकर आराम कीजिए।"

अजित सामने पड़ी छोटी-सी कुरसी की तरफ देखता और बगलें झांकता हुआ बोला, "लेकिन..."

कमल ने कहा, "अब 'लेकिन' को रहने दीजिए, उसमें बड़ा झंझट है। इस समय मेरे लिए न तो घर जाना ही सम्भव है और न आपके कमरे में। आप जाइए, देर न कीजिए।"

सवेरा होते ही नौकर आकर अजित को आशु बाबू के कमरे

में ले गया। अब तक वे अपने बिस्तर से उठे नहीं थे। उनके पलंग के पास ही कमल बैठी थी। उसे उन्होंने पहले ही बुला लिया था। आशु बाबू बिस्तर पर पड़े-पड़े ही कहने लगे, "तबीयत मेरी कल से ही खराब चल रही है ; आज तो ऐसा लग रहा है जैसे···" कहते-कहते वे रुक गए, और फिर अजित से बोले, "बैठो अजित, कुरसी खींचके बैठ जाओ ठीक से।" अजित के बैठ जाने पर उन्होंने कहा, "मैंने सुना है, तुम आज ही चले जा रहे हो? जाना चाहते हो, तो मैं तुम्हें रहने के लिए भी कैसे कह सकता हूं। ठीक है। गुड बाई। भविष्य में भी शायद कभी भेंट न हो। पर यह निश्चय समझो कि मैं तुम्हें आज सर्वान्तःकरण से आशीर्वाद दे रहा हूं कि तुम हम लोगों को क्षमा करके चिरकाल तक सुखी जीवन व्यतीत करो।"

अजित अब तक नीची निगाह किए बैठा था, और अब जब उसने जवाब देने के लिए मुंह उठाया तो उससे कुछ कहते नहीं बना। आशु बाबू का चेहरा देखते ही वह अवाक् रह गया। इस बात की वह कल्पना भी न कर सकता था कि एक ही रात में, बल्कि कुछ ही घण्टों में, ऐसे सदानन्द सहृदय व्यक्ति में इतना ज़बर्दस्त परिवर्तन हो सकता है!

आशु बाबू कुछ देर मौन रहकर कमल से कहने लगे, "तुम्हें बुलवा तो लिया कमल, पर तुम्हारी आंखों से आंखें मिलाकर बात करने में भी मेरा मस्तक झुका जा रहा है। इन कुछ ही घण्टों में मैं क्या-क्या विचारता रहा, मेरे मन में कैसी-कैसी उथल-पुथल होती रही, सो मैं किससे कहूं? मेरी कुछ समझ में ही नहीं आता कि यह हुआ तो हुआ क्या।"इतना कहने के बाद शायद उनसे और कुछ कहा न गया। कुछ देर वे अन्यमनस्क-से बैठे रहे, और फिर कहने लगे, "अक्षय ने एक दिन मुझसे कहा था कि शिवनाथ शायद तुमसे अलग होकर अन्यत्र कहीं रहने लगे हैं। उसकी इस बात पर तब मैंने विशेष ध्यान नहीं दिया था। सोचा था कि वह विद्वेषवश बात को बढ़ा-चढ़ाकर विकृत कर रहा है। और तुम जब अर्थाभाव के कारण संकटों से जूझ रही थीं तब भी उसका ठीक कारण मैं

नहीं समझ सका था; किन्तु आज सब-कुछ स्पष्ट हो गया है।" कहते-कहते उन्होंने एक गहरी सांस ली, और उनके मुंह से निकल पड़ा, "हे भगवान!"

इसके बाद कुछ देर तक कमरे में सन्नाटा-सा छाया रहा; और फिर उसे दूर करते हुए आशु बाबू कहने लगे, "बेटी कमल, तुम्हारे साथ मैं कई बार अच्छा सलूक नहीं कर सका हूं, इसका मुझे गहरा दुःख है। किन्तु उसी दिन से, जिस दिन मैंने तुम्हें पहले-पहल देखा था, मैं तुमसे बहुत स्नेह करने लगा था। इसीसे, आज मेरे मन में बार-बार एक ही बात उठ रही है कि हम लोग अगर आगरा न आते तो अच्छा होता।" कहते-कहते उनकी आंखों में आंसू भर आए।

कमल उठके उनके सिरहाने के पास जा बैठी, और माथे पर हाथ रखते ही बोल उठी, "आपको तो बुखार है, चाचाजी!"

कमल के इस 'चाचाजी' सम्बोधन से शायद उन्हें क्षण-भर के लिए कुछ सांत्वना-सी मिल गई। उन्होंने कमल का हाथ अपने हाथ में लेते हुए कहा, "रहने दो कमल, बुखार है तो बना रहने दो। मैं जानता हूं, तुम अत्यंत बुद्धिमती हो। इस घर में उस आदमी का बना रहना मुझे काल-सा लग रहा है।"

कमल ने अजित की तरफ देखा। वह नीचे को निगाह किए बैठा था। उसकी तरफ से कोई संकेत न पाकर वह क्षण-भर तो चुप रही, फिर बोली, "मुझसे आप क्या चाहते हैं, कहिए?"आशु बाबू की तरफ से जब कोई जवाब नहीं मिला तो वह खुद ही कहने लगी, "शिवनाथ बाबू को अपने यहां रखना नहीं चाहते, सो तो ठीक है; पर अभी वे बीमार हैं। ऐसी हालत में या तो उन्हें अस्पताल भेज देना चाहिए या फिर उनके अपने घर।"

आशु बाबू बोले, "कमल, मैं तुमसे ऐसे ही उत्तर की आशा कर रहा था। किन्तु मेरा कहना यह है कि शिवनाथ को अगर तुम अपने घर ले जा सको तो सबसे अच्छा हो। तुम्हारी तीमारदारी से उन्हें बीमारी से जल्दी छुटकारा मिल जाएगा। रही खर्च की बात, सो तुम उसके लिए ज़रा भी चिन्तित न होओ। खर्च जो भी लगे

और जितना भी लगे, मैं पहुंचाता रहूंगा।"

"किन्तु इस विषय में एक बात पहले से ही स्पष्ट हो जानी चाहिए।"

"क्या?"

"हालांकि आपके पास बन है, उदार हृदय है, दूसरों के लिए खर्च करना आपके लिए बहुत आसान है; किन्तु यदि आपके मन में ऐसी कोई बात हो कि इस तरह आप मुझपर दया या एहसान कर रहे हैं, तो ऐसा भ्रम आपको अपने मन से दूर कर देना होगा। किसी भी बहाने आपकी दी हुई भिक्षा को मैं अंगीकार नहीं कर सकती।"

आशु बाबू को सिलाई-मशीन की बात याद आ गई। वे व्यथित होते हुए बोले, "मुझसे कोई गलती हो भी गई हो, तो क्या तुम उसके लिए इस बूढ़े 'चाचाजी' को क्षमा नहीं कर सकती बेटी?"

कमल बोली, "गलती शायद आपसे तब इतनी नहीं हुई थी जितनी कि अब होने जा रही है। आप सोचते होंगे कि शिवनाथ बाबू को बचाना प्रकारांतर से कमल को ही बचाना है; किन्तु असल में ऐसी बात नहीं है। अब मेरे मन की सारी बात आप जान गए, इसके उपरांत भी आप अगर उनके खर्च का भार अपने ऊपर लेते हैं तो ले सकते हैं। मुझे कोई आपत्ति नहीं।"

"अच्छी बात है, मैं शिवनाथ को ही बचाना चाहता हूं, तुम पर मेरा कोई एहसान नहीं है। अब तो ठीक है?"

"ठीक तो है, पर बिलकुल ठीक नहीं। अभी कुछ कसर है, और वह यह है कि यदि आप उन्हें अस्पताल नहीं भेजना चाहते, तो मेरे घर भेजने से भी विशेष कोई लाभ नहीं। सबसे अच्छी बात तो यह होगी कि आप उन्हें हरेन बाबू के आश्रम में भेज दें। वहां एक नहीं अनेक तीमारदार मिल जाएंगे। आश्रम आपसे खर्चा लेने में भी संकोच न करेगा, और सेवा-धर्म के कर्तव्यपालन से उसका उद्देश्य भी आंशिक रूप से पूरा हो जाएगा।" इतना कहने के बाद कमल कुछ देर मौन रही, और फिर कहने लगी, "हां तो, अब मैं भी बहुत ज़्यादा थक चुकी हूं, मुझे भी अब विश्राम की सख्त

ज़रूरत है। अब मैं चल दी।" और वह तुरंत उठ खड़ी हुई।

इतने में नौकर ने आकर खबर दी कि हरेन बाबू वगैरा मिलने आए हैं; और इस खबर के पीछे-पीछे ही हरेन्द्र सतीश और राजेन्द्र के साथ आ पहुंचा। उसने कहा, "अभी देखके आ रहा हूं, शिवनाथ बाबू सो रहे हैं। आते वक्त डाक्टर से भी बात कर आया हूं। उनका कहना है कि बीमारी कोई खतरनाक नहीं है, जल्दी आराम हो जाएगा।" कहते हुए उसने कमल को नमस्कार किया और अपने साथियों के साथ एक तरफ बैठ गया।

कमल को अब देर सहन नहीं हो रही थी। वह अजित के पास जाकर चुपके से बोली, "आप मुझे साथ लाए थे। चलिए न अब पहुंचा दीजिए।"

किन्तु अजित से मारे संकोच के आज कमल की तरफ मुंह उठाकर देखा भी न गया। कमल मन ही मन हंसती हुई ज़रा आगे बढ़कर राजेन्द्र के पास पहुंची और उसके कंधे पर हाथ रखती हुई बोली, "तुम ही चले चलो भाई, मुझे घर पहुंचा आओ।"

इस आकस्मिक 'भाई' के सम्बोधन से राजेन्द्र को बड़ा आश्चर्य हुआ। वह क्षण-भर कमल के मुंह की ओर देखता रहा, फिर तुरंत बोला, "चलिए।"

दरवाज़े के पास पहुंचकर कमल सहसा ठिठकके खड़ी हो गई, बोली, "आशु बाबू, अपना प्रस्ताव मैंने वापस नहीं लिया है। मेरी बताई हुई शर्त पर आपकी इच्छा हो तो भेज दीजिएगा। मैं यथा-साध्य कोशिश कर देखूंगी। किसी तरह बच गए तो उनके लिए अच्छा ही है। न बचें तो उनका भाग्य।" इतना कहकर वह चली गई। राजेन्द्र भी उसके साथ हो लिया। कमरे में सन्नाटा-सा छा गया।

आधे रास्ते में राजेन्द्र बोल उठा, "मैं घण्टे-भर में एक ज़रूरी काम पूरा करके आ रहा हूं।" और फिर वह कमल को नमस्कार करके चल दिया। कमल ने शायद अन्यमनस्कता के कारण ही कोई

आपत्ति नहीं की।

घर पहुंचकर वह काम-धन्धे में लग गई। वैसे वह कल से ही बगैर खाए थी, इसलिए उसने सोचा कि किसी तरह कुछ बना-बुनूकर पेट में डाल ले, और पड़के सो जाए। मामूली झाड़ा-बुहारी करके उसने चूल्हा जलाया और उसपर खिचड़ी चढ़ा दी। और फिर समय काटने के लिए एक किताब उठाकर वह बिस्तर के सहारे बैठके उसके पन्ने उलटने लगी। किन्तु आज उसकी थकावट की कोई हद नहीं थी; बैठे-बैठे कब उसकी आंख लग गई, इसका उसे पता भी नहीं चला। जब उसकी आंख खुली तब सवेरा हो चुका था, खिचड़ी जलकर खाक हो चुकी थी और चूल्हा अपने-माप बुझ गया था। वह उठना ही चाहती थी कि बाहर से किसीकी आवाज़ सुनाई दी, "घर में हैं क्या? मैं आ सकता हूं?"

सुनते ही उसका कलेजा धड़क उठा, किन्तु दूसरे ही क्षण वह समझ गई कि हरेन्द्र है। उसने कहा, "आइए।"

हरेन्द्र भीतर आ गया। कमल ने पूछा, "कहिए, क्या खबर है?"

"खबर अच्छी ही समझिए। इन्फ्लुएंजा के सिवा और सब ठीक है। ऐसा लगता है कि बीमारी ने पूरा संक्रामक रूप धारण कर लिया है, और आए दिन उसका रूप भयानक होता जा रहा है। बस्तियों में मौतें भी खूब हो रही हैं। कहीं मथुरा-वृन्दावन जैसा हो गया तो यहां से भागना पड़ेगा, या यहीं मर मिटना होगा।"

कमल चुप बैठी उसके चेहरे की तरफ देखती रही। इन सब खबरों पर मानो उसका कुछ ध्यान ही न गया हो।

हरेन्द्र कहता गया, "इसके अलावा शिवनाथ बाबू बीमार पड़े हैं। मामला टेढ़ा है, कुछ कहा नहीं जा सकता। वे अस्पताल भी नहीं जाना चाहते। उन्हें उनके घर पहुंचा दिया गया है। वहां जाकर आज उन्हें देख आना है। बड़ी मुसीबत है।"

कमल ने पूछा, "उनके पास अभी कोन है?"

"एक नौकर है। ऊपर की मंज़िल में कुछ पंजाबी ठेकेदार रहते

हैं। सुना है, आदमी अच्छे हैं।"

कमल एक सांस लेकर चुप रह गई। कुछ देर बाद बोली, "राजेन बाबू को एक बार भेज सकते हैं मेरे पास?"

"भेज सकता हूं, पर वह मिलेगा कहां, सवाल तो यह है? आज तड़के ही निकल पड़ा है कहीं। गया होगा कहीं मोची-पाड़े में रोगियों की सेवा करने। आश्रम में अगर वह खाना खाने आया तो उससे कह दूंगा।"

"शिवनाथ बाबू को घर पहुंचाया किसने? आपने?"

"नहीं, राजेन्द्र ने। उसीसे मालूम हुआ कि पंजाबी लोग अच्छे आदमी हैं। वे ही शिवनाथ बाबू की देख-भाल कर रहे हैं। पर अब चिन्ता की कोई बात नहीं, राजेन्द्र को जब मालूम हो गया है तब वह किसी बात की कसर नहीं रखेगा। सम्भव है वह खुद ही तीमारदारी में लग जाए और बीमारी को मार भगाए। एक बात अच्छी है कि उसे बीमारी नहीं पकड़ती। पकड़ सकती है तो बस एक पुलिस ही पकड़ सकती है। पुलिस न पकड़े तो वह अकेला ही सौ के बराबर है।"

"पकड़े जाने की आशंका है क्या?"

"सो तो बनी ही रहती है।"

"आप उनसे कह क्यों नहीं देते कि चले जाएं यहां से?"

"यही तो मुसीबत है! कहने से उसी वक्त चला जाएगा, और ऐसा जाएगा कि फिर कभी वापस आने का नाम भी न लेगा।"

"न आएं तो न सही। उससे नुकसान क्या है?"

"नुकसान? सो तो मैं जानता हूं; आप कैसे जान सकती हैं?" और फिर तुरन्त प्रसंग बदलते हुए कहने लगा, "अरे, एक बात तो आपसे कही ही नहीं! कल रात को अविनाश दादा के यहां से वापस आया तो देखता हूं कि आश्रम के आफिस में बैठे अजित बाबू मेरा इन्तज़ार कर रहे हैं। फिर उन्हींसे मालूम हुआ कि बक्स-बिस्तर वगैरह सब साथ लेकर वे आश्रम में रहने के लिए आए हैं। सतीश से उनकी बात पहले से पक्की हो चुकी है कि आश्रम के नियमानुसार वे आश्रम के काम में ही अपना जीवन बिताएंगे। मुझे

आश्चर्य तो हुआ, पर खुशी इस बात की भी हुई कि ऐसे बड़े आदमियों के शामिल होने से आश्रम की भलाई ही है; किन्तु शंका भी हुई कि भीतर कोई गड़बड़ की बात तो नहीं है जो आगे चलके दुःखदायी साबित हो? फिर मैं सवेरे ही उठकर आशु बाबू के पास गया। सब सुनकर उन्होंने कहा, "विचार तो बहुत अच्छा है; पर भारत में आश्रमों की तो कोई कमी नहीं, वह आगरा छोड़कर अन्यत्र कहीं किसी आश्रम में रहता तो मैं और कुछ दिन यहां बना रहता। अब देखता हूं कि मुझे यहां से जाना ही पड़ेगा।"

कमल सुनती रही। उसे किसी तरह का आश्चर्य नहीं हुआ। वह चुप रही।

हरेन्द्र बोला, "आशु बाबू के घर से मैं सीधा यहीं चला आ रहा हूं। वापस जाकर अजित बाबू से क्या कहूंगा, मेरी कुछ समझ में नहीं आ रहा।"

कमल इतना तो समझ ही गई कि शिवनाथ को स्थानान्तरित किए जाने के विषय में बहुत-कुछ कहा-सुनी हो गई होगी; चाहे वह प्रकट रूप से हुई हो या मौन रूप में, किन्तु वह कुछ बोली नहीं, चुपचाप बैठी हरेन्द्र की बातें सुनती रही।

हरेन्द्र कहता गया, "मालूम होता है, आशु बाबू ने आपके विषय में सब सुन लिया है। आपके प्रति शिवनाथ बाबू का जैसा दुर्व्यवहार हुआ है उससे उन्हें बहुत ज़्यादा दुःख हुआ है। उन्होंने एक तरह से ज़बरदस्ती ही उन्हें अपने घर से विदा कर दिया है। मनोरमा शायद ऐसा नहीं चाहती थी; कारण, शिवनाथ उसके संगीत के गुरु ठहरे। वे शायद पास रखकर ही उनका इलाज चलाना चाहती थीं, किन्तु ऐसा हो नहीं सका। हो सकता है कि अजित बाबू का भी इसी विषय को लेकर उन लोगों से झगड़ा हो गया हो।"

कमल को हंसी आ गई। उसने कहा, "आश्चर्य नहीं; किन्तु आपने ये सब बातें सुनीं किससे? राजेन्द्र ने कहा था क्या?"

"राजेन्द्र ऐसी बातों में कभी नहीं पड़ता। उसे मालूम भी हो जाए तो भी वह अन्य किसीसे ऐसी चर्चा नहीं करेगा। यह तो मेरा ही अनुमान है। इसीसे मैं सोचता हूं कि आखिर में समझौता तो

होगा ही, फिर व्यर्थ में अजित को चिढ़ाने से क्या फायदा! मेरा चुप रहना ही ठीक है। जितने दिन वे आश्रम में रहेंगे, हमारी तरफ से उनकी खातिरदारी में कोई कमी नहीं होगी।"

कमल ने कहा, "यही ठीक रहेगा।"

हरेन्द्र ने कहा, "अच्छा, तो अब मैं जाता हूं। मुझे अविनाश दादा के लिए ज़्यादा चिन्ता है। वे थोड़े में ही घबरा जाते हैं। अच्छा, नमस्कार! समय मिला तो कल एक बार फिर आ जाऊंगा।"

"आइएगा।" कहकर कमल ने उठकर उसे नमस्कार किया, और याद दिला दिया, "राजेन्द्र को भेजना न भूलिएगा। कह दीजिएगा, बहुत ज़रूरी काम है।"

"ज़रूर भेज दूंगा।" कहकर हरेन्द्र वहां से चल दिया।

करीब चार-साढ़े चार बजे राजेन्द्र आ पहुंचा। कमल ने उसे आदर के साथ बिठाया, और कहा, "राजेन्द्र, तुम्हें मेरा एक काम कर देना होगा।

राजेन्द्र ने कहा, "कर दूंगा। बताइए, मुझे क्या करना होगा?"

"तुम्हें मेरा मित्र होना होगा। लोगों के मुंह सुना है कि तुम क्रान्तिकारी हो। अगर यह सच हो, तो मेरे साथ तुम्हारी मित्रता अक्षय बनी रहेगी।"

"आपके साथ अक्षय मित्रता मेरे किस काम आएगी?"

कमल को बड़ा आश्चर्य हुआ। राजेन्द्र की यह सन्देह और उपेक्षा की ध्वनि कमल के कानों में खटक गई। उसने कहा, "ऐसी बात नहीं कहनी चाहिए। मित्रता जैसी चीज़ संसार में दुर्लभ है; बड़ी मुश्किल से आप्त होती है। जिसे जानते नहीं उसपर अश्रद्धा करके अपने को छोटा नहीं बनाना चाहिए।"

किन्तु कमल के इस उलाहने से उस युवक पर कोई प्रभाव नहीं पड़ा। उसने मुसकराते हुए स्वाभाविक स्वर में ही जवाब दिया, "मैंने जो बात कही, सो अश्रद्धा के कारण नहीं, बल्कि मित्रता की मुझे ज़रूरत न होने के कारण ही कही है; और यदि आप ऐसा

समझती हों कि आपको मित्रता मेरे काम आ सकती है, तो मैं उसे अस्वीकार भी नहीं करूंगा। पर, सोच यही रहा हूं कि वह क्या काम आएगी!"

कमल का चेहरा सहसा सुर्ख हो उठा। मानो किसीने चाबुक मारकर उसे अपमानित कर दिया हो। कमल उच्च शिक्षिता, सुन्दरी और प्रखर बुद्धिमती है। अब तक उसकी यही धारणा थी कि वह किसी भी पुरुष के लिए कामना की वस्तु है, उसका विश्वास था कि उसका चमकता हुआ तेज अपराजेय है; किन्तु आज इस युवक के सामने अपनी तुच्छता का अनुभव करके मानो वह मर्माहत होकर ज़मीन में गड़ गई। शिवनाथ ने उसे धोखा दिया है, वंचित किया है। किन्तु इस तरह दीनता का चीर उसपर नहीं लपेटा। सहसा उसके मन में एक संदेह जाग उठा। उसने पूछा, "मेरे बारे में शायद तुमने बहुत-सी बातें सुनी होंगी?"

राजेन्द्र बोला, "हां, ये लोग अक्सर कहा तो करते हैं।"

"क्या कहा करते हैं?"

राजेन्द्र हंसता हुआ बोला, "देखिए, इन बातों में मेरी स्मरण-शक्ति बिलकुल ही काम नहीं करती। मुझे कुछ भी याद नहीं रहता।"

"सच कहते हो?"

"हां, सच ही कह रहा हूं।"

कमल ने आगे और जिरह नहीं की; उसकी बात पर विश्वास कर लिया। वह समझ गई कि नारी-जीवन के रहस्य के विषय में इस युवक के मन में अब तक किसी तरह का कुतूहल उत्पन्न नहीं हुआ है। उसने जैसे सुना है वैसे वह उसे भूल भी गया है। उसने पाया कि उसके पुरुष-चित्त की भूमिका पर अभी तक नारी-मूर्ति की छाया नहीं पड़ी है। ये सब बातें सोचने के बाद कमल ने मानो मन ही मन सन्तोष की सांस ली; और फिर क्षण-भर बाद वह बोल उठी, "तुम्हें मालूम है, शिवनाथ बाबू ने मुझे त्याग दिया है?"

"हां, मालूम है।"

कमल धीरे-धीरे कहने लगी, "देखो, जिस दिन मेरा उनसे

विवाह हुआ था उस दिन हमारे अनुष्ठान में भले ही धोखा हो, किन्तु मन में धोखा नहीं था। बहुतों ने सन्देह कर-करके बहुत-सी बातें कहीं। कहा कि यह विवाह पक्का नहीं है, किसी भी क्षण इसका रंग उड़ सकता है; किन्तु मैं बिलकुल डरी नहीं। मैंने कहा कि होने दो कच्चा। हमारे भीतर के मन ने जब मान लिया है तब हमारे लिए यह देखना कतई ज़रूरी नहीं कि बाहर की गांठ में कितने फन्दे पड़े; बल्कि मुझे तो इस बात की खुशी हुई कि जिसे पति के रूप में अंगीकार किया है उसे मैंने नीचे से ऊपर तक कसके बांधा नहीं है। किन्तु ये सब बातें तुमसे कहना व्यर्थ है, तुम कुछ समझोगे नहीं।"

राजेन्द्र चुप रहा। कमल कहने लगी, "तब में सिर्फ यही बात नहीं जानती थी कि उनको रुपयों का लोभ इतना ज़बरदस्त है! जानती होती तो आज की इस लांछना की मर्मघाती वेदना से बच जाती।"

राजेन्द्र पूछ बैठा, "इसके मानी?"

कमल ने चट से अपने को रोक लिया। उसने कहा, "रहने दो अब मानी को। मानी सुनके तुम क्या करोगे?"

सूरज डूब चुका था; कमरे में अंधेरा क्रमशः घना होता जा रहा था। कमल ने बत्ती जलाई, और उसे टेबल के एक किनारे रखके अपनी जगह वापस आते-आते बोली, "खैर, जो भी हो, मुझे तुम एक बार उनके घर ले चलो।"

"क्या करेंगी आप वहां जाकर?"

"अपनी आंखों से एक बार देखना चाहती हूं मैं उन्हें। अगर ज़रूरत समझूंगी तो रह जाऊंगी, नहीं तो तुमपर भार सौंपकर चली आऊंगी। इसी काम के लिए मैंने तुम्हें बुलवाया था। यह काम तुम्हारे सिवा और कोई नहीं कर सकता। उनसे अब सब लोग नफरत करने लगे हैं।" कहते-कहते कमल बत्ती को ज़रा बढ़ा देने के अभिप्राय से उठी और राजेन्द्र की तरफ पीठ करके खड़ी हो गई।

राजेन्द्र ने कहा, "अच्छी बात है, चलिए। तो मैं तांगा लेकर आ रहा हूं।" और वह तुरन्त तांगा लेने बाहर चला गया।

तांगे पर सवार होने के बाद राजेन्द्र कहने लगा, "तो आप शिवनाथ बाबू की सेवा का भार मुझपर सौंपकर निश्चिन्त होना चाहती हैं? भार तो मैं ले सकता था, किन्तु अब मेरा यहां रहना जो नहीं होगा। बहुत जल्द मुझे यहां से जाना पड़ेगा। इसलिए मेरा कहना है कि आप और कोई इन्तज़ाम करने की कोशिश करें तो अच्छा रहेगा।"

कमल सहसा उद्विग्न हो उठी, बोली, "क्यों? क्या पुलिस पीछे लगके तुम्हें परेशान कर रही है?"

"पुलिस की आत्मीयता का तो मैं आदी हो चुका हूं, उसके लिए नहीं..."

कमल को हरेन्द्र की बातें याद थीं, इसलिए वह बीच ही में बोल उठी, "तो क्या आश्रम के लोग चले जाने के लिए कहते हैं? किन्तु मैं पूछती हूं, जो लोग पुलिस के डर से इस तरह आतंकित रहते हैं उन्हें इतने समारोह के साथ देश के काम में उतरने की ज़रूरत ही क्या है? अगर तुमने देश-सेवा का कठोर व्रत ले ही लिया है, तो फिर सब तरह का डर-भय त्यागकर कमर कसके अपने कर्तव्य का पालन करना चाहिए। इस तरह भागते फिरने की क्या ज़रूरत है? मैं कहती हूं, इसी आगरा शहर में कोई ऐसी हस्ती भी है जो तुम्हें जगह देने में रंचमात्र भी नहीं डरेगी।"

"सो तो शायद आप ही हैं, मैं मानता हूं, और इस बात को मैं याद भी रखूंगा। आसानी से भूलूंगा नहीं। किन्तु, ऐसे आदमी भारत में बिरले ही मिलेंगे जो ऐसे उत्पात से डरते न हों। अगर होते, तो देश की समस्या बहुत अंशों में सरल हो जाती।" इतना कहकर वह क्षण-भर चुप रहा, फिर कहने लगा, "किन्तु मैं इस वजह से नहीं जा रहा और आश्रम के लोगों के कहने से भी नहीं। कारण, हरेन भइया के मुंह से मेरे लिए ऐसी बात कभी निकल ही नहीं सकती, और कोई चाहे जो भी कहते रहें।"

"तो फिर क्यों जा रहे हो?"

"जा रहा हूं अपने ही काम से, यानी देश के ही काम से। हालांकि हरेन भइया से मेरा मत नहीं मिलता, और काम की धारा

भी दोनों को एक-सी नहीं है; मेल है तो एक प्रेम का है। मैं उनके लिए सहोदर से भी प्रिय हूं। और किसी दिन इसका व्यतिक्रम भी नहीं होने का।"

कमल की दुश्चिन्ता जाती रही। उसने कहा, "इससे बढ़कर और क्या हो सकता है राजेन्द्र! मन जहां मिल गया हो, मत का मेल वहां न हो तो न सही, काम की धारा वहां न मिले तो न सही, उससे कुछ बनता-बिगड़ता नहीं। हम अगर परस्पर एक-दूसरे के मत पर श्रद्धा न कर सकें, तो फिर हमारी शिक्षा ही क्या हुई? मत और कार्य दोनों ही बाहर की बातें हैं राजेन्द्र! एक मन ही सत्य है।"

राजेन्द्र कुछ बोला नहीं, सिर्फ हंस दिया।

कमल ने पूछा, "हंसे क्यों राजेन्द्र?"

"हंसा इसलिए कि इसके पहले एक बार हंसना भूल गया था। कुछ देर पहले ही आपने अपने विवाह के सम्बन्ध में कहा था कि मन ही एकमात्र सत्य है, और बाहर के अनुष्ठान को 'कुछ नहीं' कहके उड़ा दिया था; किन्तु मैंने जहां तक समझा है, आपका वह निर्णय सत्य नहीं था, और इसीलिए आज आप दोनों का सब-कुछ असत्य में परिणत हो गया है।"

"इसके मानी?"

"मन के मिलन को मैं तुच्छ नहीं मानता, किन्तु एकमात्र उसीको अद्वितीय समझ बैठना मेरी समझ से गलत ही है। इससे उदारता और महत्ता तो प्रकट होती है, किन्तु सत्य प्रकट नहीं होता।" और फिर कुछ देर मौन रहकर उसने कहना शुरू किया, "आप अभी-अभी विभिन्न मतवादों पर श्रद्धा रखने को उच्च शिक्षा का गुण बता रही थीं। किन्तु क्या आप मुझे यह समझा सकती हैं कि इस प्रकार की श्रद्धा कौन रख सकता है? मेरी समझ से तो वही रख सकता है जिसमें अपने मत का कोई बल नहीं। हां, यह मैं मानता हूं कि शिक्षा के द्वारा विरोधी मत की चुप रहकर उपेक्षा तो की जा सकती है, पर उसपर श्रद्धा नहीं की जा सकती।"

कमल को अत्यन्त आश्चर्य होने लगा इस युवक की बातों पर, किन्तु उससे कुछ जवाब देते नहीं बना। राजेन्द्र कहने लगा, "किन्तु

हमारी ऐसी नीति नहीं है। झूठी श्रद्धा से हम संसार का अनिष्ट नहीं करना चाहते। ऐसी श्रद्धा को तो हम तोड़-फोड़कर नष्ट कर देना ही उचित समझते हैं। हम लोगों का काम ही यही है।"

कमल ने कहा, "क्या इसीको तुम लोगों में 'काम' कहा जाता है?"

राजेन्द्र ने कहा, "हां। मत का पार्थक्य यदि हमारे काम में बाधा पहुंचाता रहे, तो मन का मेल हमारे लिए किस काम का? हम चाहते हैं मत की एकता, कार्य की एकता। हमारे लिए भावों के विलास का कुछ भी मूल्य नहीं। समझीं शिवानीजी?"

कमल आश्चर्यचकित होकर बोल उठी, "मेरा यह नाम भी तुम्हें मालूम हो गया है राजेन्द्र?"

"हां। कर्म के जगत् में आदमी के व्यवहार का मेल ही बड़ा मेल है, मन का मेल नहीं। मन हो तो वह अपनी जगह बना रहे; अन्तःकरण का विचार अन्तर्यामी ही करेंगे, हम नहीं; हमारा काम व्यावहारिक एकता के बिना नहीं चल सकता। बाहर से यदि स्वरों में मेल न हो, तो केवल दो जनों के मन के मेल से संगीत की सृष्टि नहीं हो सकती। फिर तो वह केवल कोलाहल ही कहलाएगा। राजा की जो सेना युद्ध करती है उसकी बाहरी एकता ही राजा की शक्ति है। मन से उसका कोई भी प्रयोजन नहीं। नियम का शासन संयम है; और यही हम लोगों की अनुशासन-नीति है। इस सिद्धांत की उपेक्षा करने से, या इसे गौण मानने से, मन के नशे के लिए खुराक भले ही जुटाई जा सके, पर उद्देश्य पूरा नहीं हो सकता। वास्तव में देखा जाए, तो यह उच्छृंखलता का ही नामान्तर है।...अरे, तांगेवाले, रोको, रोको। अब उतरो शिवानीजी, यही है उनका घर।"

सामने एक टूटा-फूटा पुराना मकान था। दोनों जने आहिस्ते से उतरकर उस मकान की नीचे की एक कोठरी में जा पहुंचे। आहट सुनकर शिवनाथ ने आंख खोलके देखा; किन्तु टिमटिमाती हुई बत्ती के धुंधले उजाले में शायद वे किसीको पहचान न सके। दूसरे ही क्षण उन्होंने आंखें मीच ली और तन्द्राच्छन्न-से होकर चुपचाप पड़े रहे।

17

घर की हालत देखकर कमल दंग रह गई। सहसा कोई विश्वास नहीं कर सकता कि यहां कोई आदमी रहता है। इतने में किसीके आने की आहट सुनाई दी और एक सत्रह-अठारह साल का लड़का दोनों के सामने आ खड़ा हुआ। राजेन्द्र ने उसका परिचय देते हुए कमल से कहा, "यह शिवनाय बाबू का नौकर है। रोगी के विषय में आपको कोई बात कहनी हो तो इसीसे कहिएगा। यह सब काम कर देगा। नाम कल पूछा तो था, पर भूल गया।···नाम क्या है रे तेरा?"

"फगुआ।"

"आज दवा दी थी बाबू को?"

"दो खुराक दी हैं।"

"और कुछ दिया है?"

"हां, दूध भी पिला दिया है।"

"ठीक किया। ऊपर के पंजाबी बाबुओं में से कोई आया था?"

"हां, दोपहर को एक बाबू आए थे।"

कमल ने लड़के से पूछा, "यहां झाड़ू-आड़ू, कुछ है?"

फगुआ सिर हिलाकर झाड़ू लेने चला गया। राजेन्द्र बोला, "अच्छा, तो आप सफाई करवाती रहिए, तब तक मैं कुछ खा-पी आऊं, बड़ी भूख लगी है। वापस आकर मैं आपको घर पहुंचा दूंगा।" इतना कहकर वह अनुमति की प्रतीक्षा किए बिना ही तेज़ी से बाहर चल दिया।

शहर से बाहर होने के कारण रात में यह स्थान जल्दी ही सुनसान हो जाता है। धीरे-धीरे अंधेरी रात गहरी होने लगी। घर की सफाई करने के बाद फगुआ ज़मीन पर अपना कम्बल बिछाकर पड़ा-पड़ा ऊंघने लगा। कमल बाहर का दरवाज़ा बन्द करने जा ही रही थी कि सड़क पर साइकल की घंटी सुनाई दी, और उसके दूसरे ही क्षण दरवाज़ा धकेलकर राजेन्द्र भीतर आ गया। कमरे में घुसते ही उसने जो आश्चर्यजनक परिवर्तन देखा तो वह दंग रह

गया, बोला, "आपको जैसा मैंने सोचा था वैसी तो नहीं निकलीं आप। आप पर पूरा भरोसा किया जा सकता है।" कमल ने उसकी बात का कुछ जवाब नहीं दिया, वह चुपचाप उसके मुंह की ओर देखती रही। राजेन्द्र ने कहा, "इतने थोड़े समय में आपने तो इस घर की काया ही पलट दी। आपने ज़रूरत की सब चीज़ें ढूंढ़-खोज-कर निकाल कहां से लीं, आश्चर्य है!" और फिर हाथ की पोटली तिपाई पर रखता हुआ कहने लगा, "बिस्तर बदल दिया, सो तो समझ में आ गया, पर इन्हें उठाकर बिस्तर पर सुलाया कैसे आपने, मेरी समझ में नहीं आया?"

कमल ने धीरे से जवाब दिया, "तरकीब मालूम हो तो कोई काम मुश्किल नहीं होता आदमी के लिए।"

राजेन्द्र बोला, "बात तो ठीक कही आपने। खैर, आते वक्त कुछ खाने को लेता आया हूं साथ में। लीजिए, पहले खा लीजिए कुछ। पानी तो है ही सुराही में। आप खाइए में बैठा हूं।"

कमल उसके चेहरे की तरफ देखती हई हंस दी, बोली, "खाने के बारे में मैंने तो तुमसे कुछ कहा नहीं था, फिर तुम्हें इसकी सूझ कैसे गई?"

"सूझने का समुचित कारण है। जब खाते-खाते मेरा पेट भर गया तब कहीं मेरा दिमाग दुरुस्त हुआ, और होते ही सूझ आ गई कि आपको भी भूख लगी होगी। शुरू कीजिए मैं सुराही और गिलास लिए आता हूं।" और फिर गिलास में पानी उंड़ेलता हुआ बोला, "ठहरिए, पहले साबुन से हाथ धो डालिए—आपने उठा-धरी बहुत की है, ज़रा सावधान रहना अच्छा है।"

कमल को अपने पिता की याद आ गई। उनकी बातों में भी आडम्बर कुछ नहीं होता था, किन्तु वे हार्दिक स्नेह से भरी होती थीं। उसने कहा, "हाथ तो मैं धोए लेती हूं, पर खाऊंगी कुछ नहीं। तुम तो शायद जानते होगे कि मैं खुद अपने हाथ से बनाके खाती हूं, और बाज़ार का कुछ नहीं खाती।"

"तो फिर अब ज़्यादा रात न करके घर ही लौट चलिए, मैं पहुंचाए आता हूं आपको।"

"तुम फिर यहीं लौट आओगे?"

"हां, यहां तो आना ही पड़ेगा।"

"कब तक रहोगे यहां?"

"कल सवेरे तक। ऊपर के पंजाबी भाइयों को कुछ रुपये दे गया था, सो उनसे एक बार मिल लेना ज़रूरी है। चलिए, उठिए, फिर तांगा नहीं मिलेगा, पैदल चलना पड़ेगा।"

कमल को चुप रहते देख राजेन्द्र बोल उठा, "उठ क्यों नहीं रहीं? लोटते वक्त मुझे मोचियों के मुहल्ले में भी एक बार जाना है। देख आना है, दो जने मरने वाले थे, उनका क्या हुआ।"

कमल को बड़ा आश्चर्य होने लगा। सोचने लगी कि इस युवक के हृदय में 'अनुभूति' नाम की कोई बला ही नहीं। न जाने कौन-सी प्रेरणा इसे लगातार काम में जोते रहती है। सोचते-सोचते वह अचानक पूछ बैठी, "राजेन, तुम खुद भी तो डाक्टर हो?"

"मैं? नहीं तो! कुछ दिन डाक्टरी कालिज में पढ़ा ज़रूर था।"

"तो फिर उन मोचियों का इलाज कौन करता है?"

"स्वयं यमराज।"

"और तुम क्या करते हो?"

"मैं उनके काम में मदद करता हूं। उनके गुणों का मैं परम भक्त हूं।"

कमल के आश्चर्य का ठिकाना न रहा। वह उसके मुंह की तरफ देखती रह गई। राजेन्द्र क्षण-भर कमल के विस्मयाच्छन्न चेहरे की तरफ देखता रहा, फिर कहने लगा, "हां, हैं तो वास्तव में राजा ही। बलिहारी है उसकी प्रतिभा की जिसने 'यम' को 'यमराज' कह-कर पहले-पहल उनका अभिनन्दन किया! इस राजा में जैसी दया है वैसा ही विवेक। इतना तो मैं खम ठोंकके कह सकता हूं कि इस जगत् का यदि कोई सृष्टिकर्ता है तो 'यमराज' उसकी सर्वश्रेष्ठ सृष्टि है।"

कमल और भी गहरे विस्मय में डूब गई। उसे चुप बैठी देख राजेन्द्र बोल उठा, "आपको चलना नहीं है क्या? फिर तांगा नहीं

मिलने का। इतना सारा रास्ता पैदल ही तै करके जाना पड़ेगा। चलिए, उठिए।"

कमल बोली, "लेकिन तुम्हें तो फिर उसी रास्ते यहां वापस आना पड़ेगा?"

"हां, सो तो आना ही पड़ेगा।"

"तुम्हारा वह मोची-पाड़ा यहां से है कितनी दूर?"

"पास ही समझिए, यानी मील-भर के करीब।"

"तो तुम अपनी साइकल से घूम आओ—तब तक मैं यहीं बैठी हूं।"

"अच्छी बात है। तो आपने पैदल घर जाना ही तय किया न?"

"नहीं। आज की रात मुझे यहीं बितानी है। जाओ, अब देर करने में कोई फायदा नहीं। जल्दी लौट आना लेकिन। उस बड़ी कुरसी पर मैं तुम्हारे लिए कम्बल बिछा रखूंगी—दो-चार घंटे सो लोगे तो अच्छा रहेगा। फिर सवेरे उठकर हम दोनों घर चले चलेंगे। क्यों, ठीक है न?"

राजेन्द्र सिर हिलाता हुआ बोला, "अच्छी बात है। मैं सोच रहा था कि आज की रात भी जागकर ही बितानी पड़ेगी। लेकिन छुट्टी मेरी मंज़ूर हो गई, रोगी की सेवा का भार आपने अपने ऊपर ही ले लिया, यह अच्छा ही हुआ। तो अब मैं चल दिया, जल्दी ही लौट आऊंगा। कहीं ऐसा न हो कि आप सो जाएं। जागती रहिएगा! नहीं तो, इतनी रात में शरणाभाव के कारण मुझे किसी पेड़ के नीचे ही रात बितानी पड़ेगी।"

कमल ने कहा, "नहीं। इसके लिए तुम निश्चिन्त रहो, मुझे सहज में नींद नहीं आती।" और फिर क्षण-भर वह कुछ सोचती रही, और अकस्मात् ही पूछ बैठी, "अच्छा राजेन, एक बात पूछती हूं मैं तुमसे। तुम्हें यह खबर किसने दी कि ये मेरे पति हैं? किसीने भी दी हो, उसने मज़ाक किया है तुमसे। विश्वास न हो तो किसी दिन इन्हींसे पूछ लेना। सब मालूम हो जाएगा।"

राजेन्द्र ने कुछ जवाब नहीं दिया; वह चुपचाप बाहर चला गया। शिवनाथ मानो इसी बात का इन्तज़ार कर रहे थे। उन्होंने

करवट बदलकर आंखें खोली और कमल की तरफ देखते हुए पूछा, "यह कौन था?"

आवाज़ सुनते ही कमल चौंक पड़ी। शिवनाथ का कण्ठ-स्वर बिलकुल स्पष्ट और स्वाभाविक था, उस में जड़ता नाममात्र को भी नहीं थी। किन्तु फिर भी कमल से सहसा विश्वास करते न बना कि ऐसी कठिन बीमारी इतनी जल्दी और ऐसी आसानी से अच्छी हो जाएगी। इसीसे चट से वह कुछ जवाब न दे सकी। शिवनाथ ने फिर पूछा, "वह था कौन शिवानी? यही तुम्हें साथ लेकर आया था?"

"हां। मुझे भी लाए हैं और तुम्हें भी यहां पहुंचा गए थे।"

"नाम क्या है?"

"राजेन्द्र।"

"तुम दोनों क्या इस समय एक ही मकान में रह रहे हो?"

"कोशिश तो मेरी तरफ से ऐसी ही चल रही है। पर, ये रह जाएं तो मेरा भाग्य!"

"हूं! उसे यहां क्यों लाई हो?"

कमल ने कुछ जवाब नहीं दिया; और शिवनाथ ने भी और कुछ न पूछकर आंखें बन्द कर लीं। बहुत देर तक चुपचाप पड़े रहने के बाद शिवनाथ ने पूछा, "अच्छा, यह बात तुमने किसके मुंह से सुनी कि मुझसे तुम्हारा कोई सम्बन्ध नहीं रहा? लोग ऐसा कहते हैं क्या कि मैंने कहा है?"

कमल ने इस प्रश्न का भी कोई उत्तर नहीं दिया। किन्तु इस बार उसने अपनी तरफ से खुद ही प्रश्न छेड़ दिया, "इस बात पर मैंने भले ही विश्वास न किया हो कि तुमने मुझसे विवाह नहीं किया, किन्तु तुम तो करते थे? पर, जब तुम मुझे छोड़के चले आए तब तुम यह बात मुझसे कहके क्यों नहीं आए? तुमने क्या यह समझ रखा था कि मैं तुम्हें बांध रक्खूंगी या रो-धोकर अनर्थ खड़ा कर दूंगी? तुम्हें तो यह बात अच्छी तरह मालूम थी कि मेरा ऐसा स्वभाव नहीं, फिर कहके क्यों नहीं आए?"

शिवनाथ कुछ देर चुप रहने के बाद बोले, "काम के झंझट में

या रोज़गार के प्रयोजन से कुछ दिनों के लिए अलग मकान लेकर रहने लगना ही क्या सम्बन्ध तोड़ना हो गया? मैं तो सोचता था···"

कमल बीच में ही बोल उठी, "रहने दो, रहने दो, कारण मैं नहीं जानना चाहती।" कहते-कहते वह अपनी उत्तेजना से आप ही लज्जित हो गई। अपने मन को शान्त करने के लिए वह कुछ देर मौन रही, फिर बोली, "तुम क्या सचमुच ही बीमार थे?"

"सच नहीं तो क्या झूठ?"

"सचमुच ही अगर बीमार हो गए थे, तो मेरे पास न आकर तुम आशु बाबू के घर क्यों गए? तुम्हारी पहली करतूत से तो मेरे मन को सिर्फ चोट ही पहुंची थी, किन्तु दूसरी करतूत जो तुम कर बैठे, उससे मेरे अपमान की सीमा ही नहीं रही! मैं जानती हूं, यह सुनकर तुम मन ही मन हंसोगे कि मुझे दुःख हुआ है; किन्तु तुम समझो चाहे न समझो, मेरा इतना जानना ही मेरे लिए सबसे बड़ी सान्त्वना है। और मैंने जो सब-कुछ सह लिया सो केवल इसीलिए कि तुम इतने ओछे हो, अन्यथा मुझसे हरगिज़ न सहा जाता, समझे?"

शिवनाथ चुप रहे; कमल क्षण-भर उनके चेहरे की तरफ एक-टक देखती रही, फिर कहने लगी, "क्या तुम समझ सकते हो, और सब बातें तो मैंने सह लीं, किन्तु तुम्हारा इस तरह वहां से निकाला जाना मुझसे नहीं सहा गया। इसीसे मैं तुम्हारी सेवा करने आई थी, तुम्हें रिझाने नहीं आई, समझे?"

"तुम्हारी इस दया के लिए मैं कृतज्ञ हूं शिवानी!"

"तुम मुझे अब 'शिवानी' कहके न पुकारा करो। पुकारना ही हो तो उसके लिए 'कमल' नाम ही काफी है।"

"सो क्यों?"

"सुनने से मेरे मन में ग्लानि होती है, इसलिए।"

"किन्तु किसी एक दिन तो तुमने इस नाम को बहुत पसन्द किया था?"

कमल को चुप रहते देख शिवनाथ ने उसका हाथ अपने हाथ

में लेते हुए कहा, "चुप क्यों हो, जवाब दो।"

फिर भी कमल चुप रही। शिवनाथ पूछने लग, "क्या सोच रही हो, बताओ न शिवानी!"

"जानते हो मैं क्या सोच रही हूं? इन सब बातों की याद दिलानेवाला आदमी कितना बड़ा पाखण्डी होना चाहिए!"

शिवनाथ की आंखों में आंसू भर आए। कहने लगे, "नहीं, मैं पाखण्डी नहीं हूं शिवानी! एक दिन ऐसा आएगा कमल, जब अपनी गलती तुम आप ही समझ जाओगी। और उस दिन तुम्हारे पश्चात्ताप की सीमा नहीं रहेगी, समझीं? तुम जानती हो, क्यों मैंने अलग रहने के लिए यहां कमरा किराये पर लिया है?"

"मैंने तो कभी तुमसे इसका कारण नहीं पूछा कि क्यों तुमने अलग कमरा लिया है। मैंने तो केवल इतना ही जानना चाहा था कि सब बात तुम मुझे जताके क्यों नहीं आए। मैं तुम्हें एक क्षण के लिए भी पकड़के नहीं रखती।"

शिवनाथ की आंखों से आंसू ढलक पड़े। वे बोले,"जताने की मुझे हिम्मत नहीं पड़ी शिवानी!"

"क्यों?"

शिवनाथ कुरते की बांह से आंसू पोंछते हुए बोले, "एक तो रुपयों की तंगी, उसपर रोज़गार की निराशाजनक हालत। इसलिए सोचा कि इन पंजाबियों के साथ रहकर ही कोई आमदनी का रास्ता निकाला जाए।"

कमल बिस्तर से उठके अलग एक कुरसी पर जा बैठी। बोली, "मुझे अपने लिए दुःख नहीं होता; होता है दूसरे आदमी के लिए। लेकिन आज तुम्हारे लिए भी हो रहा है, शिवनाथ बाबू!"

बहुत दिन बाद आज कमल ने शिवनाथ को नाम लेकर पुकारा। वह कहने लगी, "देखो, कोरी एक वंचना को ही मूलधन मानकर रोज़गार नहीं चलाया जा सकता इस दुनिया में। हो सकता है कि मेरे साथ फिर कभी तुम्हारी भेंट न हो, लेकिन तुम मेरी याद करते रहोगे, हमेशा नहीं तो कभी-कभी। जो होना था सो हो चुका, अब उसे मिटाया नहीं जा सकता; किन्तु भविष्य में

जीवन को तुम अन्य किसी दृष्टिकोण से देखने की कोशिश करोगे तो हो सकता है कि उससे तुम्हारा भला हो और तुम अच्छी तरह रह सको।"

कमल ने बड़ी मुश्किल से अपने आंसू रोके। वह यह बात बताकर कि आशु बाबू ने क्यों उन्हें अपने मकान से निकाल दिया, शिवनाथ को मर्मभेदी चोट न पहुंचा सकी।

बाहर साइकल की घण्टी सुनाई दी। सुनते ही शिवनाथ करवट बदलके चुपचाप सो रहे।

राजेन्द्र भीतर कदम रखते ही धीमे स्वर में बोला, "अच्छा, तो आप सचमुच ही जाग रही हैं! रोगी का क्या हाल है? दवा-अवा कुछ दी है क्या?"

कमल ने सिर हिलाते हुए जवाब दिया, "नहीं, कुछ नहीं दिया।"

राजेन्द्र ने अपने होंठों पर तर्जनी रखते हुए कहा, "चुप, नींद उचट जाएगी—रोगी के लिए नींद आना बहुत ज़रूरी है।"

"ठीक है। तुम्हारे मोचियों की क्या खबर है?"

"वे भले आदमी निकले, बात रख ली। मेरे पहुंचने के पहले ही यमराज के भैसे आकर दोनों आत्माओं को यथास्थान ले गए। और भी आठ-दस रोगी सांसें भर रहे हैं। कल एक बार आपको ले जाकर सब दिखा लाऊंगा। आशा है आपको पर्याप्त ज्ञान प्राप्त होगा; पर, मेरा कम्बल का बिछौना कहां है? भूल गई क्या?"

कमल ने आरामकुरसी पर कम्बल बिछा दिया। राजेन्द्र उसपर पैर पसारकर आराम से लेट गया, बोला, "बाप रे बाप! अब जान में जान आई। दौड़-धूप करते-करते पसीने से लथपथ हो गया हूं। पंखा-वंखा कुछ है क्या यहां?"

कमल पंखा उठा लाई, और कुरसी खींचकर राजेन्द्र के सिरहाने बैठती हुई बोली, "मैं हवा कर रही हूं, तुम सो जाओ। रोगी के लिए अब तुम्हें दुश्चिन्ता करने की ज़रूरत नहीं, वे ठीक है।"

"वाह! तब तो आज सब तरफ से शुभ ही शुभ समाचार

हैं।" कहते हुए राजेन्द्र ने आंखें मीच लीं। और फिर उसे नींद भी आ गई।

18

इन्फ्लुएंजा कोई नई बीमारी नहीं थी, इसलिए शुरू-शुरू में लोग इसे मामूली बीमारी समझकर लापरवाही करते रहे; किन्तु बाद में उसने ऐसा विकराल रूप धारण किया कि सारे शहर में त्राहि-त्राहि मच गई। मोचियों के मुहल्ले में अब ज़्यादा आदमी नहीं बचे। जितने मरे उतने ही इधर-उधर भाग गए। बाकी के लिए राजेन्द्र अकेला ही काफी था। सहकारिणी के रूप में कमल उसका हाथ बंटा रही थी। किन्तु दो-चार दिन में वह भी समझ गई कि बचपन में चाय बागान के कुलियों की जो उसने सेवा की है उतनी-सी पूंजी के भरोसे अब यहां का काम नहीं चल सकता। इधर कई दिन उसके ऐसे बीते कि डर के मारे उसका भी खून सूखने लगा। राजेन्द्र स्थिति को ताड़ गया; पर हिम्मत हारना उसकी जन्मपत्री में शायद लिखा ही न था। फिर भी, भीतर-ही-भीतर उसका साहस कम्पन अनुभव करने लगा, और तब, दीवालिया होकर घर लौट जाने से पहले राजेन्द्र कमल का साहस बनाए रखने के लिए बार-बार उसे आश्वासन देने लगा। कहने लगा, 'आप जैसी निर्भीकता मैंने अपने जीवन में पहले कभी किसी में नहीं देखी।' इतने पर भी जब उसने देखा कि उसका अन्तिम प्रयत्न भी व्यर्थ सिद्ध होने जा रहा है तब उसे एक दिन कहना भी पड़ा, "ठीक तूफान के मौके पर आपने बहुत-कुछ सम्हाल लिया, किन्तु अब ज़रूरत नहीं। आप घर जाकर कुछ दिन विश्राम कर लीजिए, फिर देखा जाएगा। इन अभागों के लिए आप जितना किए जा रही हैं उसका ऋण ये जीवन-भर नहीं चुका सकेंगे।"

कमला ने पूछा, "और तुम?"

राजेन्द्र बोला, "इन बचे हुए महायात्रियों को महायात्रा कराकर मैं भी भागूंगा। और नहीं तो, आप क्या यह चाहेंगी कि मैं भी

इनके साथ मर जाऊं?"

कमल से कुछ जवाब देते न बना। कुछ देर तक वह राजेन्द्र के मुंह की तरफ देखती रही; फिर वह सीधी अपने घर चली आई।

घर आकर उसे खयाल आया कि खाने-पीने के बारे में राजेन्द्र से उसने कुछ पूछा ही नहीं। आखिर इतना काम तो उसे करना ही होगा। यह सोचकर वह जल्दी से कुछ बनाने को तैयारी करने लगी।

इधर स्कूल-कॉलेज बन्द होने के साथ-साथ हरेन्द्र को भी अपना आश्रम बन्द कर देना पड़ा। बालकों को उसने यथाशीघ्र निरापद स्थान में पहुंचा दिया है और उनकी देख-भाल के लिए सतीश को उनके साथ भेज दिया है। अविनाश के बीमार पड़ जाने से हरेन्द्र स्वयं आगरा छोड़कर अन्यत्र कहीं नहीं जा सका। किन्तु कमल की सुध लेने के लिए वह उसके घर जाता रहा, पर घर का ताला बन्द होने से एक दिन भी भेंट न हो सकी। आज भी वह कमल के घर पहुंचा; और भीतर जाते ही उसने देखा कि वह रसोई की तैयारी में लगी हुई है। उसे बड़ी खुशी हुई। कमल के सामने जाकर नमस्कार करते हुए उसने कहा, "आज पांच-छ: रोज़ से मैं बराबर आ रहा हूं, पर आप घर पर मिलती ही नहीं! कहां थीं?"

कमल ने मोचियों के मुहल्ले का ज़िक्र किया हरेन्द्र के आश्चर्य का ठिकाना न रहा। बोला, "वहां? वहां तो सुनते हैं, बहुत लोग मरे हैं, और बराबर मरते ही जा रहे हैं! वहां जाने की सलाह आपको किसने दी? खैर, किसीने भी दी हो, उसने अच्छा काम नहीं किया।"

"क्यों?"

"क्यों का क्या सवाल! वहां जाने के मानी हैं आत्महत्या। मैंने तो समझा था कि शिवनाथ बाबू आगरे से कहीं चले गए हैं, सो आप भी उनके साथ गई होंगी। पर गई होंगी कुछ ही दिनों के लिए, अन्यथा मकान खाली किए बगैर न जातीं। अच्छा, राजेन्द्र का पता है कुछ? यहीं है या कहीं बाहर चला गया? उसने अचानक ही ऐसा गोता लगाया है कि कहीं अता-पता ही नहीं मिल

रहा है उसका!"

"उनसे क्या आपको कोई खास काम है?"

"नहीं, खास काम तो ऐसा कुछ नहीं, पर काम तो है ही। कारण और चाहे कुछ भी न हो, इतना तो है ही कि मैं भी अगर उसकी खोज-खबर लेना बन्द कर दूं, तो सिवा एक पुलिस के और कोई उसका ऐसा आत्मीय जन नहीं रह जाता जो उसकी खबर लेने का खयाल रखे। मेरा खयाल है कि आपको ज़रूर पता होगा उसका?"

"मुझे पता तो है, पर आपको बताने से कोई लाभ नहीं। मेरा तो खयाल है कि जिसे घर से निकाल दिया गया हो, उसके बारे में अनुसन्धान करना महज़ एक अनुचित कुतूहल के सिवा और कुछ नहीं।"

हरेन्द्र कुछ देर तो चुप रहा, फिर बोला, "लेकिन अब तो वह मेरा घर नहीं है, आश्रम है। इसलिए वहां उसे स्थान नहीं दिया जा सका। किन्तु इस बात की शिकायत दूसरे के मुंह से सुनना मुझे गवारा नहीं। ठीक है, अब मैं जाता हूं। उसे मैंने पहले भी बहुत दफे ढूंढ़ निकाला है, और इस बार भी ढूंढ़ लूंगा। आप उसे किसी भी आवरण से ढक्के नहीं रख सकतीं।"

उसकी बात सुनकर कमल हंस दी, बोली, "जैसा कि आपने कहा, यदि मैं उन्हें ढक्के रख भी लूं, तो क्या आप समझते हैं हरेन बाबू, उससे मेरा दुःख दूर हो जाएगा?"

अब की बार हरेन्द्र भी हंसा, किन्तु उसकी हंसी में कुछ दरार-सी रह गई; उसने कहा, "आपके इस सवाल का जवाब देने वाले मेरे सिवा आगरे में और भी कई लोग हैं वे क्या-क्या कहेंगे, आपको मालूम है? वे कहेंगे, 'आदमी का दुःख एक तरह का तो है नहीं, बहुत तरह का होता है। और दुःख दूर करने के मार्ग भी भिन्न हैं। इस लिए बेहतर यही है कि उन दुखियों के साथ यदि कभी आपकी भेंट हो जाए तो इस बात का निर्णय उन्हींसे बहस करके कर लिया जाए।' किन्तु आप यहां एक गलती कर रही हैं; मैं उस दल का नहीं हूं। मैं आपको व्यर्थ परेशान करने यहां नहीं आया, क्योंकि मैं उन्हीं में से एक हूं जो सचमुच आप पर श्रद्धा रखते

हैं।"

कमल ने हरेन्द्र के चेहरे पर एक नज़र डालते हुए धीरे से पूछा, "मुझपर जो आप श्रद्धा रखते हैं सो किस नीति के आधार पर? मेरा मत या आचरण कुछ भी तो आप लोगों से मेल नहीं खाता, फिर श्रद्धा होने का कारण क्या?"

हरेन्द्र ने तत्काल उत्तर दिया, "बिलकुल ठीक कह रही हैं आप, किसी बात में हमारा-आपका मेल नहीं बैठता; किन्तु फिर भी मेरी आप पर गहरी श्रद्धा है। क्यों? यह प्रश्न मेरे मन में भी उठता है, और यही आश्चर्य की बात मैं आपसे बार-बार पूछा भी करता हूं।"

"मेरी तरफ से कोई उत्तर नहीं मिलता आपको?"

"नहीं। किन्तु मेरा विश्वास है कि किसी न किसी दिन इसका उत्तर मैं आपसे पा जाऊंगा।" क्षण-भर रुककर फिर वह कहने लगा, "आपका इतिहास कुछ-कुछ आपके मुंह से मैं सुन चुका हूं, कुछ अजित बाबू से ही सुना है।—और हां, आपको मालूम होगा शायद, वे अब हमारे आश्रम में ही रहने लगे हैं।"

कमल ने सिर हिलाते हुए कहा, "हां, सो तो आप पहले ही मुझे बता चुके हैं।"

हरेन्द्र कहने लगा, "आपके जीवन-इतिहास के विचित्र अध्याय ऐसी उदार सरलता से मेरे सामने आ खड़े हुए हैं कि उनके विरुद्ध सरसरी तौर पर अपनी राय ज़ाहिर करने में डर लगता है। अब तक जिन बातों को बुरा मानना मैंने सीखा है, आपके जीवन ने मानो उन्हीं के खिलाफ मामला दायर कर दिया है। उसका फैसला करने वाला न्यायाधीश कहां मिलेगा और वह क्या फैसला सुनाएगा, सो मुझे कुछ भी नहीं मालूम। फिर भी, मैं आपसे ही पूछना चाहूंगा कि इस तरह और इस रूप में जो निर्भय होकर सबके सामने आ सकती है, परदे की कोई आवश्यकता ही नहीं समझती, उसपर श्रद्धा किए बगैर कैसे कोई रह सकता है?"

कमल कुछ देर तक चुप रहकर शायद कुछ सोचने लगी; फिर धीरे-धीरे कहने लगी, "मेरा इतिहास आप सबने सुना है, और

सम्भव है कि उस कहानी का आनन्द भी लिया हो। किन्तु एक विषय में आप मौन रहे हैं। यह आपने कभी नहीं बताया कि मेरे काम सब अच्छे हुए या बुरे, जीवन मेरा पवित्र है या कुलषित। मगर हां, मेरे सब काम गुप्त रूप से न होकर सबकी आंखों के सामने और सबकी उपेक्षा-दृष्टि के नीचे हुए हैं। हो सकता है कि मेरे प्रति आपकी श्रद्धा और आकर्षण का कारण यही हो। हरेन्द्र बाबू, संसार में मनुष्य की श्रद्धा मैंने इतनी ज़्यादा नहीं पाई कि लापरवाही से मैं उसका अपमान कर सकूं; किन्तु आप मेरे बारे में जैसे और भी बहुत-कुछ जानते हैं, वैसे ही यह भी जान रखिए कि अक्षय-बाबुओं की अश्रद्धा से ऐसी श्रद्धा मुझे और भी ज़्यादा पीड़ा पहुंचाती है जैसी आप करते हैं। अश्रद्धा मुझसे सही जाती है, किन्तु ऐसी श्रद्धा का भार मेरे लिए दुःसह है।"

हरेन्द्र कमल की बातें सुनकर तत्काल कोई जवाब न दे सका; कुछ देर तक मौन बैठा रहा। असल में, कमल के वाक्यों से, खासकर उसके कण्ठस्वर की शान्त कठोरता से, उसका मन भीतर-ही-भीतर अपमान महसूस करने लगा। कुछ देर ठहरकर उसने कहा, "क्या इस बात पर आपको विश्वास नहीं होता कि विचार और व्यवहार में अनैक्य होते हुए भी कोई किसीपर श्रद्धा कर सकता है—और कोई कर सकता हो या नहीं, कम से कम मैं तो ज़रूर कर सकता हूं।"

कमल ने बड़ी सरलता से उसी वक्त उत्तर दिया, "ऐसा तो मैंने नहीं कहा हरेन बाबू, कि मैं विश्वास नहीं करती, मैंने तो सिर्फ यही कहा है कि ऐसी श्रद्धा मुझे और भी ज़्यादा पीड़ा पहुंचाती है।" फिर ज़रा रुककर कहने लगी, "आचार-विचार की दृष्टि से अक्षय बाबू और आपमें कोई खास अन्तर नहीं है। उनमें अनावश्यक कठोरता नहीं होती तो आप सब एक-से ही होते। मेरे तो केवल इसी साहस ने, कि लज्जा और संकोच के कारण मैं लोक-समाज में छिपी-छिपी नहीं फिरती, आप लोगों से आदर पाया है। किन्तु इसकी कित्ती-सी कीमत है हरेन बाबू?"

हरेन्द्र से और तो कुछ जवाब देते नहीं बना, वह अकस्मात्

ही कह बैठा, "मुझे तो ऐसा लगता है कि आप आज बहुत ज़्यादा अन्यमनस्क हो रही हैं। आज आपको इस बात का बिलकुल ध्यान ही नहीं कि आप किसका जवाब किसको दे रही हैं!"

कमल बोली, "हो भी सकता है कि आपका कहना सही हो," कहते-कहते वह क्षण-भर के लिए रुकी और फिर कहने लगी, "अभी कुछ देर पहले आप मेरी निर्भीकता की तारीफ कर रहे थे, ठीक है; आपने यह बात सुनी है क्या कि शिवनाथ मुझे छोड़के चले गए हैं?"

सुनते ही लज्जा से हरेन्द्र का मस्तक झुक गया, बोला, "हां।"

कमल ने कहा, "देखिए, हम दोनों में, बिना किसी दस्तावेज़ के, मन-ही-मन एक शर्त थी कि भविष्य में अगर कभी सम्बन्ध-विच्छेद का दिन आ ही जाए, तो सहज स्वभाव से ही दोनों अलग हो जाएंगे।"

हरेन्द्र के मुंह से निकल गया, "ब्रूट!"

कमल ने कहा, "सो तो आपके अक्षय बाबू हैं। शिवनाथ गुणी आदमी हैं, उनके खिलाफ मुझे अपनी तरफ से कोई बड़ी शिकायत नहीं। और हो भी तो उससे लाभ ही क्या? हृदय की अदालत में हमेशा इकतरफा फैसला ही हुआ करता है। उसकी तो कोई अपील-अदालत नहीं होती।"

हरेन्द्र ने कहा, "इसका मतलब तो यही हुआ कि एक प्रेम के सिवा आप और किसी बन्धन को नहीं मानतीं?"

कमल ने कहा, "देखिए, पहली बात तो यह कि हमारे इस मामले में कोई और बन्धन था या नहीं, और दूसरी यह कि अगर होता भी, तो उसे मंज़ूर करा लेने से लाभ क्या था? शरीर का जो हिस्सा लकवा मार जाने से बेकार हो जाता है उसके लिए बाहर का बन्धन एक भारी बोझ हो उठता है; और तब उस हिस्से से काम कराने की कोशिश करना बेकार ही साबित होता है।" इतना कहकर वह कुछ देर तक चुप रही, और फिर कहने लगी, "शायद आप यह सोचते होंगे कि सही मानी में विवाह हुआ ही नहीं, इसीसे मेरे मुंह से ऐसी बातें निकल रही हैं, हुआ होता तो ये सब बातें

मेरे मुंह से नहीं निकलतीं। किन्तु वास्तविकता इससे भिन्न है। आपकी दृष्टि से सचमुच का विवाह हुआ भी होता, तो भी, मैं ऐसी बातें कह सकती थी, लेकिन हां, तब मैं इतनी आसानी से इस समस्या का समाधान न कर पाती। तब लकवा का मारा नाकाम हिस्सा भी शायद देह से जुड़ा रह जाता; और अधिकांश स्त्रियों के मामले में जैसा होता है, मुझे भी उसी तरह मरते दम तक उस दुःख का बोझ ढोते रहना पड़ता। मैं तो बच गई हरेन बाबू,सौभाग्य से मुक्ति का द्वार खुला रह गया और मैं छुटकारा पा गई।"

हरेन्द्र ने कहा, 'आपको तो छुटकारा मिल गया। किन्तु इस तरह सभी अगर मुक्ति का द्वार खुला रहने दें, तो इस संसार में समाज-व्यवस्था की जड़ ही उखड़ जाएगी। उस सम्भावना की कल्पना करते ही हमारे सामने तो मानव-समाज की उस दुरवस्था की भयंकर मूर्ति आ खड़ी होती है। उस सम्भावना को तो सोचा भी नहीं जा सकता।"

कमल ने कहा, "सोचा जा सकता है, और एक दिन ऐसा आएगा ही जब सोचा जाएगा। कारण यह कि मानव-इतिहास का शेष अध्याय अभी तक पूरा लिखा नहीं गया है। किसी एक दिन के किसी अनुष्ठान के ज़ोर से यदि किसी संस्कार से किन्हीं दो व्यक्तियों को बांधकर जीवन-भर के लिए उससे छुटकारा पाने का रास्ता बन्द कर दिया जाए, तो उसे श्रेयोमार्ग नहीं माना जा सकता। इस संसार में सभी भूल-चूकों के सुधार की व्यवस्था है, और कोई उसे बुरा भी नहीं बताता, फिर विवाह के सम्बन्ध में ऐसी व्यवस्था क्यों नहीं हो सकती, आप ही बताइए?"

आज हरेन्द्र ने कमल के मुंह से जो कुछ सुना उसकी उसने कभी कल्पना भी नहीं की थी। कमल की आज की इन बातों से उसपर जो दुष्प्रभाव पड़ा उससे उसका हृदय अत्यन्त व्यथित हो उठा; और शायद उस व्यथा से छुटकारा पाने के लिए ही दो-तीन मिनट चुप रहकर वह उठके खड़ा हो गया; बोला, "तो अब जाता हूं—"

कमल शायद हरेन्द्र के मनोभाव को ठीक से समझ न सकी, उसका ध्यान केवल उसके अचानक उठ खड़े होने पर ही हिलगा

रह गया। उसने धीरे से पूछा, 'लेकिन जिस काम के लिए आए थे उसका तो कोई निर्णय आपने किया ही नहीं?"

हरेन्द्र ने सिर उठाकर पूछा, "किस काम का निर्णय?"

कमल ने कहा, "राजेन्द्र की खबर जानने के लिए आए थे न आप, सो बगेर जाने ही चले जा रहे हैं? अच्छा, एक बात बताइए, मेरे यहां रहने के कारण क्या आप लोगों में उनके बारे में कोई भद्दी चर्चा चल पड़ी है? सच बताइएगा!"

हरेन्द्र ने कहा, "कभी होती भी है, तो मैं उसमें शरीक नहीं होता। मेरे लिए इतना ही काफी है कि वह पुलिस के हाथ न पड़े। उसे मैं अच्छी तरह जानता हूं, इसलिए उसके बारे में अन्य किसी के मतामत को मैं महत्त्वं नहीं देता।"

"और मेरे बारे में?"

"आप तो ऐसी बातों का कुछ खयाल ही नहीं करतीं, इसलिए आपकी इस जिज्ञासा का कोई सवाल ही नहीं उठता!"

"हां, बहुत-कुछ ऐसा ही है; यानी मैंने ऐसी कोई कड़ी प्रतिज्ञा नहीं ले रखी है कि मैं इन बातों का खयाल करूंगी ही करूंगी। किन्तु केवल मित्र का ही खयाल करने से काम नहीं चलता हरेन बाबू, दूसरे आदमी का भी खयाल करना ज़रूरी है आपके लिए!"

"उसे मैं व्यर्थ समझता हूं। बहुत दिनों के बहुत-से काम-काजों में जिसे मैंने बिना किसी संशय के अच्छी तरह पहचान लिया है उसके सम्बन्ध में मेरे मन में किसी भी तरह की आशंका नहीं। वह चाहे जहां रहें, चाहे जैसे रहें; उसकी तरफ से मैं बिलकुल निश्चिन्त हूं।"

कमल क्षण-भर चुप रहकर हरेन्द्र के चेहरे की तरफ देखती रही, फिर बोली, "मनुष्य को अनेक परीक्षाएं देनी पड़ती हैं हरेन बाबू! उसके पहले दिन का प्रश्न सम्भव है कि दूसरे दिन के उत्तर से मेल न खाए। किसी भी व्यक्ति के बारे में अपने विचारों को अन्तिम बनाके नहीं रखना चाहिए, धोखा खाना पड़ता है।"

हरेन्द्र को ऐसा लगने लगा कि कमल ये सब बातें केवल तत्त्व-दृष्टि से ही नहीं कह रही, उनमें कुछ इंगित भी है। किन्तु उसे

स्पष्ट कराने के लिए बात को आगे बढ़ाने की उसकी हिम्मत नहीं पड़ी। राजेन्द्र के प्रसंग को यहीं खतम करके उसने चट से दूसरा प्रसंग छेड़ दिया, "हम लोगों ने निश्चय किया है कि शिवनाथ को उचित दण्ड दिया जाए।"

कमल अब सचमुच ही आश्चर्य में पड़ गई। उसने पूछा, "आपके इस 'हम लोगों' में कौन-कौन शामिल हैं?"

हरेन्द्र ने कहा, "जो भी हों, उनमें एक मैं भी हूं। आशु बाबू बीमार हैं, किन्तु उन्होंने वचन दिया है कि तबीयत ठीक होने पर वे मेरी मदद करेंगे।"

कमल तुरंत पूछ उठी, "वे बीमार हैं?"

"हां, आज सात-आठ दिन से उनकी तबीयत खराब चल रही है। मनोरमा उनके बीमार होने के पहले ही चली गई है। आशु बाबू के चाचा काशीवास कर रहे हैं, वे आकर उसे अपने साथ ले गए हैं।"

सुनकर कमल चुप रह गई, कुछ बोली नहीं। हरेन्द्र कहने लगा, "शिवनाथ को यह मालूम है कि कानून की रस्सी उन तक पहुंच नहीं सकती; इसी, बल पर उन्होंने अपनी बीमार धर्म-पत्नी को त्याग दिया और फिर बिना किसी दुविधा के आपका सर्वनाश किया। कानून को वे खूब अच्छी तरह जानते हैं, किन्तु यह नहीं जानते कि संसार में कानून ही सब-कुछ नहीं है, उसकी सीमा के बाहर भी बहुत-कुछ है।"

कमल हंस दी। बोली, "आखिर उनके लिए आप लोगों ने कौन-सा दण्ड तय किया है? कहीं यह तो नहीं कि उन्हें पकड़के फिर एक बार मेरे साथ जोड़ देंगे?" कहते-कहते वह फिर हंस पड़ी। उसकी यह सूझ हरेन्द्र को भी ऐसी हास्यकर प्रतीत हुई कि उससे भी हंसे बगैर न रहा गया। उसने कहा, "किन्तु यह भी तो सहन नहीं किया जा सकता कि वे अपनी ज़िम्मेदारी से बचकर इस तरह निकल भागें और बिना किसी बाधा-विघ्न के समाज में गन्दगी फैलाते रहें! लेकिन इसके मानी यह नहीं कि उन्हें पकड़के आपके साथ जोड़ देना ही उनके अपराधों का समुचित दण्ड है!"

कमल ने कहा, "और, मान लीजिए, मेरे साथ जोड़ने के लिए उन्हें मेरे पास आप लोग ले भी आएं, तो उसका मकसद क्या यह होगा कि वे यहां आकर मुझपर पहरा देने के काम आएंगे, या गर्दन पकड़के उनसे मेरे लिए क्षति-पूर्ति को रकम दिलवाएंगे? किन्तु इसमें कुछ अड़चन है। एक तो यह कि रुपये में लूंगी नहीं, और दूसरी यह कि उनके पास देने को कुछ है भी नहीं। वे कितने गरीब हैं, इस बात को और कोई भले ही न जाने, पर मैं जानती हूं।"

"तो क्या आप समझती हैं कि इतने बड़े अपराध का उनके लिए कोई दण्ड ही नहीं? न भी हो, तो इतना तो उन्हें जता देना ज़रूरी है कि बाज़ार से कम से कम चाबुक तो खरीदा ही जा सकता है!"

सुनते ही कमल अत्यन्त व्याकुल हो उठी, बोली, "नहीं-नहीं, कम से कम ऐसा काम तो न कीजिएगा; क्योंकि उससे मेरा इतना बड़ा अपमान होगा कि उसे मैं किसी तरह सह न सकूंगी!" और फिर क्षण-भर रुककर वह कहने लगी, "अब तक मैं क्रोध से जल-भुन रही थी कि वे ऐसे चोर की तरह भागे-भागे क्यों फिर रहे हैं, वे साफ-साफ मझसे कहके जाते, तो क्या मैं उन्हें ज़बरदस्ती रोक रखती? किन्तु अब सोचती हूं कि उनमें जो कहके जाने का साहस नहीं हुआ उसी में मेरा सम्मान निहित था। आने के दिन उन्होंने मुझे धोखा देकर ही पाया था, पर छोड़ने के दिन उन्हें ब्याज समेत मूलधन चुकाकर ही जाना पड़ा है। अब मुझे उनके खिलाफ कोई शिकायत नहीं; मेरा जो भी कुछ उनपर पावना था, सबका-सब मैंने चुकता पा लिया। हां, आशु बाबू को मेरा नमस्कार जताकर कह दीजिएगा कि मेरी भलाई करने के इरादे से कहीं वे मेरी हानि न कर बैठें।"

हरेन्द्र कमल को सब बातें सुनता तो रहा, किन्तु उसकी समझ में कुछ नहीं आया। वह आश्चर्य का मारा उसके मुंह की ओर देखता रह गया।

कमल ने कहा, "दुनिया की सब बातें सबके समझने की नहीं

होती, हरेन बाबू, इसके लिए दुखित होने की ज़रूरत नहीं।" और फिर उसने प्रसंग ही बदल दिया। बोली, "अब इन बातों को जाने दीजिए। यह बताइए कि कौन कैसे हैं?"

"पूछिए!"

"पहले यह बताइए कि अविनाश बाबू कैसे हैं? सुना था कि वे बीमार हैं। अब उनकी तबीयत कैसी है?"

"ठीक है। उनके एक चचेरे भाई लाहौर में रहते हैं। सेहत सुधारने के लिए वे लड़के को साथ लेकर लाहौर चले गए हैं। मेरा खयाल है कि वहां वे दो-एक महीने रहकर वापस आएंगे।"

"और नीलिमा? वे भी साथ गई हैं क्या?"

"नहीं, वे यहीं हैं।"

कमल ने आश्चर्य के साथ पूछा, "यहीं हैं? अकेली उस मकान में?"

हरेन्द्र पहले तो बगलें झांकने लगा, फिर बोला, "भाभी की समस्या पहले तो कुछ कठिन हो गई थी, पर बाद में वह हल हो गई। आशु बाबू की देख-भाल के लिए उनके पास किसीका रहना ज़रूरी था, सो इसी बहाने वे उन्हें उनके पास छोड़ गए हैं।"

कमल के लिए यह समाचार इतना अटपटा था कि आगे इस बारे में उससे कुछ पूछते न बना। विस्तृत विवरण जानने के लिए वह हरेन्द्र के मुंह की तरफ देखती रही।

हरेन्द्र की समझ में न आया कि आगे वह क्या कहे। कुछ देर चुप रहने के बाद अकस्मात् ही उसने कहना शुरू किया, "आशु बाबू को देखने मैं उनके घर अकसर जाया करता हूं। आशु बाबू और भाभीजी दोनों ही आपके विषय में पूछते रहते हैं। भाभीजी की तो कुछ पूछिए ही मत। वे आपसे मिलने के लिए व्याकुल-सी रहती हैं। चलिएगा किसी दिन आप वहां?"

कमल तत्काल राज़ी हो गई। बोली, "आज ही चले चलिए न, हरेन बाबू, दोनों को एक बार देख आएं।"

"आज ही चलना चाहती हैं? अच्छा, चलिए। देखता हूं मैं जाकर, अगर तांगा मिल जाए तो ले आऊं।" इतना कहकर वह

बाहर जाना ही चाहता था कि कमल ने टोकते हुए उससे कहा, "तांगे में हम दोनों के एकसाथ जाने से अगर कहीं आश्रम के लोग नाराज़ हो जाएं तो? इससे अच्छा है, चलिए पैदल ही चला जाए।"

हरेन्द्र ने कहा,"अच्छी बात है, पैदल ही चले चलें, बहुत ज़्यादा दूर तो है नहीं।"

और दोनों पैदल ही चल दिए।

19

करीब तीन बजे कमल और हरेन्द्र दोनों आशु बाबू के घर पहुंचे। अस्वस्थ आशु बाबू उस समय आरामकुरसी पर अधलेटी अवस्था में पड़े-पड़े उस दिन का 'पायोनियर' पढ़ रहे थे। इधर कई दिनों से उन्हें ज्वर से छुटकारा मिल गया है, और अन्यान्य शिकायतें भी धीरे-धीरे दूर होती जा रही हैं, सिर्फ कमज़ोरी अभी तक बनी हुई है। कमल और हरेन्द्र को देखते ही उनकी खुशी का ठिकाना न रहा। वे तुरन्त उठके बैठ गए और कहने लगे, "आओ, आओ, कुरसी खींचकर मेरे पास बैठ जाओ।" और फिर कमल से बोले, "वहां नहीं कमल, कुरसी खींच के मेरे पास यहां आकर बैठो, और बताओ, क्या हालचाल है, सब राज़ी-खुशी तो है न? आजकल आगरे का जो हाल हो रहा है, उससे मन सदा शंकित रहता है। जाने कब किसपर क्या मुसीबत आ जाए!"

कमल ने हंसते हुए कहा, "सब ठीक है, शंकित होने की कोई बात नहीं। आप बताइए, अब आपकी कैसी तबीयत है?"

आशु बाबू बोले, "अब तो धीरे-धीरे ठीक होती जा रही है, सिर्फ, ज़रा कमज़ोरी रह गई है, सो भी चार-छः दिन में ठीक हो जाएगी, कोई चिन्ता की बात नहीं। इतने दिन तुम थीं कहां, सो बताओ। हरेन से रोज़ ही पूछता हूं, और रोज़ ही जवाब मिलता है—घर में ताला पड़ा है, उनका कोई पता नहीं कि कहां हैं। नीलिमा को शक हो रहा था कि शायद तुम कहीं बाहर चली गई हो!"

हरेन्द्र ने उनकी बात का जवाब दिया, "बाहर कहीं नहीं गईं,

इसी आगरे में ये मोचीपाड़े में मोचियों के सेवा-कार्य में लगी हुई थीं। सौभाग्य से आज भेंट हो गई, सो इन्हें पकड़ लाया।"

सुनते ही आशु बाबू भय से व्याकुल होते हुए बोले, "ऐं! मोचीपाड़े में? क्या कह रहे हो तुम? अखबारों में तो खबर है कि मोचियों का मुहल्ला बिलकुल उजाड़ हो गया है। इतने दिन वहीं थीं? अकेली? आश्चर्य है!"

कमल ने सिर हिलाकर कहा, "नहीं, अकेली नहीं थी, मेरे साथ राजेन्द्र भी थे।"

सुनते ही हरेन्द्र उसके मुंह की तरफ देखने लगा, बोला कुछ भी नहीं। उसके चेहरे का भाव ऐसा लगा कि जैसे उससे यह बात छिपी नहीं थी, उसका अन्दाज़ा बिलकुल सही निकला। जहां दैव का इतना बड़ा निर्मम निग्रह चल रहा हो, वहां के उन अभागों को छोड़कर वह और कहीं जा ही नहीं सकता।

आशु बाबू ने कहा, "अद्‌भुत साहस है उस लड़के में! मैंने उसे दो-तीन बार से ज़्यादा नहीं देखा, न उसके बारे में विशेष कुछ जानता ही हूं, किन्तु फिर भी मुझे ऐसा लगता है कि वह किसी विशेष धातु का बना हुआ है! उसे तुम अपने साथ ले क्यों नहीं आईं कमल? उससे मैं सब बातें पूछता। अखबारों से तो भीतरी बातें मालूम नहीं होतीं।"

कमल बोली, "नहीं। पर, उनके आने में अभी देर लगेगी।"

"क्यों?"

"मुहल्ला अभी तक पूरा का पूरा खतम नहीं हुआ है। उनका प्रण है कि जो लोग अब तक बचे हुए हैं उन सबको ठीक-ठिकाने पहुंचाए बगैर वे वहां से छुट्टी नहीं लेंगे।"

आशु बाबू कमल के मुंह की तरफ देखते हुए बोले, "तो फिर तुम्हें कैसे छुट्टी मिल गई? अब तुम्हें क्या फिर वहां जाना होगा? मैं मना तो नहीं कर सकता, किन्तु तुम्हारा वहां जाना बड़ी दुश्चिन्ता का कारण होगा कमल!"

"चिन्ता-दुश्चिन्ता का कारण कहां नहीं है आशु बाबू? चिंता-दुश्चिन्ता कहां नहीं है, बताइए? असल बात यह है कि मेरी घड़ी

में जितनी चाबी भरी थी वह खतम हो चुकी थी, तभी मुझे उन्हें अकेला छोड़कर आना पड़ा है। प्रकृति किसी-किसीमें कभी न निबटनेवाली चाबी भरकर संसार में भेज देती है। राजेन्द्र उन्हीं में से एक हैं। और मेरा तो खयाल है कि प्रकृति अपनी ही गर्ज़ से उन्हें जिलाए रखती है। नहीं तो फिर गरीब-दुखियों की झोंपड़ियों में जब ज़बरदस्त बाढ़ की तरह मौत का रेला चढ़ा चला आता है तब उसकी ध्वंस-लीला का साक्षी कौन रहेगा? आज ही मैं हरेन बाबू को अपना किस्सा सुना रही थी। शिवनाथ बाबू के घर से आखिरी रात जब मैं लज्जा से मस्तक झुकाए चली आई···"

आशु बाबू यह किस्सा पहले सुन चुके थे, इसलिए वे बीच में ही बोल उठे, "उसमें तुम्हारे लिए लज्जा की क्या बात थी कमल? मैंने सुना है, उनकी सेवा करने के लिए, उनके बिना कहे ही, तुम अपने-आप उनके घर पहुंची थीं।"

कमल कहने लगी, "लज्जा उस बात की नहीं आशु बाबू। लज्जा तो मुझे तब आई जब मैंने देखा कि उन्हें कोई बीमारी ही नहीं थी, सब ढोंग था उनका! किसी बहाने आप लोगों का अनुग्रह पाना ही उनका मकसद था, जो पूरा न हो सका। आखिर आपने उन्हें घर से निकाल ही दिया। और तब मेरी क्या दशा हुई, सो मैं आपको समझा नहीं सकती। राजेन्द्र मेरे साथ थे; उन्हें भी मैं मारे शर्म के यह बात न जता सकी! बस, किसी तरह रात के अन्धकार में मैं वहां से चुपचाप निकल आई। रास्ते-भर मेरे मन में सिर्फ एक ही बात चक्कर काटती रही कि इस ओछे कंगाल आदमी को गुस्से में आकर किसी तरह की सज़ा देना न तो धर्म है, और न उसमें कोई सम्मान ही है।"

आशु बाबू मारे विस्मय के अवाक् रह गए; बोले, "तुम यह कह क्या रही हो कमल! उनकी बीमारी क्या मात्र एक बहाना था, ढोंग था? वास्तव में वे बीमार नहीं थे?"

कमल के जवाब देने के पहले ही दरवाज़े के पास किसीके आने की आहट सुनकर सबका ध्यान उधर चला गया; देखा कि दूध का कटोरा हाथ में लिए हुए नीलिमा आ रही है। कमल ने हाथ उठा

कर उसे नमस्कार किया। नीलिमा ने हाथ का कटोरा पलंग के पास रखी हुई तिपाई पर रखकर कमल को प्रतिनमस्कार किया, और फिर वह यह समझकर कि इन लोगों की बातचीत में उसने आकर बाधा पहुंचाई है, चुपके से वह एक तरफ बैठ गई।

आशु बाबू कहने लगे, "किन्तु यह तो कमज़ोरी है कमल! यह बात तो तुम्हारे स्वभाव से मेल नहीं खाती। मेरी तो धारणा थी कि जिस काम को तुम अनुचित समझती हो, मिथ्याचार मानती हो, उसके लिए तुम किसीको माफ नहीं कर सकतीं।"

हरेन्द्र बोल उठा, "इनके स्वभाव की तो मुझे विशेष जानकारी नहीं, किन्तु इनकी बातों से जो कुछ मुझे मालूम हुआ है उसमें लगता है कि मोचीपाड़े की मौतें देखते-देखते इनकी धारणा बदल गई है। पहले इनके मन में चाहे जो भी बात रही हो, किन्तु अब किसीके विरुद्ध कोई शिकायत ये अपने मन में नहीं रहने देना चाहतीं।"

आशु बाबू बोले, "किन्तु कमल, शिवनाथ ने जो तुमपर इतना बड़ा अत्याचार किया, उसका क्या होगा?"

कमल ने मुंह उठाते ही देखा कि नीलिमा उसके मुंह की तरफ एकटक देख रही है। कमल का जवाब सुनने के लिए मानो वही सबसे ज़्यादा उत्सुक हो। नीलिमा की तरफ यदि उसका ध्यान न जाता, तो शायद वह चुप रहती; हरेन्द्र ने जितना कहा है उससे ज़्यादा एक शब्द भी वह नहीं कहती। किन्तु अब उसे कहना ही पड़ा, "यह सवाल अब मेरे लिए असंगत-सा लगता है। केवल इसलिए कि जो नहीं है वह क्यों नहीं है, आंसू बहाने में अब मुझे शर्म आती है। इस बात पर तकरार करने में कि जितना वे कर सके उससे ज़्यादा उन्होंने क्यों नहीं किया, मेरा मस्तक झुक जाता है। बस, अब तो आप लोगों से मेरी केवल इतनी ही प्रार्थना है कि मेरे दुर्भाग्य के लिए अब उनसे किसी तरह की खींचातानी न करें।" इतना कहके उसने मानो अपनी थकान दूर करने के लिए कुरसी की पीठ पर अपना सिर टेक दिया और आंखें बन्द कर लीं।

कमरे की स्तब्धता भंग की नीलिमा ने। उसने आंख के इशारे से

दूध का कटोरा दिखाते हुए आशु बाबू से धीरे से कहा, "यह जो बिलकुल ठंडा हुआ जा रहा है! देखिए तो, पीने लायक है, या फिर से गरम कर लाने को कह दूं?"

आशु बाबू ने दूध का कटोरा उठाकर मुंह से लगाया और थोड़ा-सा पीकर तिपाई पर रख दिया। नीलिमा को फिर उनसे अनुरोध करना पड़ा, "ऐसे रख देने से काम नहीं चलेगा, डाक्टर की व्यवस्था को मैं तोड़ने नहीं दूंगी।"

आशु बाबू थकान महसूस करके मोटे गावतकिया के सहारे लेट गए, बोले, "इस बात को भी तुम्हें भूलना नहीं चाहिए कि डाक्टर से भी बड़ा व्यवस्थापक है रोगी का अपना शरीर।"

"मैं नहीं भूलती, भूल जाते हैं आप खुद।"

"हां, सो तो मेरी उमर का दोष है नीलिमा, मेरा नहीं।"

नीलिमा ने हंसते हुए कहा,"सो तो है ही। दोष लादने लायक उमर तक पहुंचने में अब भी आपको बहुत देर लगेगी। अच्छा, कमल को लेकर मैं ज़रा पीछे के कमरे में जा रही हूं, इनसे ज़रा गपशप करनी है; तब तक आप आंखें बन्द करके आराम कर लें। क्यों, जाएं?"

आशु बाबू का मन शायद इसके लिए राज़ी नहीं था, फिर भी उन्हें सहमति देनी पड़ी। बोले,"कहीं बिलकुल ही चली मत जाना, बुलाने से आ जाना।"

नीलिमा ने कहा, "तुम भी चले चलो छोटे बाबू, उठो कमल, ये आराम करते रहें, तब तक हम लोग कुछ बोल-बतला लें।" और फिर वह सबको साथ लेकर चली गई।

दूसरे कमरे में पहुंचने के कुछ देर बाद ही नौकर आकर चाय-बिस्कुट और फल वगैरह दे गया। अतिथियों के सामने उन सबको तरतीब से रखती हुई नीलिमा उनसे बातें करने लगी। बातें करते-करते उसकी कमल पर नज़र पड़ी तो देखा कि चाय के प्याले से मुंह लगाने के सिवा वह और कुछ खा नहीं रही है। खिन्न स्वर में उलाहना देते ही कमल ने हंसते हुए उसे जवाब दिया, "इन्हीं कई दिनों में मुझे भूल गईं क्या?"

"मैं भूल गई? इसके माने?"

"माने यही कि मेरे खाने पीने की बात आपको याद नहीं रही। मैं तो बेवक्त कुछ खाती-पीती नहीं।"

"और लाख अनुरोध करने पर भी उसमें कोई फर्क नहीं पड़ सकता।" हरेन्द्र ने उसमें पीछे से इतना और जोड़ दिया।

जवाब में कमल ने वैसे ही हंसते हुए कह दिया, "ऐसा दर्प तो मैं नहीं करती हरेन बाबू, कि इस हठ में कभी कोई परिवर्तन हो ही नहीं सकता; मगर हां, इतना मैं ज़रूर मानती हूं कि साधारणतः अपने इस नियम का मुझे अभ्यास हो गया है।"

इसके बाद उनमें और भी बहुत-सी बातें होती रहीं। फिर नौकर द्वारा आशु बाबू का सन्देश प्राप्त होने पर सब उनके कमरे में चले गए।

और फिर बहुत देर बैठने और गपशप करने के बाद कमल और हरेन्द्र दोनों वहां से विदा लेकर अपने-अपने घर चल दिए।

रास्ते में कमल ने हरेन्द्र से पूछा, "अब आप जाएंगे कहां, सो तो बताइए?"

हरेन्द्र ने कहा, "डरने को कोई बात नहीं, आपके घर नहीं जा रहा। लेकिन जहां से आपको लाया हूं वहां न पहुंचा दूं, तो आपके प्रति अन्याय करना होगा।"

रात कुछ ज़्यादा हो गई थी, सड़क पर लोगों का आना-जाना बहुत कम हो गया था। चलते-चलते घनिष्ठ बन्धु की तरह कमल ने हरेन्द्र का एक हाथ अपने हाथ में लेते हुए कहा, "चलिए मेरे साथ। आपका उचित-अनुचित का विचार कितना सूक्ष्म है, इस बात की परीक्षा दीजिएगा।"

हरेन्द्र मारे संकोच के सिटपिटा-सा गया। उसने स्पष्ट अनुभव किया कि यह अच्छा नहीं हो रहा है। इस तरह सड़क पर चलना पशोभन तो है ही, साथ ही किसी परिचित ने देख लिया तो उसके लिए लज्जा की सीमा न रहेगी। किन्तु बिना कहे-सुने हाथ छुड़ा

लेने की अशोभन कठोरता दिखाना भी उसके लिए एक मुसीबत थी। और कोई चारा न देख, और इसे संकटावस्था मानकर, वह कमल के घर के द्वार पर जा पहुंचा। जब उसने विदाई का नमस्कार किया तो कमल कहने लगी, "ऐसी जल्दी क्या पड़ गई? आश्रम में अजित बाबू के सिवा और तो कोई है नहीं, फिर क्या बात है?"

हरेन्द्र बोला, "है तो वहां कोई नहीं, आज अजित बाबू भी सवेरे की गाड़ी से दिल्ली चले गए हैं। शायद कल शाम तक आ पाएंगे।"

"तो फिर वहां जाके खाएंगे क्या? आश्रम में रसोइया की तो व्यवस्था है नहीं?"

"नहीं। हम लोग हाथ से बनाते हैं।"

"हम लोग, यानी आप और अजित बाबू?"

"हां। लेकिन आप ऐसे हंस क्यों रही हैं? निहायत बुरा नहीं बनाते हम लोग।"

"अजित बाबू नहीं हैं, तो फिर आज आपको खुद ही बनाके खाना पड़ेगा। मेरे हाथ का बना खाना खाने में अगर आपको घृणा न महसूस हो तो, मेरी बड़ी इच्छा है कि मैं आपको निमन्त्रण दूं। खाएंगे आप मेरे हाथ का बना?"

हरेन्द्र अत्यन्त खिन्न होकर बोला, "आपकी तरफ से ऐसा सवाल उठना बड़े खेद की बात है। क्या आप वास्तव में ही ऐसा समझती हैं कि घृणा के कारण ही मैं आपके यहां नहीं खाना चाहता? "और फिर क्षण-भर रुककर कहने लगा, "मैंने तो आपको यह जताने में कोई कोर-कसर नहीं रखी कि जो लोग आपको सच मुच ही श्रद्धा की दृष्टि से देखते हैं, मैं उन्हीं में से एक हूं। फिर आप यह सवाल क्यों उठाती हैं? मेरी तरफ से तो बस इतनी ही आपत्ति है कि आप बेवक्त मेरे लिए इतना कष्ट क्यों उठाएं!"

कमल ने कहा, "सो तो आप खुद देख लीजिएगा कि कितना कष्ट उठाती हूं। ऐसे कामों में मुझे कोई खास तकलीफ नहीं होती, बल्कि खुशी होती है। आइए अब, भीतर चलिए, रात बहुत हो चुकी है।"

रसोई बनाते हुए कमल कहने लगी, "मेरी रसोई बहुत मामूली होगी, पर आपके आश्रम में जैसा देख आई हूं उसे भी कोई बड़ा दर्जा नहीं दिया जा सकता। इसलिए इस बात का भरोसा तो मैं कर ही सकती हूं कि मेरा खाना औरों की तरह आपको कोई खास नापसन्द न होगा।"

हरेन्द्र ने प्रसन्न होते हुए जवाब दिया, "हमारे यहां जैसा कुछ खाया-पीया जाता है उसे तो आप देख ही आई हैं। वास्तविकता यह है कि हम लोग कष्टों को अंगीकार करके चलते हैं।"

"किन्तु क्यों? अजित बाबू तो बड़े आदमी हैं, और आपकी भी आर्थिक अवस्था कोई कम सन्तोषजनक नहीं, फिर आप लोगों को व्यर्थ में कष्ट उठाने के लिए कष्ट करने की क्या ज़रूरत है?"

"ज़रूरत है क्यों नहीं? मेरा खयाल है कि इस ज़रूरत को आप भी महसूस करती हैं, और इसीलिए आपने अपने लिए भी वही व्यवस्था कर रखी है जो हमारे आश्रम में है।"

किन्तु आपमें और मुझमें बहुत बड़ा अन्तर है। सचमुच में मैं बहुत ज़्यादा गरीब हूं। अपने गुज़ारे के लिए कमाने की जितनी मुझमें ताकत है, उसके देखे इससे ज़्यादा और कुछ मैं कर ही नहीं सकती। मेरे पिता मुझे कुछ भी दे नहीं जा सके, किन्तु मुझे वे दूसरों के अनुग्रह से बचते रहने का बीज-मन्त्र ज़रूर दे गए हैं, और उसीके बल पर मैं अपना निर्वाह किया करती हूं।"

हरेन्द्र कमल के मुंह की तरफ कुछ देर तक चुपचाप देखता रहा; और सोचता रहा कि परदेश में इतनी विकट निःसहायता भी इस नारी को रंचमात्र विचलित नहीं कर सकी है। और फिर वह, शायद कमल को साहस और सान्त्वना देने के इरादे से, कहने लगा, "आपके साथ मैं बहस तो नहीं करना चाहता, किन्तु मैं इसके अलावा और कुछ सोच भी नहीं सकता कि मेरी तरह आपकी गरीबी भी वास्तविक नहीं है, आप चाहें तो आपका यह दुःख मरीचिका की तरह विलीन हो सकता है। किन्तु असल बात यह है कि आप ऐसा चाहतीं ही नहीं; कारण, आप भी जानती हैं कि स्वेच्छा से अंगीकार किए हुए दुःख को ऐश्वर्य की तरह भोगा जा सकता

है।”

कमल ने कहा, “हां, ज़रूर भोगा जा सकता है। किन्तु क्यों, आपको मालूम है? क्योंकि वह अनावश्यक दुःख है, क्योंकि वह दुःख का अभिनय मात्र है। सभी तरह के अभिनयों में एक तरह का कौतुक और आकर्षण होता है, इसलिए उसका उपभोग आसानी से किया जा सकता है।” कहते-कहते वह स्वयं ही कौतुक से हंसने लगी।

उसका यह व्यंग्य सुनकर हरेन्द्र कुछ देर के लिए चुप ही रहा, फिर बोला, “किन्तु इतना तो आप मानती ही होंगी कि बहुतायत में जीवन तुच्छ होने लगता है, और दुःख-दैन्य से संघर्ष करता हुआ आगे बढ़ने वाला जीवन मनुष्य को महान और चरित्रवान बना देता है।”

कमल ने 'स्टोव' से कड़ाही उतारके नीचे रख दी; और उस-पर दूसरा बरतन चढ़ाती हुई कहने लगी, “असल बात यह है कि आप लोग बड़े आदमी ठहरे, आप लोगों की फिलासफी समझना मेरे लिए आसान नहीं। खैर, आज अब और बहस करने की ज़रूरत नहीं, कारण, पेट की फिलासफी का तकाज़ा ज़ोर पकड़ता जा रहा है। रसोई बन चुकी, अब आप खाने बैठिए।”

हरेन्द्र कुछ जवाब देना चाहता था, किन्तु उसका ध्यान भी पेट की फिलासफी की तरफ चला गया, तो वह उसकी वास्तविकता को अंगीकार किए बिना न रह सका। बोला, “अच्छा लाइए, दीजिए तो देखूं क्या-क्या बनाया है, उसका भोग लगाया जाए।”

“अच्छी बात है।” कहते हुए कमल ने आसन लगा दिया। खाना मामूली ही था। किन्तु कमल ने इतने जतन से अतिथि को खिलाया-पिलाया कि हरेन्द्र को बार-बार नीलिमा भाभी की याद आने लगी। नारीत्व की शांत मधुरता और शुचिता के आदर्श की दृष्टि से हरेन्द्र नीलिमा से बढ़कर अन्य किसी को नहीं मानता था; किन्तु उसे आज मन-ही-मन में कहना पड़ा कि 'शिक्षा, संस्कार, रुचि और प्रवृत्ति की दृष्टि से इन दोनों में चाहे जितना भी पार्थक्य क्यों न हो, किन्तु ममता और सेवा में कोई किसी से कम नहीं।'

हरेन्द्र खाना खा चुका तो कमल ने कहा, “आप जीम चुके तो

अब उठिए। बगल के कमरे में जाकर विश्राम कीजिए, तब तक मैं इस कमरे का काम पूरा कर लूं।"

कमल जब अपने हाथ का काम पूरा करके दूसरे कमरे में आई तो हरेन्द्र से उसने कहा, "हरेन बाबू, रात तो अब काफी हो चुकी है, इतनी रात में घर जाना ठीक नहीं, इसलिए अब आपके सोने का इन्तज़ाम यहीं कर दिया जाए, क्यों। ठीक है न?"

"कहां?"

"इसी कमरे में। और तो कहीं सोने लायक जगह है नहीं। यहीं एक तरफ आपके लिए बिस्तर कर दूं?"

हरेन्द्र ने आश्चर्य के साथ पूछा,"इसी कमरे में? और आप?"

"मैं भी यहीं एक तरफ पड़ी रहूंगी। अब रात ही कितनी बाकी है. !"

हरेन्द्र ऐसा शरमिन्दा हुआ कि सहसा उसका चेहरा फक पड़ गया। कमल ताड़ गई। उसने कहा, "आप तो ब्रह्मचारी ठहरे। आपके लिए भी क्या इसमें डरने का कोई कारण हो सकता है?"

हरेन्द्र निश्चेष्ट-सा होकर कमल के मुंह की ओर देखता रह गया। सोचने लगा, यह कैसी बात! आखिर स्त्री होकर कमल के मुंह से ऐसी बात निकली कैसे? उसकी इस अकल्पनीय विह्वलता ने मानो कमल को एक ज़ोर का धक्का मारा। वह क्षण-भर मौन रहकर कुछ सोचती रही, फिर अकस्मात् ही कहने लगी, "मेरी ही गलती हुई हरेन बाबू! जाइए आप, अपने घर जाइए। मैं समझती हूं, इसी कारण, आपकी असीम श्रद्धा की पात्री होने पर भी, नीलिमा को आपके आश्रम में स्थान नहीं मिला; स्थान मिला तो आशु बाबू के घर ही मिला। सूने घर में अनात्मीय नर-नारी का केवल एक ही सम्बन्ध आपको मालूम है। उससे आगे आपका ज्ञान अब तक बढ़ नहीं पाया है। ब्रह्मचारी हो जाने पर भी नहीं। जाइए, अब देर न कीजिए,आश्रम की शरण लीजिए।" इतना कहने के बाद वह स्वयं ही बाहर के अंधकारमय बरामदे में जाकर अदृश्य हो गई।

हरेन्द्र किंकर्तव्यविमूढ़ की तरह दो-तीन मिनट तक जहां का तहां खड़ा रहा; फिर धीरे-धीरे नीचे उतरकर चल दिया।

20

तब से करीब एक महीना बीत गया। आगरे में जो विकराल महामारी फैली हुई थी वह अब शान्त हो चुकी थी। कमल घर में बैठी सिलाई का काम कर रही थी। इतने में हरेन्द्र आ गया। उसके हाथ में एक पोटली थी, उसे कमल के पास ही ज़मीन पर रखते हुए उसने कहा, "आपके ऐसे कठिन परिश्रम को देखते हुए तकाज़ा करने में संकोच तो होता है, पर किया क्या जाए, जो कोई काम देता है वह सामने पड़ते ही पूछने लगता है, 'बन गया?' आखिर मुझे कहना ही पड़ता है, 'अभी देर लगेगी, आपको बहुत जल्दी हो तो कहिए, कपड़ा वापस ला दूं?' लेकिन मुश्किल तो यह है कि आपके हाथ का बना कपड़ा जो एक बार बरत लेता है, वह और कहीं सिलाना ही नहीं चाहता! ये देखिए न, एक लालाजी का नौकर आकर फिर गरद-रेशम का थान और नाप-नमूने का कुरता दे गया है···"

कमल सिलाई पर से आंख उठाती हुई बोली, "तो ले क्यों लिया?"

"ले क्या लिया, लेना पड़ा है। मैंने उससे कहा कि अभी उनके हाथ में इतना काम है कि इनके बनने में छः महीने लग जाएंगे। सो, उसने तपाक से कह दिया कि लग जाने दीजिए, लालाजी ने कह दिया है कि कपड़ा दे ही आना, वापस मत लाना। और यह देखिए, रुपये तक पेशगी दे गया है!" और फिर उसने जेब से रुपये निकालकर कमल के आगे रख दिए।

कमल बोली, "इतना ज़्यादा काम आता रहा तो मुझे लगता है कि आदमी रखने होंगे।" और फिर वह पोटली खोलकर थान और नाप-नमूने का कुरता हाथ में लेकर देखने लगी; देखते ही कहने लगी, "यह तो किसी ऊंची दुकान का सिला हुआ मालूम होता है। किसी बड़े कारीगर के हाथ का काम है। मुझसे तो ऐसा सीते नहीं बनेगा। और फिर, कीमती कपड़ा है, कहीं बिगड़ जाए तो मुश्किल है। इसे आप वापस ही कर दीजिएगा।"

हरेन्द्र आश्चर्य का भाव दिखाता हुआ बोला, "आपसे बढ़कर कारीगर और कौन होगा? बिगड़ने का कोई सवाल ही नहीं उठता।"

"यहां न हो तो क्या हुआ, कलकत्ते में तो है। वहीं भेज देने के लिए कह दीजिए।"

"नहीं-नहीं, सो कैसे हो सकता है! आपसे जैसा बने, बना दीजिए, उसीसे काम चल जाएगा।"

कमल ने कहा, "बनेगा नहीं हरेन बाबू, बनता तो ज़रूर बना देती।" कहते-कहते वह अकस्मात् ही हंस पड़ी, फिर बोली, "अजित बाबू बड़े आदमी टहरे, उसपर शौकीन-मिज़ाज भी हैं। जैसा-तैसा बना देने से उनसे पहना कैसे जाएगा, बताइए? इसलिए मेरा कहना है कि व्यर्थ में कपड़ा खराब कराने से यही अच्छा है कि कपड़ा आप वापस ले जाएं।"

हरेन्द्र मारे आश्चर्य के दंग रह गया। बोला, "आपने कैसे जाना कि यह उन्हींका कपड़ा है?"

कमल ने कहा, "मैं ज्योतिष जो जानती हूं। गरद-रेशम का थान, सिलाई के रुपये पेशगी, और फिर महीनों में मिलें तो कोई हर्ज नहीं, भले ही यहां के लाला लोग इतने मूर्ख नहीं होते हरेन बाबू! आप तो उनसे साफ-साफ कह दीजिए कि उनके कुरते बनाने लायक लियाकत मुझमें नहीं है। मुझे तो सिर्फ गरीबों के सस्ते दाम के कपड़े ही सीना आता है। उनके कीमती कपड़े में नहीं सी सकती।"

हरेन्द्र बड़े संकट में पड़ गया। आखिर उसे कहना ही पड़ा, "उनकी बड़ी इच्छा है कि आपके हाथ के सिले हुए कुरते ही पहनें। मैं जानता था कि आपको धोखा देना आसान काम नहीं, इसीलिए मैं बहुत दिनों से इस काम को ला नहीं रहा था। मैंने उनसे कहा भी था कि कोई कम दाम का थान मंगवा दें तो ठीक रहेगा; पर उन्होंने मेरी बात मानी ही नहीं। मैं तो जानता था कि मालूम होते ही आप शक कर बैठेंगी कि शायद आपकी आर्थिक सहायता के उद्देश्य से ही अजित बाबू यह सब कर रहे हैं। अब मैं क्या करूं,

मेरी कुछ समझ में नहीं आता। उन्हें यह मालूम होने पर कि मेरे द्वारा काम तो कुछ हुआ नहीं, उलटा भेद और खुल गया, मैं धर्म-संकट में पड़ जाऊंगा। मेरे उद्धार का क्या आपके पास कोई उपाय ही नहीं?"

कमल ने बात यहीं खतम करने के इरादे से चट से प्रसंग ही बदल दिया। अकस्मात् ही वह पूछ बैठी, "राजेन्द्र का कुछ पता लगा?"

हरेन्द्र तुरंत समझ गया कि पहले की तरह आज भी हृदय-सम्बन्धी आलोचना यही स्थगित कर दी गई। इसलिए उसने भी कमल के सवाल का ही जवाब देना ठीक समझा। उसने कहा, "नहीं, अब तक तो नहीं लगा। मुझे तो लगता है कि अचानक कहीं से आ खड़ा होगा तभी लगेगा।"

कमल ने कहा, "मैंने तो खास तौर से इसलिए पूछा है कि कहीं वे पुलिस के चक्कर में तो नहीं आ गए?"

हरेन्द्र बोला, "सो तो पता लगा लिया, फिलहाल तो उससे बचा हुआ है।"

इतना सुनकर कमल निश्चिन्त तो नहीं हो सकी, पर उसे कुछ तसल्ली ज़रूर मिल गई। उसने पूछा, "कहां गए हैं, कब गए हैं, कब तक लौट सकते हैं, मोचियों के मुहल्ले में जाकर क्या कुछ जाना नहीं जा सकता? यह तो मैं जानती हूं कि उनके बारे में आपसे ज़्यादा चिन्ता और किसीको हो ही नहीं सकती; किन्तु फिर भी, मैं जो आपसे इतना आग्रह कर रही हूं उसका कारण यह है कि इधर कई दिनों से मेरी ऐसी दशा हो गई है कि इसके सिवा और किसी तरफ मेरा ध्यान ही नहीं जा रहा।" और फिर कुछ देर रुककर वह कहने लगी, "सिर्फ राजेन्द्र की ही नहीं, आज सवेरे से ही न जाने मुझे क्या हो गया है कि एक-एक करके सभी की याद आ रही है। आशु बाबू की, मनोरमा की, अक्षय और अविनाश की, नीलिमा और शिवनाथ की, सबकी। यहां तक की पिताजी की भी।"

"ऐसा कभी-कभी प्रायः सबके साथ हो जाया करता है। मानव-

मन के इस रहस्य को समझना-समझाना बहुत मुश्किल काम है।"

"हां, सो तो है ही।" कहते हुए कमल ने मुंह उठाकर हरेन्द्र की तरफ देखा और हंस दी।

इसके बाद उसने हाथ का काम छोड़कर सब कपड़ों को अच्छी तरह तह करके बेंत की टोकरी में रख दिया, और उठके खड़ी हो गई। बोली, "आपका शायद चाय पीने का समय हो गया, हरेन बाबू! थोड़ी-सी चाय बनाके ले आऊं, तब तक बैठिए। मैं अभी आई।"

"बैठा तो हूं ही। लेकिन आप तो जानती हैं कि चाय पीने में मेरे लिए कोई समय-असमय नहीं है, मिल जाए तो पी लेता हूं, न मिले तो कोई बात नहीं। इसके लिए आप व्यर्थ तकलीफ न उठाएं तो अच्छा है। अच्छा, मैं एक बात आपसे पूछूं?"

"शोक से। पूछिए क्या पूछना है?"

"बहुत दिनों से आप किसी के यहां गई नहीं हैं। सो क्या आप जान-बूझके नहीं गईं या और कोई कारण है?"

कमल को कुछ आश्चर्य हुआ, बोली, "ऐसी कोई बात नहीं, मन में खयाल ही नहीं आया कहीं जाने-आने का।"

"तो फिर चलिए न, आज ज़रा आशु बाबू के घर तक घूम आएं। जब वे बीमार थे तभी गई थीं आप वहां। अब वे अच्छे हो गए हैं। डाक्टर ने सिर्फ बाहर घूमने-फिरने की मनाही कर दी है। नहीं तो, शायद वे खुद ही इधर घूमने चले आते।"

"वे न आ सके तो कोई बात नहीं, जाना तो मुझे ही चाहिए था। बड़ी गलती हो गई मुझसे।"

"तो चलिए, आज ही चला जाए।"

"चलिए। लेकिन शाम होने दीजिए, तब चलेंगे। आप ज़रा बैठिए, झट से एक प्याला चाय बना लाऊं तब तक।" इतना कहके कमल चाय बनाने चली गई।

शाम के झुटपुटे में दोनों घर से निकल पड़े। रास्ते में जाते-जाते हरेन्द्र ने कहा, "ज़रा दिन रहते चलते तो अच्छा रहता।"

कमल ने कहा, "नहीं, रास्ते में कोई परिचित मिल जाता तो

व्यर्थ में चर्चा का विषय बन जाता।"

"इससे क्या बनता-बिगड़ता! इन सब बातों की अब मैं कोई परवाह नहीं करता।"

"किन्तु मैं तो करती हूं।"

हरेन्द्र को लगा कि उससे यह मज़ाक किया गया है। उसने कहा, "इसका दूसरा पहलू भी तो है, उसपर शायद आपका ध्यान नहीं गया। जब वे यह सुनेंगे कि मेरे साथ अकेली निकलने में आजकल आप संकोच करने लगी हैं, तब वे क्या सोचेंगे!"

"शायद यही सोचेंगे कि मेरी तरफ से किसीने मज़ाक किया होगा!"

"आज आपको हो क्या गया है, कुछ समझ में नहीं आता! आज की आपकी सब बातें ऐसी हो रही हैं कि जिनको समझना साधारण बुद्धिधारियों के बूते के बाहर है।"

कमल ने कहा, "जो समझने की बात नहीं है उसे न समझना ही अच्छा है! अच्छा, मुझे देखिए, राजेन्द्र को भूलना चाहने पर भी मैं उन्हें भूल नहीं पा रही हूं। इस बात का भान तब और ज़्यादा होने लगता है जब आप यहां आते हैं। उनके लिए आश्रम में स्थान नहीं हुआ, हालांकि उनका काम किसी पेड़ के तले पड़े रहने से भी चल जाता। मैंने ही उन्हें इस तरह भटकते फिरने से रोका, और सम्मान के साथ उन्हें अपने घर ले आई। मेरे घर वे आए, कहीं से भी किसी बाधा ने आकर उनके मन को दुविधा में नहीं डाला। पवन और प्रकाश की तरह उनके आने पर भी सारी दिशाएं दोनों के लिए खुली रहीं। सचमुच, पुरुष का मानो मुझे एक नया परिचय मिला। यह सोचने का मुझे कोई अवसर ही नहीं मिला कि यह मेरे या उनके लिए अच्छा हुआ या बुरा। बताइए, यह आश्चर्य की बात है कि नहीं?"

हरेन्द्र ने कहा, "सच पूछा जाए तो यह एक लुभानेवाली सान्त्वना है।"

"क्यों, सान्त्वना क्यों है?"

"सो नहीं मालूम।"

इसके बाद दोनों अन्यमनस्क-से होकर चुप बने रहे, कोई कुछ नहीं बोला।

हरेन्द्र ने शायद जान-बूझकर घुमाव के रास्ते से जाना तय कर लिया था, जिससे कि उसे ज़्यादा से ज़्यादा बातचीत करने का अवसर मिल जाए। जब दोनों आशु बाबू के घर पहुंचे तब शाम बीते बहुत देर हो चुकी थी। गेट के भीतर पहुंचते ही सामने नौकर मिल गया। हरेन्द्र ने उससे पूछा, "बाबू साहब की अब तबीयत कैसी है?" मालूम हुआ कि अच्छी है। हरेन्द्र ने फिर उससे पूछा, "अपने कमरे में ही हैं क्या?"

जवाब मिला, "नहीं। ऊपर के सामनेवाले कमरे में सबके साथ बातें कर रहे हैं।"

जीने पर चढ़ते-चढ़ते कमल ने पूछा, "ये 'सब' कौन?"

हरेन्द्र ने कहा, "भाभीजी तो हैं ही, और भी शायद कोई बैठे होंगे, ठीक कह नहीं सकता!"

परदा हटाके भीतर कदम रखते ही दोनों के दोनों आश्चर्य में पड़ गए। एसेन्स और चुरुट की तेज़ गन्ध ने घुल-मिलकर कमरे की हवा को भारी कर रखा था। नीलिमा वहां नहीं थी। आशु बाबू आरामकुरसी पर पैर फैलाए चुरुट पी रहे थे और उनके पास ही सोफे पर बैठी कोई अपरिचित महिला बातें कर रही थीं। वे थीं तो बंगाल की ही, पर बंगला बोलने में उनकी दिलचस्पी नहीं थी; और शायद आदत भी न हो। वे धड़ाधड़ अंग्रेज़ी बोल रही थीं।

कमल और हरेन्द्र के कमरे में घुसते ही आशु बाबू ने मुंह उठाकर उनकी तरफ देखा,और खासकर कमल को देखते ही उनका चेहरा मारे खुशी के खिल उठा। मुंह का चुरुट हाईदान में रखते हुए बोल उठे, "आओ कमल, आओ, बैठो।" और फिर अपरिचिता महिला की तरफ इशारा करते हुए कहने लगे, "ये मेरी एक रिश्तेदार हैं। परसों ही आई हैं। सम्भव है कि इन्हें मैं कुछ दिन के लिए यहां रख भी सकूं।" और फिर ज़रा रुककर सोफे पर बैठी महिला से बोले, "बेला, ये कमल है। मैं इसे अपनी बेटी जैसी ही मानता हूं।"

दोनों ने परस्पर एक-दूसरे को हाथ उठाकर नमस्कार किया।

और कमल आशु बाबू के पास पड़ी कुरसी पर जा बैठी।

हरेन्द्र बोला, "और मैं?"

आशु बाबू मानो अपनी गलती महसूस करते हुए कहने लगे, "ओ हो। तुम तो रह ही गए! हां तो, ये हैं हरेन्द्र, प्रोफेसर अक्षय कुमार के परम मित्र। शेष परिचय यथासमय मिलता रहेगा।" और फिर कमल से बोले, "तुम और ज़रा इधर खिसक आओ बेटी! मैं अपने हाथ में तुम्हारा हाथ लेकर कुछ देर चुप बैठा रहूं, इसके लिए कई दिनों से मेरा जी फड़फड़ा रहा है।"

कमल हंसती हुई उनके पास जाकर बैठ गई, और फिर दोनों हाथ बढ़ाकर उसने आशु बाबू के मोटे और भारी हाथ को अपनी गोद में रख लिया।

आशु बाबू ने कमल से पूछा, "खा-पीके आई हो क्या?"

कमल ने सिर हिलाकर जवाब दिया, "नहीं।"

सुनके आशु बाबू ने एक छोटी-सी सांस ली, और कहा, "पूछने से लाभ ही क्या। यहां मैं तुम्हें खिला तो सकता नहीं।"

कमल मुसकरा के चुप रह गई।

21

बेला के मुंह की तरफ देखते हुए आशु बाबू ज़रा हंसे और फिर कहने लगे, "क्यों, वर्णन मेरा हुबहू मिल गया न? तुम मेरा मज़ाक उड़ा रही थीं, अब तो मान गईं न?"

महिला कुछ बोली नहीं, चुपचाप मुसकराती रहीं। आशु बाबू कमल का हाथ अपने हाथ में लेकर हिलाने-डुलाने लगे, और बोले, "इस लड़की को बाहर से देखकर जितना आश्चर्य होता है, भीतर से देखकर उससे कहीं ज़्यादा आश्चर्य से दंग रह जाना पड़ता है। क्यों हरेन, ठीक है न?"

हरेन्द्र चुप रहा; और कमल मुसकराती हुई बेला के मुंह की तरफ देखने लगी।

आशु बाबू गंभीर स्नेह के स्वर में बोले, "इतना तो मैं जानता

हूं कि अपने घर में मैं तुम्हें कुछ खिला-पिला नहीं सकता, पर यह तो बताओ कि अपने घर में तुमने आज क्या-क्या खाया है?"

"जो रोज़ खाया करती हूं वही, और क्या!"

"फिर भी सुनूं तो सही। बेला का खयाल था कि यह भी मैंने बहुत बढ़ा-चढ़ाके कहा है!"

कमल ने कहा,"यानी, मेरी अनुपस्थिति में मेरे विषय में बहुत-कुछ चर्चा हो चुकी है?"

आशु बाबू को स्वीकार करना पड़ा, "सो तो हुई है, इससे मैं मुकर कैसे सकता हूं?"

ठीक इसी समय चांदी की तश्तरी में एक छोटा-सा कार्ड लिए हुए बैरा आ गया। उस कार्ड की लिखावट पर निगाह पड़ते ही सबको आश्चर्य हुआ। इस घर में अजित एक दिन लड़के के समान माना जाता था, पर अब, आगरे में रहते हुए भी, वह यहां नहीं आता; और यही शायद स्वाभाविक है। उसके इस न आने की लज्जा और संकोच के कारण दोनों तरफ से ऐसा एक व्यवधान खड़ा हो गया है कि उसके अकस्मात् ही इस अप्रत्याशित आगमन से केवल आशु बाबू ही नहीं, बल्कि उपस्थित सभी चौंक-से पड़े। आशु बाबू के चेहरे पर उव्दोग की एक गहरी छाप-सी पड़ गई, उन्होंने बैरा से कह दिया, "उन्हें यहीं ले आओ!"

थोड़ी देर बाद अजित ने कमरे में प्रवेश किया। आशु बाबू के कमरे में एकसाथ इतने परिचित और अपरिचित जनों की उपस्थिति की कल्पना उसने नहीं की थी। आशु बाबू ने बिना किसी संकोच के ही कहा, "आओ अजित, बैठो। कहो, अच्छे तो हो?"

अजित ने सिर हिलाते हुए कहा, "जी हां। आपकी सेहत अब कैसी है?"

आशु बाबू बोले, "ठीक ही समझो, बीमारी तो अच्छी हो गई, पर कमज़ोरी कुछ ज़रूर है, सो धीरे-धीरे ठीक हो जाएगी।"

कुशल-क्षेम की वार्ता यहीं समाप्त हो गई। कमल न होती तो सम्भव था कि और भी दो-चार बातें होतीं; किन्तु कमल के सामने ज़्यादा कुछ कहने-सुनने का अजित को साहस न हुआ। दो-तीन

मिनट तक सब चुप रहे, फिर हरेन्द्र ने ही सबसे पहले बात शुरू की। वह बोला, "आप क्या यहां सीधे घर से चले आ रहे हैं?"

बात करने का सुयोग मिल जाने से अजित के जी में जी आ गया। उसने कहा, "नहीं, सीधा तो नहीं आ रहा, आपको तलाश करता हुआ कुछ घूम-फिरके ही आना पड़ा है।"

हरेन्द्र बोला, "मेरी तलाश में क्यों? कोई काम था?"

अजित ने कहा, "काम मुझे नहीं, और किसी सज्जन को था। राजेन्द्र की तलाश में दोपहर से वे चार चक्कर लगा चुके थे। मैंने उनसे बैठने को कहा था, पर वे बैठे नहीं, चले गए।"

हरेन्द्र शंकित हो उठा, बोला, "था कौन? देखने में कैसा था? उससे कह क्यों नहीं दिया कि वह यहां है नहीं?"

हरेन्द्र भीतर से बहुत उद्विग्न हो उठा था, अचानक उठ खड़ा हुआ और कमल को घर पहुंचाने का भार आशु बाबू पर छोड़-कर तुरंत वहां से चल दिया।

हरेन्द्र के चले जाने के बाद आशु बाबू कहने लगे,"कमल, राजेन को मैंने दो-तीन बार से ज़्यादा नहीं देखा—बगैर किसी संकट में पड़े वह कभी दिखाई ही नहीं देता, फिर भी मुझे ऐसा लगता है कि मैं उससे स्नेह करने लगा हूं। न जाने कौन-सी मूल्यवान वस्तु अपने साथ लिए फिरता है जिसे कहीं रखने की उसे जगह ही नहीं मिलती! पुलिस उसे सन्देह की निगाह से देखती है। अब देखो न, अचानक कहां गायब हो गया, किसीको कुछ पता ही नहीं!"

कमल पूछ बैठी, "अकस्मात् ही अगर आपको पता चल जाए कि वे किसी संकट में पड़ गए हैं, तो फिर आप क्या करेंगे?"

आशु बाबू बोले, "क्या करूंगा, इसका जवाब तो तभी दे सकता हूं, अभी क्या दूं? मेरी तो भगवान से यही प्रार्थना है कि उसपर कभी कोई संकट आए ही नहीं।"

बाहर से किसीने कुछ नहीं कहां, किन्तु भीतर से सभीने इस प्रार्थना में साथ दिया।

कमल ने पूछा, "आज नीलिमा को नहीं देख रही, क्या बात है? क्या काम-काज में बहुत व्यस्त हैं?"

आशु बाबू ने कहा, "काम-काजी तो वे हैं ही, बराबर किसी-न-किसी काम में लगी ही रहती हैं। मगर आज उनके सिर में बहुत ज़ोर का दर्द हो रहा है, इसलिए बिस्तर पर पड़ी हैं। मेरा तो खयाल है, तबीयत कुछ ज़्यादा ही खराब होगी, नहीं तो वे बिस्तर पर पड़नेवाली नहीं है।' कुछ देर चुप रहने के बाद वे फिर कहने लगे, "अविनाश से मेरा परिचय आगरे में ही हुआ था। उसके बाद तो मैं अकसर उनके घर जाने लगा था, और वे भी यहां आते रहते थे। ऐसी कोई उनसे बहुत दिनों की मित्रता नहीं थी। किन्तु फिर भी, आज मैं सोचता हूं, संसार में अपने-पराये का जो व्यवहार चल रहा है सो कितना बेमानी है, कुछ कहा नहीं जा सकता। सच पूछा जाए तो, इस संसार में अपना-पराया कोई नहीं। देखो कमल, असल बात मैं तुम्हें बताऊं, यहां यह कोई नहीं जानता कि इस संसार-महासागर के बहाव में पड़कर कौन कहां से बहता हुआ पास आ जाता है और कौन बहकर दूर चला जाता है। औरों की तो मैं कैसे कह सकता हूं, किन्तु मेरा अनुभव तो यही बताता है।"

एक बेला के सिवा दोनों ही समझ गए कि आशु बाबू ने आज यह बात किसे लक्ष्य करके और कितने दुःख से कही है। कुछ देर बाद मानो वे अपने मन में कहने लगे, "अब की इस बीमारी से उठने के बाद मुझे ऐसा लगने लगा है कि संसार की बहुत-सी चीज़ों ने मानो अपना रूप ही बदल दिया हो। मेरी समझ में नहीं आता कि यहां क्यों इतनी खींचातानी और बांधा-बांधी चल रही है, क्यों इतना भले-बुरे का वाद-विवाद किया जाता है! मनुष्य क्यों अपने चारों तरफ इतनी भूलों और धोखों का ढेर जमा करके स्वेच्छा से अन्धा बनता चला जा रहा है! अभी तो उसे युग-युग का सत्य ढूंढ़ निकालना है, उसके बाद वहीं वह वास्तविक अर्थों में मनुष्य हो सकेगा। ऐसा लगता है कि आनन्द नहीं बल्कि निरानन्द ही मानो मानव-सभ्यता का अन्तिम लक्ष्य बनता जा रहा है। मनुष्य की आज ऐसी दशा क्यों हो गई, कैसे हो गई, कोई बता सकता है कमल?"

कमल बड़े आश्चर्य से उनके चेहरे की तरफ देख रही थी सो देखती ही रह गई। ऐसी बात भी नहीं कि उनकी बातों का पूरा

तात्पर्य वह बिना किसी संशय के समझ रही हो; फिर भी उसे कुछ ऐसा लग रहा था कि कुहरे के भीतर किसी आगन्तुक का चेहरा अस्पष्ट-सा दीख रहा हो और उसके पदक्षेप का ताल बहुत परि-चित हो।

इसके बाद आशु बाबू स्वयं ही रुक गए; शायद कमल की विस्मित दृष्टि ने उन्हें अपनी तरफ से चेता दिया। वे बोल उठे, "तुमसे मुझे और भी बहुत-सी बातें करनी हैं कमल! फिर किसी दिन आओगी तब करूंगा।"

कमल ने कहा, "ज़रूर आऊंगी। तो आज जाऊं? क्यों, ठीक है न?"

आशु बाबू ने कहा, "अच्छा। गाड़ी नीचे खड़ी है, वासुदेव से कह रखा है, वह तुम्हें घर पहुंचा देगा। और अजित, तुम भी साथ चले जाओ न, वापस आते समय वासुदेव तुम्हें आश्रम में उतारता आएगा।"

दोनों के दोनों आशु बाबू और बेला को नमस्कार करके बाहर निकलने लगे-तो बेला भी उनके साथ हो ली। कमल और अजित जब गाड़ी में बैठ गए तब बेला ने कमल से बड़े अपनेपन के साथ कहा, "आज तो आपके साथ बातचीत करने का मौका नहीं मिला, पर अब की बार जब आप आएंगी तब में आपका छोड़ूंगी नहीं, याद रखिएगा!"

कमल ने सिर हिलाकर हंसते हुए कहा, "ज़रूर, ज़रूर, यह तो मेरा सौभाग्य है। पर एक बात का डर लगता है मुझे, मेरा पूरा परिचय पाने के बाद कहीं आपका मत न बदल जाए।"

गाड़ी में दोनों जने एक ही सीट पर बैठे। गाड़ी जब चौराहे के पास से गुज़रने लगी तो कमल बोली, "उस दिन भी ऐसी ही अंधि-रिया रात थी। याद है?"

"हां, याद है।"

"और उस रात का पागलपन?"

"वह भी याद है।"

"और मैं जो राज़ी हो गई थी, सो?"

अजित को हंसी आ गई, उसने कहा, "नहीं। लेकिन आपने जो व्यंग्य किया था सो याद है।"

कमल ने आश्चर्य प्रकट करते हुए कहा, "व्यंग्य किया था? नहीं तो!"

"नहीं तो क्या, ज़रूर किया था।"

"तो आपने गलत समझ लिया होगा। खैर अब छोड़िए, आज तो व्यंग्य नहीं कर रही? चलिए न, आज ही दोनों चले चलें।"

"धुत्, आप बड़ी वैसी हैं, हमेशा शरारत सूझा करती है आपको।"

कमल हंस दी। बोली, "इसमें भला शरारत की क्या बात हुई? अच्छा, आप ही बताइए, मुझ जैसी शान्त-सीधी स्त्री आपने और भी कहीं देखी है? अकस्मात् ही हुक्म किया आपने, 'कमल, चलो चलें', और झट से मैं राज़ी होकर बोली, 'चलिए'। क्या इसीका नाम शरारत है?"

"लेकिन वह तो महज़ एक मज़ाक था।"

कमल बोली, "अच्छा, मज़ाक ही सही। लेकिन एक बात तो बताइए, आज अचानक मुझसे ऐसा क्या कसूर बन गया जो 'तुम' छोड़कर आपने 'आप' कहना शुरू कर दिया? आप जानते हैं, इस समय मैं कितनी मुसीबत से दिन काट रही हूं? इधर तो मैं आप लोगों के कपड़े सी-सीके बड़ी मुश्किल से पेट पाल रही हूं, और उधर आपके पास रुपयों का ढेर लगा हुआ है। फिर भी, आपने क्या किसी दिन मेरी कोई खबर-सुध ली? अच्छा बताइए, मनोरमा अगर ऐसी मुसीबत में होती, तो क्या आप उसकी इस तरह उपेक्षा कर सकते थे?" इतना कहकर जैसे ही कमल ने अपना बायां हाथ अजित के हाथ पर रखा, वैसे ही वह चौंक पड़ा, और साथ ही उसका सारा शरीर सिहर उठा। उसके मुंह से अस्फुट स्वर में कोई बात निकलने ही वाली थी कि कमल अपना हाथ उठाकर चिल्ला उठी, "ड्राइवर, रोको-रोको, यहां पागलखाने की तरफ कहां

लिए जा रहे हो? गाड़ो घुमा लो। अंधेरे में किसीको कुछ खयाल ही नहीं रहा!"

गाड़ी घुमा ली गई। कुछ दूर चलने के बाद कमल ने ड्राइवर से फिर कहा, "यहां ज़रा रोकना तो।"

गाड़ी रोक दी गई। अजित ने दरवाज़ा खोल दिया। कमल सड़क पर उतर पड़ी, और उसके पीछे-पीछे अजित भी। कमल ने ड्राइवर से कहा, "अब तुम घर लौट जाओ, इन्हें जाने में अभी कुछ देर लगेगी।"

अजित ने धीरे से कहा, "फिर इतनी रात में मैं कैसे जाऊंगा, तांगा-वांगा तो कुछ मिलने से रहा!"

गाड़ी चली गई। अजित असमंजस में पड़कर कहने लगा, "मैं जानता हूं, सवारी का कोई इन्तज़ाम न हो सकेगा। ऐसे अंधेरे में सुनसान रास्ते से मुझे तीन-चार मील पैदल चलके ही जाना पड़ेगा। और, गाड़ी में मैं आसानी से घर पहुंच जाता।"

कमल ने कहा, "घर मानी 'आश्रम' तो? नहीं, नहीं जा सकते आज। आज मैं बिना खिलाए-पिलाए आपको उस आश्रम की अनिश्चितता में नहीं भेज सकती। चलिए, ऊपर चलिए।"

ऊपर रसोईघर में जाकर कमल ने उस दिन के उसी सुन्दर आसन को बिछाते हुए अजित से कहा, "आइए, बैठिए।"

सामान सब तैयार था। स्टोव जलाके कमल ने रसोई चढ़ा दी और फिर अजित के पास बैठकर बोली, "ऐसे ही और एक दिन की बात याद है?"

"भला यह भी कोई भूलने की बात है?"

"अच्छा, उस दिन और आज के दिन में कहां क्या-क्या अन्तर है, बता सकते हैं? बताइए तो जानूं?"

अजित इधर-उधर देखता हुआ याद करने की कोशिश करने लगा कि कहां क्या-क्या था।

कमल हंसती हुई बोली, "उधर सारी रात ढूंढ़ते रहेंगे तो भी नहीं बता सकेंगे। और किसी तरफ देखना होगा।"

"आखिर किधर देखूं, बताइए भी?"

"मेरी तरफ।"

मारे शरम के अजित सिकुड़-सा गया। धीरे से बोला, "मैंने एक दिन भी आपका चेहरा अच्छी तरह नहीं देखा। और सब लोग तो देखा करते थे, पर न जाने क्यों, मुझसे देखते नहीं बनता था!"

"औरों में और आपमें यहीं तो फर्क है। वे सब जो देखा करते ये उसकी वजह यह थी कि उनकी निगाह में मेरे प्रति सम्मान का भाव नहीं था।"

अजित चुप रहा। कमल कहने लगी, "मैंने यह निश्चय कर लिया था कि जैसे भी हो, मैं आपको खोज निकालूंगी। मुझे इस बात की कोई आशा ही नहीं थी कि आज आप आशु बाबू के घर मिल जाएंगे; किन्तु संयोग से जब आप मिल ही गए तो पूरा भरोसा हो गया कि मैं आपको पकड़ ही लाऊंगी। खाना खिलाना तो महज़ एक बहाना है, अब तो खाना खाने के बाद भी आपको छुट्टी नहीं मिलेगी। आज रात तो मैं आपको कहीं भी न जाने दूंगी, यहीं इसी कमरे में बन्द करके रखूंगी।"

"लेकिन इससे आपको लाभ क्या होगा?"

"लाभ-अलाभ की बात में आपको पीछे बताऊंगी। लेकिन आप जो मुझे 'आप' कहते हैं, उससे मेरे मन में बड़ी व्यथा होती है। पहले आप मुझे 'तुम' कहके बोला करते थे, सो मैंने उसके लिए आपसे प्रार्थना की थी क्या? अपनी इच्छा से ही बोला करते थे; फिर आज मुझसे ऐसा क्या कसूर हो गया जो उस मिठास से भी आपने मुझे वंचित कर दिया? मैं अगर रूठ के आपकी बात का कोई जवाब न दूं, तो उससे आप खुद ही कष्ट पाएंगे।"

अजित ने सिर हिलाते हुए कहा, 'हां, सो तो शायद पाऊंगा।"

कमल ने उसी वक्त जवाब दिया, " 'शायद' नहीं जी, निश्चित ही पाएंगे। आप आगरे आए थे मनोरमा के लिए। सो, वह जब इस तरह दूर चली गई तो सबने सोचा कि अब आप यहां एक क्षण भी नहीं रुकेंगे। सिर्फ मैं ही एक ऐसी थी जो निश्चित रूप से जानती थी कि आप यहां से नहीं जा सकेंगे। अच्छा, मैं आपसे एक बात पूछती हूं,

इस बात पर आप विश्वास करते हैं कि मैं आपसे प्रेम करती हूं?"

"नहीं, नहीं करता।"

"अजी, ज़रूर करते हैं। इसीलिए मैंने अपने मन में आपके खिलाफ बहुत-से मामले दर्ज कर रखे हैं।"

अजित को बड़ा कुतूहल हुआ, बोला, "बहुत-से मामले? बड़े ताज्जुब की बात है! एक-आध सुनाओ तो सही?"

"सुनाऊंगी, इसीलिए तो मैंने आज आपको जाने नहीं दिया। पहले मैं अपनी ही फरियाद सुनाती हूं। दूसरा कोई चारा न होने से ही मैं गरीबों के कपड़े सी-सीकर अपना गुज़ारा करती हूं, यहां तक तो मुझे सहन है। किन्तु, इसलिए कि मैं संकट में हूं, यह कैसे मुझसे सहा जा सकता है कि आपके भी कुरते सीकर मैं उनकी सिमाई लूं?"

"लेकिन, मुसीबत तो यह है कि तुम किसीका दान तो लेतीं नहीं।"

"नहीं, सो तो नहीं लेती; और तो क्या, आपका भी नहीं। पर, मैं पूछती हूं कि एक दान के सिवा क्या देने का कोई और रास्ता खुला ही नहीं था? आपने खुद आकर ज़बरदस्ती मुझसे क्यों नहीं कहा कि कमल, यह काम मैं तुम्हें हरगिज़ नहीं करने दूंगा। मैं उसका क्या जवाब देती, जानते हैं? दुर्दैव से आज यदि मेरी मेहनत-मजूरी करके गुज़ारा करने की शक्ति जाती रहे, तो क्या मैं आपके होते हुए भी दर-दर भीख मांगती फिरूंगी?"

व्यथित हृदय की वेदना-भरी इन बातों को सुनकर अजित अत्यन्त व्याकुल हो उठा, बोला, "ऐसा हरगिज़ नहीं हो सकता कमल, मेरे होते हुए ऐसा होना असम्भव है।"

कमल को ज़्यादा कुछ तो बनाना नहीं था। इसलिए खाना तैयार होने में देर नहीं लगी। कमल थाली परोसकर अजित के सामने बैठ गई।

खाना खाते-खाते अजित गम्भीर होकर कहने लगा, "तुम कुछ भी कहो कमल, इतना निश्चित है कि चाहे किसी के पास कितना ही रुपया क्यों न हो, तुम्हारी कमाई का अन्न हाथ पसारके खाए

बगैर कोई छुटकारा नहीं पा सकता। और तुम्हारे ठाट ऐसे कि न तुम किसी का लेती हो, न किसी का खाती हो! कोई सिर पटक-पटक के मर जाए तो भी नहीं!"

कमल हंसती हुई बोली, "आप खाते ही क्यों हैं? और फिर आपको सिर ही कब पटकना पड़ा है?"

"सिर पटकने की तबीयत तो कई बार हुई है, बस इतना ही मेरे लिए काफी है। रही खाने की बात, सो ज़बरदस्ती तुमसे में जीत नहीं पाता। मान लो, आज अगर मैं तुमसे कहूं कि कमल, आज से तुम्हारा सारा भार मैं अपने ऊपर ले रहा हूं, अब तुम्हें ये सब काम करने की कतई ज़रूरत नहीं, तो तुम झट से ऐसी कोई बात भी तो कह सकती हो जिससे मेरा मुंह ही बन्द हो जाए!"

"यह बात कभी कही भी थी आपने?"

"मेरा तो खयाल है, कही थी शायद!"

"और मैंने सुनी अनसुनी कर दी?"

"और नहीं तो क्या!"

"तो फिर आपने सुनने लायक तरीके से कही ही नहीं होगी, सुनती कहां से? या फिर मन-ही-मन कह ली होगी, मुंह से वह ज़ाहिर नहीं हुई।"

"अच्छा, मान लो, आज ही अगर कह दूं?"

"और मैं भी कह दूं कि नहीं?"

अजित हाथ का गस्सा थाली में रखता हुआ कहने लगा, "यही तो मुसीबत है मेरे लिए! तुम्हें समझ लेना कोई आसान काम नहीं। जिस दिन मैंने तुम्हें ताजमहल के सामने पहले-पहल देखा था, उस दिन भी तुम्हारी बातें जिस तरह मेरी समझ में नहीं आईं, वैसे ही आज भी तुम मेरे लिए रहस्य बनी हुई हो। अभी-अभी तुमने कहा था कि मेरा भार संभाल लो, फिर अभी की अभी तुम कह रही हो कि नहीं!"

कमल हंसने लगी। बोली, "आप भी मेरी तरह ज़रा कह दीजिए न, 'नहीं'! कह दीजिए न, कि 'आज तो खाया सो खाया, फिर कभी नहीं खाऊंगा', कहिए देखूं? कैसे आपकी बात रहती है,

सो भी देख लूं?"

"रहेगी कैसे? बिना खिलाए-पिलाए तुम मानोगी नहीं!"

अब की बार कमल नहीं हंसी, शान्त भाव से बोली, "आपके लिए मेरा भार उठाने का समय अभी नहीं आया; जिस दिन आएगा उस दिन मैं भी 'ना' नहीं कह सकूंगी। लीजिए, अब आप खा लीजिए। रात बढ़ती जा रही है।"

"मैं खा रहा हूं। मगर इतना तो बता दो कि वह दिन कब तक आएगा और आएगा भी या नहीं!"

"सो मैं कैसे बता सकती हूं? इसका जवाब तो किसी-न-किसी दिन स्वयं आपको ही खोज लेना होगा।"

"इतनी शक्ति मेरे अन्दर नहीं है। एक दिन मैंने बहुत खोजा था, किन्तु पल्ले कुछ नहीं पड़ा। जवाब तुमसे ही मिलेगा, इसी आशा से तो मैं हाथ पसारे बैठा हूं।"

इसके बाद कुछ देर तक दोनों के दोनों चुप रहे। फिर कमल ने ही मौन तोड़ते हुए पूछा, "इस घर के रहते हुए भी अकस्मात् आप हरेन्द्र के आश्रम में रहने क्यों पहुंचे?"

"कहीं-न-कहीं तो पहुंचना ही था। तुम तो जानती हो कि आगरा छोड़कर अन्यत्र कहीं जाने की मैं सोच ही नहीं सकता था।"

इसीसे तो मैं पूछ रही हूं कि यहां क्यों नहीं चले आए?"

"मान लो, अगर मैं चला आता, तो क्या सचमुच ही तुम जगह दे देतीं?"

"सचमुच तो आप आए नहीं, फिर सचमुच का जवाब मैं कैसे दे सकती हूं? खैर छोड़िए, मैं पूछती हूं, हरेन्द्र के आश्रम में तो त्यागी-ब्रह्मचारी ही रह सकते हैं, फिर आपने उनमें अपना नाम कैसे लिखा लिया? रूखी-सूखी से हम जैसों का काम तो चल भी सकता है, पर आपका निर्वाह वहां कैसे होता होगा, फिकर तो मुझ इस बात की है।"

"मालूम नहीं कैसे चल जाता है। पर लगता मुझे कुछ ऐसा ही है कि कहीं वही मेरी भावी जीवन की धारा न बन जाए।"

"भावी जीवन तो बनाए से बनता है। उसके लिए आश्रम में

रहने की सलाह आपको किसने दी? शायद हरेन्द्र ने दी होगी?"

"यदि दी भी हो, तो निष्पाप होकर ही दी है।"

कमल शायद बातचीत का सिलसिला बदल देने के लिए ही 'बोल उठी, "आप जीम चुके हों तो उठिए। चलिए, उस कमरे में जाकर बैठ जाइए।"

दूसरे कमरे में जाकर कमल ने अजित के लिए पलंग पर बिलकुल साफ-सुथरे और सुन्दर कपड़ों से बिस्तर कर दिया, और अपने लिए ज़मीन पर मामूली बिछौने बिछा लिए! फिर उठके बाहर जाते-जाते वह कह गई,"मैं अभी आई। आप कहीं सो मत जाइएगा, नहीं तो मैं झकझोरकर जगा दूंगी!"

"झकझोरने की नौबत नहीं आएगी कमल, नींद मेरी आंखों से कभी की बिना कहे-सुने उड़ गई है।"

"अच्छा, इसकी परीक्षा अभी हई जाती है।" कमल इतना कहकर काम निबटाने के लिए रसोई घर में चली गई।

सूने कमरे में कमल के हाथ से सजी स्वच्छ-सुन्दर सेज पर बैठकर अजित ने सहसा एक गहरी सांस ली और तकिये का सहारा लेकर पैर उठाके आराम से बैठ गया। हो सकता है कि गहरी सांस लेने का कोई खास कारण न हो, किन्तु उसमें 'अच्छा लगने' की थोड़ी-सी तृप्ति अवश्य थी। और कुछ कुतूहल भी हो तो आश्चर्य नहीं, किन्तु आग्रह का उत्ताप नहीं था।

अजित धनी घराने की सन्तान है और जन्म से ही विलास के परिवेश में इतना बड़ा हुआ है। यह दूसरी बात है कि इधर कुछ दिनों से हरेन्द्र के आश्रम में रहने के कारण उधर से उसका ध्यान हटकर साधना और आत्म-निग्रह की ओर झुकने लगा हो। अकस्मात् उसकी निगाह तकिये की खोली पर पड़ी तो उसने देखा कि उसके चारों कोनों पर पीले सूत से चन्द्रमल्लिका के छोटे-छोटे फूल कढ़े हुए हैं। फिर उसने देखा कि बिस्तर की सफेद झक चादर का एक कोना जो नीचे लटक रहा था, उसपर भी रंगीन रेशमी डोरे से कढ़ी किसी अज्ञात लता की तसवीर बनी हुई है। देखके अजित मुग्ध हुए बिना न रह सका। चादर के उस कोने को वह

हाथ से हिला रहा था कि इतने में कमल अपना काम निबटाकर कमरे में आ खड़ी हुई। अजित उसके चेहरे की तरफ देखता हुआ बोला, "वाह! कितनी सुन्दर बनाई है यह बेल! और तकिये की खोली के ये फूल। ये सब तुम्हारे अपने हाथ की कढ़ाई है?"

कमल हंस पड़ी। बोली, "यह खूब पूछा? अपने हाथ से न काढ़ती तो क्या कलकत्ते से कारीगर बुलाकर कढ़वाती? आपको चाहिए ऐसी चादर-खोली?"

"नहीं-नहीं, मुझे नहीं चाहिए। मैं क्या करूंगा?"

अजित की इस आकुल और सलज्ज अस्वीकृति पर कमल हंस पड़ी। बोली, "आश्रम में इनसे अपनी सेज सजाकर उसपर सोइएगा; और कोई पूछे तो कह दीजिएगा, कमल की भेंट है यह, रात-भर जगके उसने मेरे लिए यह कढ़ाई की है!"

"धुत्!"

"धुत् क्या जी? ये सब चीज़ें कोई अपने लिए थोड़े ही बनाता है। अपने प्रिय जनों के लिए ही बनाई जाती हैं ये चीज़ें। एक न एक दिन कोई न कोई आएगा ही, इसी आशा से उसीके लिए बनाके रख दी थीं, जो आज सुयोग्य पात्र के चरणों में भेंट कर दी गईं। समझे श्रीमान् आश्रमवासीजी! सवेरे जब श्रीमान् यहां से जाने लगेंगे, तब मैं अपनी यह भेंट श्रीमान् के करकमलों में समर्पित कर दूंगी।"

अब की बार अजित को भी हंसी आ गई, उसने कहा, "अच्छा कमल, तुमने क्या इस निरीह अजित को बिलकुल ही मूर्ख समझ रखा है?"

"क्यों भला?"

"क्या मैं इस बात पर विश्वास कर लूं कि ये चीज़ें तुमने मेरी याद करके ही बनाई है?"

"क्यों नहीं करेंगे?"

"इसलिए कि यह बात सच नहीं है।"

"मैं अगर सच-सच सब बता दूं, तब तो विश्वास करेंगे?"

"ज़रूर करूंगा।"

"तो सुनिए। यह उन दिनों का काम है जब कि राजेन्द्र आश्रम छोड़कर मेरे यहां आश्रय लेने नहीं आए थे। मेरी भी तब उन्हीं जैसी दशा थी। आप सबने मिलकर जब घृणा से मुझे दूर ही दूर रखना शुरू कर दिया, इस परदेश में जब किसीके पास जाकर खड़े होने का मेरे लिए कोई चारा ही नहीं रहा, तब का ही, उन गम्भीर दुःख के दिनों का ही यह काम है मेरा। शायद कभी मुझे इस बात का भान ही न होता कि उस दिन किसकी याद में यह कढ़ाई की थी। किन्तु आज आपके लिए बिस्तर बिछाते-बिछाते अकस्मात् ही ऐसा लगा कि नहीं-नहीं, इसपर नहीं—जिसपर कोई किसी दिन सो चुका है उसपर आपको मैं हरगिज़ नहीं सुला सकती। और उसी क्षण इन चीज़ों की मुझे याद आ गई, और तुरंत इन्हें निकालकर फिर से आपके लिए मैंने नई सेज की रचना कर डाली।"

अजित कुछ बोला नहीं, सिर्फ एक रंगीन आभा उसके चेहरे पर व्याप्त हो गई। कमल खुद भी थोड़ी देर तक चुप रही। फिर बोली, "इससे आज मुझे जैसा आनन्द मिला है वैसा आनन्द जीवन में शायद ही कभी मिला हो।"

"किन्तु इस आनन्द में कोई स्थायित्व नहीं, कमल!"

"न हो तो न सही। किन्तु, जो लोग इस डर से कि असली फूल जल्दी सूख जाते हैं, देर तक टिकने वाले नकली फूलों के गुच्छे बनाते और उन्हें प्रश्नी फूलदानियों में सजाके रखते हैं, उनके साथ मेरे मत का मेल नहीं बैठता। पहले भी मैं आपसे ठीक यही बात कह चुकी हूं कि किसी भी आनन्द में स्थायित्व नहीं होता। आनन्द को बांधने की कोशिश की नहीं कि वह मरा। यही बात विवाह पर भी लागू होती है। उसमें स्थायित्व तो है, पर आनन्द क्षणस्थायी ही है। गले में दुःसह स्थायित्व की मोटी रस्सी की फांस लगाकर वह आनन्द आत्महत्या करके मर मिटता है।"

कमल की बात सुनने के बाद कुछ देर तक अजित न जाने क्या-क्या सोचता रहा। फिर कहने लगा, "तुम्हारे आगे गर्व करना तो मैं ठीक नहीं समझता। पर तुमसे अब मैं कोई बात छिपाऊंगा

नहीं। ये लोग कहा करते हैं कि संसार में कामिनी-कांचन का त्याग ही पुरुष का सबसे बड़ा पुरुषार्थ है। कांचन मेरे हाथ में काफी है, उसकी मुझे अब कोई ख्वाहिश नहीं; किन्तु जब मैं यह सोचता हूं कि मुझे अपने जीवन में न तो कोई अपने सम्पूर्ण मन से प्यार करनेवाला मिला, और न मिलेगा, तब मेरा हृदय बिलकुल रस-हीन होकर भीतर ही भीतर व्यथित और पीड़ित होने लगता है।"

कमल हंसती हुई बोली, "सुनके बड़ी खुशी हुई कि आखिर आपके मन की व्यथा और पीड़ा को आश्रम की दवा अब तक दूर नहीं कर सकी है। और आगे कर सकेगी, इसमें पूरा सन्देह है। अच्छा, अब यह बताइए कि अपने इस महारोग के लिए आपने क्या फारमूला बनाया है? सूझी कोई रामबाण महौषधि?"

अजित कुछ देर तक कमल के मुंह की ओर गौर से देखता रहा; फिर अकस्मात् ही बोल उठा, "मुझे क्या लगता है, जानती हो कमल? लगता है कि तुम्हें पाना जितना सरल है, गंवा देना भी शायद उतना ही आसान है।"

"सो मैं जानती हूं।"

"यही तो मुश्किल है कमल! तुम्हें आज पा लेना ही तो सब-कुछ नहीं, किसी एक दिन अगर इसी तरह गंवा देना पड़ा, तब क्या होगा?"

कमल ने शान्त कण्ठ से कहा, "होगा क्या, कुछ भी नहीं। उस दिन गंवाना भी ऐसा ही सहज हो जाएगा। हां, इस बात की मैं गारण्टी लेती हूं कि जितने दिन पास रहूंगी, उतने दिन बराबर मैं आपको अपनी यही विद्या सिखाती रहूंगी।"

अजित मानो भीतर ही भीतर चौंक पड़ा। बोला, "विलायत में रहते हुए मैंने देखा है कि वहां वाले कितनी आसानी से, कितने मामूली कारणों से, हमेशा के लिए दाम्पत्य जीवन से विच्छिन्न हो जाया करते हैं। मन में विचार आता है कि क्या उनके मन में कहीं किसी तरह की चोट नहीं पहुंचती? और क्या यही प्रेम का परि-चय है?"

"अजित बाबू, बाहर से अखबारों में वह जितना सहज दिखाई

देता है, असल में वह उतना सहज नहीं है। किन्तु फिर भी, मैं तो यही कामना करती हूं कि नर-नारी का यही परिचय किसी दिन इस विश्व में प्रकाश और वायु के समान सहज और स्वाभाविक हो जाए।"

अजित चुपचाप कमल के मुंह की तरफ ताकता रह गया, कुछ बोला नहीं। उसके बाद कमल की तरफ पीठ करके बिस्तर पर लेटते ही उसकी आंखों में आंसू भर आए; क्यों, सो वही जाने।

कमल शायद ताड़ गई। तुरन्त उठके वह पलंग के सिरहाने के पास जा बैठी, और धीरे-धीरे उसके माथे पर हाथ फेरने लगी; किन्तु सांत्वना का एक शब्द भी उसके मुंह से नहीं निकला।

सामने की खुली हुई खिड़की में से दिखाई दिया, पूर्व का आकाश स्वच्छ होता जा रहा है।

"अजित बाबू, सोने का अब शायद समय नहीं रहा।"

"नहीं। अभी उठता हूं।" कहता हुआ अजित आंखें मलता हुआ उठके बैठ गया।

22

आशु बाबू ने इस सत्य को केवल बुद्धि से ही नहीं किन्तु मन से भी मान लिया है कि विधाता ने सुख-दुःख की सृष्टि संसार में केवल उन्हींके लिए नहीं की; वे तो अपने नियमानुसार ही सर्वत्र और सारे प्राणधारियों में व्याप्त हैं। इस ज्ञान-लाभ के लिए उन्हें किसी तरह की तपस्या नहीं करनी पड़ी, यह तो उनमें स्वाभाविक संस्कार के रूप में ही आया है। एक दिन, जबकि आकस्मिक स्त्री-वियोग से सारा संसार उनकी दृष्टि में बिलकुल नीरस और फीका दिखाई देने लगा था, ठीक वैसे ही आज जब उनकी स्नेह की एकमात्र पूंजी मनोरमा ने उनकी सम्पूर्ण आशाओं-आकांक्षाओं में आग लगा दी, तो फिर उन्हें सारा संसार नीरस और फीका तो दिखाई दिया, किन्तु वे उसके लिए सिर धुन-धुनकर रोने नहीं बैठे। ऐसे असाह्य दुःख और निराशा में भी न जाने कौन अत्यन्त परिचित कण्ठ से

बार-बार उनके कानों के पास आकर कहने लगा, 'संसार में ऐसा ही हुआ करता है, ऐसे अनेकानेक दुःख मनुष्य अनादि काल से सहता आया है और अनन्त काल तक सहता रहेगा। सुख-दुःख की इस चिरकालीन परम्परा में कोई नवीनता नहीं, केवल घटनाओं में ही नवीनता हो तो हो सकती है।'

अब तक उन्होंने स्पष्ट रूप से प्रकट तो नहीं किया, किन्तु ऐसा लगता है कि अब उनके आगरे में रहने के दिन खतम हो चुके हैं। सम्पूर्ण स्वस्थ होने के बाद, अकस्मात् एक दिन जैसे वे यहां आए थे वैसे ही अकस्मात् एक दिन चले भी जाएंगे।

आजकल शाम के वक्त अनेक पदाधिकारी बंगाली सज्जन उनसे मिलने आया करते हैं और कुशल-मंगल पूछ जाया करते हैं। आता नहीं तो एक अक्षय ही नहीं आता, सो भी इसलिए कि वह यहां है नहीं। महामारी के शुरू होते ही वह सपत्नीक देश चला गया था, और वहां बैठा-बैठा शायद बीमारी शान्त होने के समाचार की प्रतीक्षा कर रहा है। कमल भी नहीं आती। उस दिन जो आई थी उसके बाद फिर उसका आना नहीं हुआ।

आशु बाबू वैसे तो मजलिसी आदमी हैं, किन्तु फिर भी अब वे पहले की तरह मजलिस का आनन्द नहीं ले पाते। किसी दिन जो काम मनोरमा किया करती थी, अब वह काम रिश्तेदार होने से बेला किया करती है। आतिथ्य का काम भी उसीके ज़ुम्मे है। नीलिमा सबके सामने निकलती नहीं, किन्तु परदे को ओट में होते हुए भी उसकी सजग दृष्टि इस घर में सर्वत्र व्याप्त रहा करती है।

शीत ऋतु का पूर्वार्द्ध बीत चला है, किन्तु उसके बाद का जाड़ा उतना नहीं पड़ा जितना कि हमेशा पड़ा करता है। किन्तु आज सवेरे से ही वर्षा हो रही है। पहले तो मामूली होती रही, फिर शाम होते-होते खूब ज़ोर की होने लगी। लिहाज़ा, ऐसे मेह में बाहर से किसी के आने की कोई सम्भावना नहीं थी। आशु बाबू पैरों पर दुशाला डाले आरामकुरसी पर आराम कर रहे थे। बेला इस प्रदेश में होनेवाली बेवक्त की वर्षा पर अपनी विरक्ति प्रकट करती हुई अंगरेज़ी में कुछ बड़बड़ा रही थी। और नीलिमा पास

ही एक कुरसी पर बैठी कुछ सी रही थी।

इतने में अकस्मात् ही हरेन्द्र और अजित कमरे में आ धमके। दोनों के पास एक ही छतरी थी, लिहाज़ा दोनों के भीगने में कोई कसर बाकी नहीं रही थी। इन दोनों के अकस्मात् आ जाने से आशु बाबू के मानो चांद हाथ लग गया। उन्हें कतई भरोसा नहीं था कि आज के दिन भी कोई घर से निकल कर उनके यहां आ सकता है। वे आग्रह के साथ उठके बैठ गए, और स्वागत के स्वर में बोले, "आओ, आओ अजित, बैठो हरेन।"

खुली हुई खिड़की में से नीलिमा इन दोनों को आते हुए पहले ही देख चुकी थी। उनकी दयनीय हालत देखते ही वह चुपके से उठके इनके लिए कपड़े लाने भीतर चली गई थी।

बैठते ही हरेन ने पूछा, "भाभीजी कहां हैं?"

आशु बाबू ने कहा, "अभी तो थीं, शायद तुम लोगों के लिए सूखे कपड़े लाने भीतर चली गई हैं।"

इतने में परदा हटाती हुई नीलिमा कमरे में आ गई। उसके हाथ में दो धोतियां और एक कुरता था। अजित ने आश्चर्य के साथ पूछा, "यह क्या, आप ज्योतिष भी जानती हैं क्या?"

नीलिमा ने कहा, "ज्योतिष जानने की ज़रूरत नहीं थी अजित बाबू! मैंने खिड़की में से पहले ही आप लोगों की हालत देख ली थी। एक फटी-टूटी छतरी में जिस तरह आपस में एक-दूसरे की तकलीफ का खयाल रखते हुए दोनों के दोनों चले आ रहे थे, उस दृश्य को एक मैं ही क्यों, शहर-भर के लोगों ने देखा होगा।"

आशु बाबू आश्चर्य के साथ बोल उठे, "एक छतरी में दो-दो जने! और ऐसे ज़ोर के पानी में! तभी तो इतना भीगना पड़ा है।" और फिर वे ज़ोर से हंस पड़े।

नीलिमा ने व्यंग्य करते हुए कहा, "मुझे तो लगता है कि ये दोनों के दोनों समानाधिकारवाद के हिमायती हैं। इसीसे बेचारे छतरी का सही-सही बंटवारा करके मंज़िल तक पहुंचने का प्रयत्न करते चले आ रहे थे। खैर, शाबाशी तो पीछे देती रहूंगी, लो, पहले ये कपड़े बदल डालो।" कहते हुए उसने हरेन्द्र के हाथ में कपड़े

थमा दिए।

हरेन्द्र ने कपड़े सम्हालते हुए कहा, "ये धोतियां तो दो दे दी, लेकिन कुरता एक ही क्यों?"

नीलिमा ने कहा, "कुरता बहुत ज़्यादा बड़ा है लालाजी! एक से ही दोनों का काम चल जाएगा!" और फिर वह गम्भीर मुंह बनाके पास की कुरसी पर बैठ गई।

हरेन्द्र ने भी अपनी भाभी की तरह गम्भीर मुद्रा बनाते हुए कहा, "हूं! कुरता आशु बाबू का है! सो, इसमें दो ही क्यों, और भी कई समा सकते हैं! मगर तब इसे मच्छरदानी की तरह लटकाना पड़ेगा!"

बेला अब तक चुपचाप अनमनी-सी बैठी थी, और अब हरेन्द्र की बात सुनते ही हंसी न रोक सकने के कारण उठके बाहर चली गई; और नीलिमा खिड़की के बाहर देखती हुई हंसी छिपाने की कोशिश करने लगी।

आशु बाबू से भी न रहा गया तो वे बनावटी गाम्भीर्य के साथ कहने लगे, "बीमारी में बिस्तर पर पड़ा-पड़ा सूख के आधा रह गया हूं हरेन! अब तुम लोग टोका-टाकी करोगे तो और भी सूखके कांटा हो जाऊंगा! देखते नहीं इन भद्र महिलाओं की हालत! इन बेचारियों से सहा न गया तो, एक तो उठके बरामदे में चली गई, और दूसरी उदास होकर खिड़की में से आसमान का अंधेरा देखने लगी है!" इतना कहकर वे खुद ही ज़ोर से हंस पड़े।

हरेन्द्र बोल उठा, "टोका-टाकी नहीं की आशु बाबू! विराट की महिमा गाई है!"

नीलिमा हरेन्द्र की तरफ देखती हुई हंस दी। बोली, "बड़ों की महिमा गाने में तुम सिद्धहस्त हो, इसमें रंचमात्र भी सन्देह नहीं। किन्तु आज तुम्हें नियम में थोड़ा परिवर्तन करना पड़ेगा। आज छोटों की खुशामद किए बिना सबके भाग्य में मिष्टान्न की जगह छूंछा पानी भी मिल जाए तो बहुत समझो!"

हरेन्द्र बोला, "तो शुरू कर दूं क्या?"

नीलिमा ने कहा, "अभी नहीं। पहले कपड़े बदल डालो बगल

वाले कमरे में जाकर, मैं दूसरे कुरते भेजे देती हूं।"

हरेन्द्र बोला, "कपड़े बदलने के बाद क्या होगा?"

नीलिमा ने हंसते हुए कहा, "फिर कोशिश करके देखूंगी कि आगन्तुक जनों के भाग्य से कहीं कुछ खाने-पीने की चीज़ मिलती है या नहीं!"

हरेन्द्र ने कहा, "कोशिश नहीं करनी पड़ेगी भाभी, अन्नपूर्णा हो तुम, जहां भी हाथ पड़ेगा वहां भरा ही भरा मिलेगा।···चलो अजित, अब कोई चिन्ता की बात नहीं। हम लोग तब तक निश्चिन्त होकर कपड़े बदल डालें।" कहता हुआ वह अजित को हाथ पकड़के बगल के कमरे में खींच ले गया।

23

नाश्ता-पानी करने के बाद सब आशु बाबू के कमरे में आ जमे। हरेन्द्र ने नीलिमा से कहा, "भाभीजी, हमारे आश्रम पर कमल बहुत नाराज़ हैं, सो तो तुम जानती ही हो?"

नोलिमा ने सिर हिलाते हुए कहा, "हां, सो तो मालूम है। अब भी उनका वैसा ही रुख है क्या?"

हरेन्द्र ने कहा, "हां, बल्कि उससे भी ज़्यादा कड़ा हो गया है। वैराग्य, ब्रह्मचर्य, यहां तक कि ईश्वर के प्रति भी उनका रुख कम कड़ा नहीं है; और इसीलिए शायद हमारा आश्रम उन्हें देखे नहीं सुहाता। उसपर मज़े की बात तो यह है कि खुद उनमें ही ऐसा कठोर संयम, नीरव मिताचार और निःशंक सहिष्णुता मौजूद है कि देखके दंग रह जाना पड़ता है। आपको शिवनाथ का मामला तो याद होगा, आशु बाबू? उनसे हमारा नाता ही क्या था, बताइए? फिर भी उनकी तरफ से होनेवाले अन्याय-प्रत्याचार को हम लोग सह नहीं सके, और उन्हें समुचित दण्ड देने के लिए हमारे मन में आग जल उठी। किन्तु कमल का रुख देखिए, वे उसी वक्त मेरे प्रस्ताव के विरुद्ध कहने लगी, "नहीं-नहीं, ऐसा हरगिज़ न कीजिएगा। उससे मेरा इतना बड़ा अपमान होगा कि मैं उसे सह

न सकूंगी।' उनका उस दिन का चेहरा मुझे स्पष्ट याद है। इसका मतलब तो यही हुआ कि जिससे उन्होंने प्रेम किया है उसके प्रति वे किसी दिन निर्ममता की कल्पना ही न कर सकी!"

"आशु बाबू ने एक गहरी सांस ली, और गम्भीर स्वर में कहा, "यह तो बहुत ऊंचे मनोभाव की बात है। मनुष्य को किसी भी कारण से अपने ऊंचे स्तर से नहीं गिरना चाहिए।"

हरेन्द्र कहने लगा, "आपकी कसौटी सही हो सकती है, और है भी शायद। किन्तु मनुष्य सामाजिक प्राणी है, उसके लिए मनोभाव का स्तर ही एकमात्र स्तर नहीं हो सकता, सामाजिक रीति-पद्धति और न्याय-विचार का स्तर भी विचारणीय होना चाहिए।"

आशु बाबू ने कहा, "तुम्हारा कहना भी समाज-व्यवस्था की दृष्टि से बिलकुल ठीक है। किन्तु कमल के सामने तुम्हारा दण्ड देने का प्रस्ताव मेरी समझ से शायद कठोर और अपमानजनक ही होगा, इसीलिए उसे वह सह न सकी होगी।"

हरेन्द्र बोला, "सो तो मैं तभी समझ गया था उनकी मुखाकृति देखकर। किन्तु इससे क्या! किसी एक व्यक्ति के पीछे समष्टि के नियम तो नहीं तोड़े जा सकते?"

आशु बाबू बोले, "देखो हरेन, एक तरह से यह अच्छा ही हुआ जो वह पाखंडी यहां से अपने-आप ही चला गया। किन्तु कमल के बारे में हमें पूरी सहानुभूति के साथ विचार करना चाहिए।"

हरेन्द्र ने कहा, "सो तो मैं करता ही हूं। हां, कभी-कभी मुझसे इसका व्यतिक्रम ज़रूर हो जाता है, और वह तभी होता है जब उनके मत के साथ मेरे मत का ज़बरदस्त टकराव हो जाता है। वैसे तो उनके प्रति मेरे मन में काफी श्रद्धा-सम्मान है। मैं आपको बताऊं, जहां एक तरफ उनके मन में विद्रोह की भावना सदा जाग्रत् रहती है, वहीं दूसरी तरफ उनका मन मोह-ममता से परिपूर्ण भी रहता है। इस मामले में एक भाभीजी ही उनसे जीत सकती हैं, और तो किसी में मैंने ऐसा मन पाया नहीं। सेवा में ऐसी समझिए जैसे साक्षात् लक्ष्मी!"

नीलिमा हंसती हुई बोली, "लालाजी, तुम पहले जनम में

शायद किसी राजरानी के भाट होगे, इसीसे वह संस्कार इस जनम में भी तुमसे छूट नहीं रहा है। मेरी राय से तो तुम्हें अब कालेज के लड़कों से मगज़ न मारके किसी खुशामदपसन्द राजरानी की टोह लगानी चाहिए। मैं सच कहती हूं, बड़े आराम में रहोगे।"

सुनते ही एकसाथ सबके-सब ठहाका मारके हंस पड़े।

24

दस-बारह दिन हुए होंगे, कमल आगरा छोड़कर कहीं बाहर चली गई है; और इधर आशु बाबू उसके बिना बेचैन हो रहे हैं। कारण, वे समझते हैं कि कमल का इस समय आगरे में रहना उनकी सुख शान्ति के लिए आवश्यक था! उससे बातचीत करके सचमुच ही उनका मन अपना दुःख भूलके नई दुनिया में विचरण करने लगता है। वैसे तो कमल का अभाव थोड़ा-बहुत सभीको अखर रहा था, किन्तु उद्वेग के काले बादल सबसे ज़्यादा हरेन्द्र के ब्रह्मचर्या-श्रम के सिर पर मंडरा रहे थे। ब्रह्मचारी हरेन्द्र और उसके संगी अजित व्याकुलता की होड़ में ऐसे सूखने लगे कि जैसे उनके जीवन का रस ही सूख के अमचूर हुआ जा रहा हो। आखिर एक दिन उन लोगों ने कमल का पता लगा ही लिया। घटना बहुत मामूली ही थी। चाय-बागान का कमल का एक घनिष्ठ परिचित फिरंगी साहब वहां का काम छोड़कर टुण्डला में रेलवे की नौकरी करने आया था। उसके दो ढाई साल की लड़की थी, जिसकी मां मर चुकी थी। अपनी परेशानी दूर करने के लिए कमल को वह टुण्डला ले गया था; ताकि कुछ दिन रहकर वह उसकी घर-गृहस्थी को ठीक कर जाए। इस काम में कमल को वहां कुछ दिन ज़्यादा लग गए। आज सवेरे वह घर लौटी है; और खबर पाते ही उसे लेने के लिए आशु बाबू ने मोटर भेज दी है। तब से आशु बाबू बैठे-बैठे उसीकी बाट देख रहे हैं।

सिलाई का काम करते-करते नीलिमा अचानक बोल उठी, "उस आदमी के स्त्री नहीं है, एक नन्ही-सी लड़की के सिवा दूसरी

कोई औरत भी नहीं है। फिर भी कमल ने उसके घर दस-बारह दिन आसानी से काट दिए। आश्चर्य है!"

आशु बाबू मुड़कर उसकी तरफ देखने लगे, किन्तु कुछ बोले नहीं। शायद वे समझ नहीं सके कि नीलिमा के इस मन्तव्य का मतलब क्या है।

नीलिमा फिर कहने लगी, "कमल तो ऐसी लगती है जैसे नदी की मछली हो, पानी में रहते हुए भी भीगने न भीगने का उसके लिए कोई सवाल ही नहीं पैदा होता। खाने-पहनने की भी उसे कोई चिन्ता नहीं, बिलकुल स्वाधीन है।"

आशु बाबू ने सिर हिलाते हुए कहा, "बात तो कुछ ऐसी ही है।"

नीलिमा ने कहा, "उसके रूप-योवन की भी कोई हद नहीं, बुद्धि भी खूब है! देखिए न, उस राजेन्द्र के साथ उसका कै दिन का परिचय था, लेकिन फिर भी उपद्रव के डर से जब उसे कहीं भी जगह नहीं मिली, तो उसे भी कमल ने बगैर किसी हिचक के अपने घर बुला लिया। अपने कर्तव्य-कार्य में किसी तरह की बाधा को वह मानती ही नहीं। मैंने जब यह सुना तो मुझे तो ऐसा लगा जैसे और सब स्त्रियां उसके आगे बौनी हो गई हैं। ऐसा कोई काम करने से पहले दूसरी स्त्रियों को न जाने कितना आगा-पीछा सोचना पड़ता है। और कमल उसे चुटकियों में कर गुज़रती है।"

आशु बाबू ने कहा, "आगा-पीछा तो सोचना ही पड़ता है नीलिमा!"

बेला बोली, "हम भी चाहें तो वैसी ही लापरवाह और स्वाधीन बन सकती हैं।"

नीलिमा ने दृढ़ता के साथ कहा, "नहीं, नहीं बन सकतीं। मैं भी नहीं बन सकती, और आप भी नहीं। उसकी वजह यह कि दुनिया हमपर जो स्याही पोत देगी उसे धो-पोंछकर साफ कर डालने की सामर्थ्य हममें नहीं है।"

बेला ने उसकी बात का कोई जवाब नहीं दिया। वह चुप बैठी उसके मुंह की ओर देखती रही। नीलिमा फिर कहने लगी, "देखिए,

स्त्रियों की मुक्ति और उनके लिए स्वाधीनता की मांग तो आजकल सभी स्त्री-पुरुषों की ज़बान पर है, किन्तु ज़बान से आगे वह एक कदम भी बढ़ती नहीं दिखाई पड़ती। आखिर ऐसा क्यों होता है, जानती हैं? असल बात यह है कि स्वाधीनता विचार-गोष्ठी में बैठकर विचार करते रहने से नहीं मिलती, धर्म और न्याय की दुहाई देने से भी नहीं मिलती, सभा-समितियों की बैठकों में जाकर पुरुषों के साथ वाद-विवाद करने से भी नहीं मिल सकती। वास्तव में देखा जाए तो स्वाधीनता जैसी चीज़ कोई किसीको दे ही नहीं सकता, देने-लेने की चीज़ ही नहीं वह। कमल को देखिए, उसे देखते ही दीख जाता है कि स्वाधीनता हमारी अपनी पूर्णता से, आत्मा के निजी विस्तार से, अपने-आप ही आती है। अण्डे के छिलके को बाहर से तोड़कर भीतर के जीव को मुक्ति देने से वह मुक्ति नहीं पाता, बल्कि मर जाता है। हम लोगों के साथ यहीं पर उनका पार्थक्य है। इसीलिए मैं कह रही थी कि हम जैसी स्वाधीन नहीं बन सकतीं।"

बेला फिर भी चुप बनी रही। नीलिमा ने फिर कहना शुरू कर दिया, "अभी जो वह दस-बारह दिन के लिए कहीं चली गई थी, उससे हम सभीको डर लगा हुआ था कि न जाने उसका क्या हुआ। किन्तु इस बात की आशंका किसी के मन में नहीं उत्पन्न हुई कि वह ऐसा भी कोई काम कर सकती है जिससे उसकी इज़्ज़त पर बट्टा लगे। बताइए, उसकी जगह अगर हम जैसी कोई होती, तो कैसे किसीके मन में इतना बड़ा विश्वास का बल बना पातीं? ऐसा करने भी कौन देता? न पुरुष देते, न स्त्रियां ही।"

आशु बाबू अब तक बड़े ध्यान से नीलिमा की बातें सुन रहे थे। सोच रहे थे कि नीलिमा को आज हो क्या गया है? इससे पहले उन्होंने नीलिमा के मुंह से ऐसी तर्कसंगत और तथ्यपूर्ण बातें कभी नहीं सुनी थीं। आज सुनी तो आश्चर्य से वे दंग रह गए। वे अत्यन्त सन्तोष के साथ धीर-गम्भीर कण्ठ से बोले, "वास्तव में तुम्हारा कहना बिलकुल सत्य और युक्तिसंगत है नीलिमा!"

बेला ने प्रश्न उठाया, "किन्तु उसका पति होता तो वह क्या

करती?"

नीलिमा ने तुरन्त जवाब दिया, "उसकी सेवा करती, खाना बनाके खिलाती, घर का सारा का सारा काम-काज करती, बच्चे होते तो उनका पालन-पोषण करती, और क्या करती? अभी तो वह अकेली है, और रुपये-पैसे से भी बहुत ज़्यादा तंग है; नहीं तो, उस हालत में जबकि घर में उसके पति और बाल बच्चे होते तो मेरा तो खयाल है कि समय की कमी से वह हम लोगों से मिलने-जुलने भी न आ पाती।"

बेला बोली, "तब फिर?"

नीलिमा 'तब फिर क्या' कहकर हंस दी। बोली, "घर का काम-काज कुछ करें नहीं, तंगी की शिकायत कुछ हो नहीं, बढ़िया-बढ़िया कपड़े पहनके हर दम सैर-सपाटा करती फिरें, क्या यही स्त्रियों की स्वाधीनता का मानदण्ड होना चाहिए? स्वयं विधाता भी बिना काम के फालतू वक्त नहीं खोते, बराबर किसी-न-किसी काम में लगे ही रहते हैं, तो क्या उन्हें हम पराधीन समझ लें?"

आशु बाबू गम्भीर विस्मय के साथ मुग्ध दृष्टि से नीलिमा के मुंह की तरफ देखते और खुश होते रहे।

नीलिमा कहने लगी, "कमल बैठी रहना तो जानती ही नहीं। तब वह अपनी भरी-पूरी घर-गृहस्थी में ऐसी तल्लीन रहती कि आनन्द की जलधारा की तरह घर-गृहस्थी उसके माथे पर बही चली जाती और उसका उसे कुछ पता भी न पड़ पाता। लेकिन जिस दिन उसे ऐसा लगता कि पति का काम बोझ बनकर उसके सिर पर लद गया है उस दिन, मैं सौगन्ध खाकर कह सकती हूं कि उस दिन, उसे वहां कोई एक क्षण के लिए भी पकड़के न रख सकता।"

आशु बाबू धीरे से बोले, "हां, सो तो है ही। उसका स्वभाव ही ऐसा है।"

इतने में परिचित मोटर का हार्न सुनाई दिया। बेला ने खिड़की से झांककर देखा कि अपनी ही गाड़ी है।

थोड़ी देर बाद नौकर बत्ती रखने आया, ओर खबर दे गया

कि कमल आई हैं।

इधर कई दिनों से आशु बाबू उसकी प्रतीक्षा कर रहे थे। किन्तु अब ऐसा लगा कि मानो भीतर से वे कुछ असन्तुष्ट हैं। अभी-अभी वे अपनी आरामकुरसी पर सीधे बैठे थे और अब वे पीठ टेक के लेट गए।

कमरे में आकर कमल ने सबको नमस्कार किया, और फिर वह आशु बाबू के पास पड़ी कुरसी पर बैठ गई। बोली, "मैंने सुना है कि आपको मेरे बारे में बहुत चिन्ता हो रही थी। मैं ऐसा जानती तो ज़रूर आपको सब बात कहके जाती।" यह कहते हुए उसने आशु बाबू का शिथिल हाथ खींचकर बड़ी ममता के साथ अपने हाथ पर रख लिया। किन्तु आशु बाबू न तो उससे कुछ बोले और न उन्होंने मुंह उठाकर उसकी तरफ देखा ही।

कमल ने सोचा कि उनके बिलकुल स्वस्थ होने के पहले ही वह जो बिना कुछ कहे-सुने बाहर चली गई, इसीसे वे उससे रूठे हुए हैं। तब फिर उसने उनकी मोटी-मोटी उंगलियों में अपनी पतली-पतली कोमल उंगलियां उलझाते हुए कान के पास मुंह करके चुपके से कहा, "मुझसे गलती हो गई, मैं माफी मांगती हूं, मुझे माफ कर दो।" इतने पर भी जब वे रूठे ही रहे तो कमल को बड़ा आश्चर्य हुआ, और साथ ही वह कुछ डर भी गई कि उससे ऐसा क्या कसूर हो गया जो इतने नाराज़ हो गए?

बेला बाहर जाने के लिए कदम बढ़ा चुकी थी, कमल के आ जाने पर वह ठिठक के खड़ी हो गई, और विनय के साथ बोली, "मुझे अगर यह मालूम होता कि आज आप आएंगी, तो मैं मालिनी का निमंत्रण स्वीकार नहीं करती, पर अब तो न जाने से उन सबको बड़ी निराशा होगी। क्या किया जाए, बताइए?"

कमल ने पूछा, "मालिनी कौन?"

नीलिमा ने जवाब दिया,"यहां के मजिस्ट्रेट साहब की पत्नी हैं वे। उनका नाम शायद तुम्हें याद नहीं रहा!" और फिर वह बेला से बोली, "आपका तो वहां जाना ज़रूरी है। आपके न जाने से वहां की गाने की मजलिस बिलकुल मिट्टी हो जाएगी।"

बेला कहने लगी, "नहीं-नहीं, ऐसी कोई बात नहीं। पर हां, उन लोगों को रंज ज़रूर होगा। अच्छा तो, चलती हूं, नमस्कार।" और वह चली गई।

नीलिमा से रहा न गया, तो वह बोल उठी, "चलो अच्छा ही हुआ। नहीं तो सब बातें खुलासा कहने-सुनने में हिचकिचाहट बनी रहती। अच्छा कमल, अब कहो, इतने दिन तक क्यों गायब रहीं? और सब लोग तो तुम्हें ढूंढ़ निकालने की कोशिश कर रहे थे, पर मैं कर रही थी तपस्या तुम्हें पाने के लिए।"

नीलिमा ने कह तो दिया, किन्तु तपस्या का शुष्क गाम्भीर्य वह अपने चेहरे पर न ला सकी। कमल हंसती हुई पूछ उठी, "आखिर मेरे इस सौभाग्य का कारण? मैं तो सबकी तरफ से परित्यक्ता हूं जीजी, शिष्ट समाज के लोग तो मुझे मन से बिलकुल चाहते ही नहीं!"

कमल का यह 'जीजी' सम्बोधन बिलकुल नया था; उसकी मिठास से नीलिमा का हृदय भर आया। किन्तु वह कुछ बोली नहीं, चुप रही।

आशु बाबू से अब नहीं रहा गया। वे अचानक कमल के चेहरे की तरफ देखते हुए बोल उठे, "शिष्ट समाज आवश्यक समझेगा तो इसका जवाब वही देता रहेगा; लेकिन मुझे जहां तक मालूम है, मैं कह सकता हूं कि तुम्हारे जीवन में अगर वास्तव में तुम्हें किसीने चाहा है, तो एक नीलिमा ने ही चाहा है। इतना स्नेह-प्यार तुम्हें शायद ही किसीसे मिला होगा कमल!"

कमल ने कहा, "सो मैं जानती हूं चाचाजी!"

नीलिमा जल्दी से उठ खड़ी हुई। इसलिए नहीं कि उसे किसी काम से जाना था, बल्कि इसलिए कि जब कभी उसके विषय में कुछ कहा जाता है, तब वह संकुचित हो उठती है। प्रसंग को मोड़ देने के लिए वह कहने लगी, "कमल, आज तुम्हें दो खबरें सुनानी हैं।"

कमल उसके मनोभाव को समझ गई। उसने तुरन्त जवाब दिया, "अच्छी बात है, सुनाइए।"

नीलिमा ने आशु बाबू की तरफ इशारा करते हुए कहा, "ये शरम के मारे तुमसे मुंह छिपाए बैठे हैं, इसलिए मेरे ऊपर ही भार आ पड़ा है सुनाने का। मनोरमा के साथ शिवनाथ का विवाह होना तय हो गया है। दोनों के पत्र आए हैं, जिनमें पिता और भावी श्वसुर महोदय की अनुमति और आशीर्वाद की प्रार्थना की गई है।"

सुनते ही कमल का चेहरा फक पड़ गया। किन्तु दूसरे ही क्षण उसने अपने को संयत करते हुए कहा, "इसमें इनके लिए लज्जा की क्या बात है?"

नीलिमा ने कहा, "उनमें से एक इनकी कन्या जो है! जब से इन्हें पत्र मिले हैं तब से रह-रहकर इनके मुंह से केवल एक ही बात निकलती रहती है कि आगरे में इतने आदमी मर गए, भगवान ने मुझपर दया क्यों नहीं की? मुश्किल तो यह है कि एक मेरे सिवा अपनी व्यथा का हाल यह और किसीसे कह नहीं सके हैं, इसीसे दिन-रात सिर्फ तुम्हींको पुकार रहे हैं। शायद इनके मन में यह धारणा बैठ गई है कि केवल तुम ही इन्हें परित्राण का मार्ग बता सकती हो।"

कमल ने झुकके देखा कि आशु बाबू की मिची हुई आंखों के किनारों से आंसू ढलक रहे हैं। अपने आंचल से उन आंसुओं को धीरे से पोंछकर वह खुद भी स्तब्ध हुई बैठी रही।

फिर बहुत देर बाद उसने नीलिमा से पूछा, "एक खबर तो यह हुई, और दूसरी?"

नीलिमा ने पहले तो परिहास के तौर पर बात करनी चाही, किन्तु कोई तुक न बैठा पाई तो फिर उसे साधारण ढंग से ही कहना पड़ा, "दूसरी खबर यह है कि हमारे प्रोफेसर साहब के घरवाले उनकी सेहत के बारे में बहुत चिन्तित रहा करते थे, सो अब उनके भाई और भौजाई ने मिलकर उनका ब्याह करा दिया है। सुनने में आया है कि अब उनकी तन्दुरुस्ती काफी सुधर गई है, और जल्दी ही वे यहां आकर सबको आश्चर्यचकित करनेवाले हैं। हालांकि यह संवाद जीजाजी की तरफ से सीधा मेरे पास नहीं आया, फिर भी मैं

कह सकती हूं कि संवाद भरोसे का है।" और फिर वह हंसने लगी, किन्तु उस हंसी में कौतुक नहीं था।

कमल ने कहा, "तो यों कहिए कि दोनों ही ब्याह की खबरें हैं। एक हो गया है और दूसरे की तैयारियां चल रही हैं। किन्तु इसमें मेरी पुकार क्यों हुई? दोनों में से कोई भी तो मेरे रोके रुक नहीं सकता था!"

नीलिमा ने कहा, "लेकिन, शायद रुकवाने की कल्पना करके ही ये तुम्हारे लिए व्याकुल हो रहे थे!" और फिर क्षण-भर चुप रहकर कहने लगी, "लेकिन मैंने तुम्हारे लिए कोई पुकार नहीं की बहन, मैं तो काय-मन से भगवान से यही चाह रही थी कि भेंट होने पर मैं तुम्हारी प्रसन्न दृष्टि देख सकूं। इस देश में स्त्री होकर जन्म लेने के बाद भाग्य को दोष देने चलूं तो कहीं कोई किनारा ही ढूंढ़े न मिलेगा। अपनी बुद्धि के दोष से सुसराल और पीहर दोनों ही खो चुकी हूं, उसपर और जो भारी हानि उठाई है उसे तो कहकर कभी पूरा नहीं किया जा सकता बहन! और अब देख लो, बहनोई का आश्रय भी जाता दिखाई दे रहा है।" इसके बाद वह आशु बाबू की तरफ इशारा करती हुई कहने लगी, "इनके हृदय में तो करुणा का स्रोत सदा से बहता आया है और सदा बहता रहेगा। सो अब देखो, ऐसे सदाशिव सदानन्द आदमी के लिए भी भगवान ने सरल-सीधा रास्ता नहीं छोड़ा, उसपर भी कांटे बिछवा दिए! यह सब कुछ होते हुए भी, जितने दिन ये यहां हैं, किसी तरह मेरे दिन कट ही जाएंगे। किन्तु उसके बाद तो मुझे अन्धकार के सिवा और कुछ दिखाई नहीं दे रहा। अब तो सोच लिया है कि तुम्हीं से जगह देने को कहूंगी मिल गई तो ठीक, न मिली तो मर जाऊंगी। और क्या?"

कमल उसके मुंह की तरफ देखकर हंस दी।

"हंसी कैसे?"

"इसलिए कि हंसना जवाब देने की अपेक्षा सहज है।"

"सो मैं जानती हूं। पर, आजकल तुम बीच-बीच में न जाने कहां गायब हो जाया करती हो! डर तो इसी बात का है।"

"होती रहूं गायब, इससे क्या? ज़रूरत पड़ने पर आपको कहीं भी मुझे ढूंढ़ने नहीं जाना पड़ेगा जीजी! मैं ही आपको ढूंढने के लिए सारे देश की खाक छान डालूंगी। मेरी तरफ से तो आप जीवन-भर निश्चिन्त रह सकती हैं।"

आशु बाबू से अब न रहा गया, वे करुण स्वर में कहने लगे, "अब इसी तरह मुझे भी अभय दो कमल! तुम्हारे अभय-दान से मैं भी नीलिमा की तरह निश्चिन्त हो जाऊंगा बेटी!"

"आप तो मुझे केवल आदेश देते रहिए, बस। आपके लिए मैं कुछ उठा नहीं रखूंगी चाचाजी! आपकी सेवा करने से बढ़कर मेरे जीवन की सार्थकता भला और क्या हो सकती है?"

कमल की बात सुनकर आशु बाबू का हृदय भर आया। वे बोले, "तुम्हें और कुछ नहीं करना होगा कमल, जो कुछ करना होगा मैं खुद ही करूंगा। मुझे तो तुम इतना उपदेश देती रहो कि पिता के कर्तव्य के विरुद्ध मैं कोई अपराध न कर बैठूं। सुनो कमल, इस विवाह के विषय में मैं अपनी अनुमति न देकर चुप बैठ जाऊंगा, इसकी तो कल्पना ही नहीं की जा सकती; मैं इसे किसी तरह होने भी नहीं दे सकता।"

कमल ने कहा, "राय आपकी है, और आपके अधीन भी है, उसका देना न देना आपके हाथ की बात है, राय आप मत दीजिए; किन्तु ब्याह नहीं होने देंगे, सो कैसे सम्भव हो सकता है! मैं मानती हूं कि लड़की आपकी है और आपकी ही रहेगी, किन्तु उसकी उमर तो आपके हाथ के दायरे से दूर निकल गई है। ऐसी हालत में···"
आशु बाबू अपनी उत्तेजना को दबा न सके। कारण, उनके मन में भी यह बात घुमड़ रही थी कि अस्वीकार करने का कोई उपाय ही नहीं। वे बीच में ही बोल उठे, "सो मैं जानता हूं कमल! किन्तु लड़की को भी मालूम होना चाहिए कि उमर में चाहे वह कितनी ही बड़ी क्यों न हो जाए, पर बाप से बड़ा हरगिज़ नहीं हुआ जा सकता। केवल मतामत ही मेरा अपना नहीं कमल, सम्पत्ति भी मेरी अपनी है! आशु गुप्त की कमज़ोरी के परिचय का ही सबको अभ्यास हो गया है, पर उसका एक दूसरा पहलू भी है, उसे लोग भूल गए हैं।"

कमल उनके मुंह की तरफ देखने लगी, फिर स्निग्ध कण्ठ से बोली, "आपके उस पहलू को लोग भूले ही रहें तो अच्छा है चाचाजी! किन्तु यदि ऐसा न हो, तो क्या उसका परिचय आप सबसे पहले अपनी सन्तान को ही देना चाहेंगे?"

"हां, ज़रूर। उच्छृंखल सन्तान को उसका परिचय मिलना ही चाहिए कमल!" इतना कहने के बाद क्षण-भर वे चुप रहे, फिर कहने लगे, "वह मेरी मातृहीन एकमात्र सन्तान है। किस-किस तरह मैंने उसे इतना बड़ा किया है। किस-किस ढंग से मैंने उसे गढ़के तैयार किया है। इस बात को वे ही जानते हैं जिन्होंने पितृहृदय की सृष्टि की है। मेरी व्यथा कितनी मर्मभेदी है सो मैं ही जानता हूं या जानते हैं विधाता। किन्तु पिता के अन्दर सिर्फ स्नेह या मोह-ममता ही नहीं होती कमल, उसमें कर्तव्य का बोध भी होता है। शिवनाथ को मैं पहचान गया हूं। उसके सर्वनाशी ग्रास से लड़की को बचाने का इसके सिवा और कोई रास्ता ही मेरी नज़र में नहीं आता। कल ही में उन्हें साफ-साफ लिख दूंगा कि उसके बाद फिर मनोरमा मुझसे एक कौड़ी की भी उम्मीद न रक्खे।"

"अगर उस चिट्ठी पर वे विश्वास न करें? सोच लें कि आपको यह गुस्सा ज़्यादा दिन नहीं रहेगा, तब?"

"तब वे उसका फल भोगेंगे। लिखने का दायित्व मेरा है, विश्वास-अविश्वास करने की ज़िम्मेदारी उनपर है।"

"यही क्या आपका अन्तिम फैसला है?"

"हां।"

कमल चुप हो गई। उसकी चुप्पी से आशु बाबू का मन व्याकुल हो उठा। उन्होंने कहा, "चुप क्यों रह गईं कमल? जवाब दो?"

"आपने तो कोई प्रश्न नहीं किया, फिर जवाब काहे का दूं?"

"प्रश्न नहीं किया तो क्या हुआ? कुछ तो···"

"कुछ कहने से तो काम नहीं चलेगा। समस्या का समाधान करने का उपाय ढूंढ़ना होगा।"

"मुझे तो इसके सिवा और कोई समाधान नहीं सूझ रहा। पिता के लिए सन्तान के प्रति कठोर होना कितना कठिन है, सो तो

पिता ही जानता है। फिर भी मैंने जो इतना कठोर संकल्प किया है वह केवल इसीलिए कि उसे भयंकर भूल से बचाया जा सके। तुम क्या मेरी बात को ठीक से समझ नहीं सकी हो?"

"समझ तो सकी हूं; किन्तु अगर आपकी बात न मानकर वह भयंकर भूल ही कर बैठे, तो उसका भयंकर दुःख भी तो उसीको भोगना पड़ेगा। यदि उसे उस दुःख से बचाने का आपके पास कोई चारा ही न हो, तो क्या आप गुस्से में आकर उसके दुःख के बोझ को हज़ार गुना बढ़ा देना चाहेंगे?"

आशु बाबू विह्वल दृष्टि से कमल के मुंह की तरफ देखते रह गए। देखते-देखते उनकी आंखों से आंसू टपकने लगे। आस्तीन से आंसू पोंछते हुए वे कहने लगे, "लौटने का रास्ता अभी ही है कमल, बाद में नहीं रहेगा। पति को छोड़कर जो लौटना है, भगवान करें वह मुझे अपनी आंखों से न देखना पड़े।"

आशु बाबू के इस मत से कमल सहमत नहीं हो सकती थी, किन्तु उनकी मौजूदा मानसिक स्थिति देखकर कमल इतनी निर्मम न हो सकी कि बहस करना शुरू कर दे। वह बिना कुछ बोले चुप-चाप बैठी रही। कमल को इस तरह मौन रहते देख आशु बाबू समझ गए कि वह इस विषय में किसी तरह का वाद-विवाद नहीं करना चाहती।

नीलिमा अब तक चुपचाप बैठी इन दोनों की बातें सुन रही थी। किसी भी बात में उसने योग नहीं दिया। किन्तु अब उससे न रहा गया, उसने कहा, "कमल, मैं सब बातें तो तुम्हारी समझ नहीं पाई, और न समझने का दम ही भर सकती हूं; किन्तु क्या सन्तान को इतनी स्वाधीनता देना किसी पिता के लिए सम्भव हो सकता है? किसी भयंकर भूल का कितना भयंकर परिणाम हो सकता है, इस भविष्य को क्या वयोवृद्ध अनुभवी पिता कन्या से कम सम-झता है? ऐसे प्रश्न जो मेरे मन में उठ रहे हैं उनका समाधान कैसे हो सकता है, सो बताओ?"

कमल ने कहा, "बहन, यहां समाधान का सवाल इतना ज़रूरी नहीं है जितना पिता की मर्मव्यथा का है। इसलिए मैं तो समझती

हूं, इस बहस को आगे न बढ़ाना ही ठीक है। हृदय का विषय ऐसा नहीं जो बाहर से उसका सही इलाज किया जा सके।" और फिर क्षण-भर बाद ही वह उठ खड़ी हुई। बोली, "अब आज्ञा दीजिए चाचाजी!"

आशु बाबू व्याकुल कण्ठ से बोले, "जाओ मत कमल, और ज़रा बैठो।"

कमल बैठ गई। उसके दो-तीन मिनट बाद ही आशु बाबू सहसा चौंककर कहने लगे, "कमल, तुम्हारी बातें मैं अच्छी तरह समझने के लिए फिर एक बार विचार कर देखूंगा, और मेरी बातों पर तुम भी अच्छी तरह विचार कर देखना। शायद तब कोई समाधान का रास्ता निकल आए!"

कमल ने उठकर नमस्कार किया। आशु बाबू ने थके हुए स्वर में कहा, "अच्छा जाओ आज। लेकिन कल गाड़ी भेजने पर आना ज़रूर। जाओ, नीचे तुम्हारे लिए गाड़ी खड़ी है, पहुंचा आएगी।"

कमल चली गई।

25

जाड़े के छोटे दिन ठहरे, सूरज डूबने में देर नहीं लगती। शाम की छाया ने कमरे के भीतर के उजाले को धुंधला कर दिया है। कमल के हाथ में एक ज़रूरी काम है सिलाई का, जिसे वह दिआ-बत्ती के पहले ही पूरा कर देना चाहती है। पास की कुरसी पर अजित बैठा है। उसके चेहरे के भाव से ऐसा लग रहा है कि कोई बात कहते-कहते वह अकस्मात् रुक गया है और अब व्याकुल आग्रह के साथ कमल के उत्तर की प्रतीक्षा कर रहा है।

मनोरमा और शिवनाथ के सम्बन्ध की बात सबको मालूम हो गई है। इन दोनों की आज की बातचीत उसी प्रसंग को लेकर चल रही है। अजित ने कहा, "आश्चर्य तो मुझे इस बात का है कि शिवनाथ का आचरण तुम्हारी दृष्टि में पकड़ाई ही नहीं दिया!"

कमल ने बिना सिर उठाए ही कह दिया, "नहीं।"

"तुम ऐसी भोली-भाली हो जो तुम्हें कुछ सन्देह ही नहीं हुआ? आश्चर्य है! इसपर भला कैसे कोई विश्वास कर सकता है?"

"और कोई कर सकता है या नहीं, सो मैं नहीं जानती; किन्तु, क्या आप भी नहीं कर सकते?"

"शायद कर सकता हूं, लेकिन तुम्हारा मुंह देखकर,ऐसे नहीं।"

अब की बार कमल ने अपना मुंह ऊपर उठाया और हंसते हुए कहा, "तो लीजिए, देखिए और कहिए कि कर सकते हैं या नहीं?"

अजित की आंखें चमक उठीं, उसने कहा, "तुम्हारी बात सच है कमल! उसपर विश्वास नहीं किया, उसीका यह फल हुआ।"

"हुआ है, सो मैं मानती हूं। किन्तु आप इतना तो खुलासा करके बताइए कि खुद आपने अपने सन्देह का फल किस हद तक और कितना पाया?" इतना कहकर कमल फिर हंस दी, और अपने काम में तल्लीन हो गई।

इसके बाद फिर तो अजित सम्बद्ध-असम्बद्ध बहुत-सी बातें बड़ी देर तक लगातार कहता चला गया; और अन्त में थककर कहने लगा, "कभी 'हां' तो कभी 'ना'! पहेली बुझाने के सिवा क्या तुम सीधी बात करना जानती ही नहीं?"

कमल ने हाथ का काम पूरा करते हुए जवाब दिया, "हम स्त्रियां पहेली बुझाना ही पसन्द करती हैं। हम लोगों का स्वभाव ही ऐसा है।"

"तो ऐसे स्वभाव की मैं तारीफ नहीं कर सकता। स्पष्ट कहना भी ज़रा सीखो। उसके बगैर दुनिया का काम नहीं चलता।"

"तो आप भी पहेली समझना ज़रा सीख लीजिए। नहीं तो दूसरे पक्ष को भी ऐसी ही असुविधा होती है जैसी आपको।" कमल ने अपने इधर-उधर की सब चीज़ें टोकरी में रखते हुए कहा, "अच्छा, ज़रा आप बैठिए, मैं बत्ती जला लाऊं।" और वह जल्दी से उठके बगल के कमरे में चली गई।

चार-पांच मिनट बाद कमल बत्ती लेकर वापस आई और उसे टेबल पर रखकर अजित के सामने ज़मीन पर बैठ गई।

अजित ने कहा, "तुम्हारे वक्ता, लेखक और नाटककार, इनमें

से मैं कोई भी नहीं हूं, अतएव उनकी तरफ से मैं कोई कैफियत नहीं दे सकता। किन्तु जब वे प्रेम करते हैं तब क्या करते हैं, सो मैं ज़रूर जानता हूं। वे शैव विवाह का कूट-कौशल नहीं रचते, इसके विपरीत वे साफ-सीधी और जानी हुई राह पर कदम बढ़ाते हुए चलते हैं। वे इस बात का भी ध्यान रखते हैं कि उनके पीछे घरवालों को कहीं खाने-पहनने का कष्ट न उठाना पड़े, आश्रय आने के लिए किसी मकान-मालिक का मुंह न ताकना पड़े, अनादर-असम्मान की चोट···"

कमल बीच में ही टोकती हुई कहने लगी, "बस-बस, हो गया, अब रहने दीजिए!" और कहते-कहते हंस दी। बोली, "आपके कहने का मतलब यह कि वे शुरू से आखिर तक इमारत को इतने भयंकर रूप से ठोस और पुख्ता बना देते हैं कि वह कब्र की शक्ल अख्तियार कर लेती है, जिसमें ज़िन्दा आदमी के लिए सांस लेने को कोई सुराख तक नहीं छोड़ा जाता।"

26

एक सप्ताह बाद कमल आशु बाबू के घर उनसे मिलने पहुंची। जिन लोगों को लेकर यह कहानी चल रही है उन लोगों के जीवन में इन्हीं कई दिनों में एक उलट-फेर हो गया है। आशु बाबू की कोठी पर दरबान हाज़िर नहीं है। नीचे वाले बरामदे में कई मेज़ें और कुरसियां पड़ी रहती थीं, दीवारों पर नामी आदमियों के चित्र टंगे रहते थे, किन्तु आज उन सबका कहीं चिह्न तक नहीं दिखाई देता। कहने का मतलब यह कि अब ऐसा नहीं लगता कि उस कोठी में कोई रहता भी है। इतना ही अनुमान लगाया जा सकता है कि या तो मकान-मालिक कोठी छोड़कर कहीं चले गए हैं या आजकल में जानेवाले हैं।

कमल उनकी मानसिक स्थिति को अच्छी तरह समझ गई, इसलिए उसने कतई बहस नहीं की; वह धीरे से कुरसी खींचके उनके पास बैठ गई। आशु बाबू अपना दाहिना हाथ कमल के हाथ

पर रखते हुए कहने लगे, "अब की बार तो सचमुच ही मेरे जाने की बारी आ गई बेटी! कल-परसों तक यहां से चला जाऊंगा। बूढ़ा हो चुका हूं, पककर टपकने में अब देर नहीं। मालूम नहीं अब कब तुमसे भेंट होगी, और होगी भी या नहीं सो कौन कह सकता है! पर, इतना तुम मुझे भरोसा दो कि मुझे कभी भूलोगी नहीं, कभी बुलाऊं तो आ जाओगी?"

कमल का हृदय विगलित हो उठा। बोली, "नहीं, कभी नहीं भूलूंगी चाचाजी! और, भेंट भी होगी फिर कभी। याद करते ही मुझे आप अपने पास पाइएगा। आपको अपनी थैली सूनी लग रही है, पर मैंने अपनी थैली शून्यों से नहीं भर रक्खी, उसमें आप सचमुच की चीज़ पाएंगे चाचाजी माया नहीं पाएंगे।"

आशु बाबू ने कमल की बात का कोई जवाब नहीं दिया, पर वे अपने मन में समझ गए कि लड़की ने रंचमात्र भी झूठ नहीं कहा।

कमल कहने लगी, "हालांकि बाहर सब सुनसान-सा ही दिखाई दिया था, पर मैं ठीक समझ गई कि आप यहां हैं ज़रूर। किन्तु आपका मन यहां से विदा हो गया है, इसलिए अब आपको पकड़के नहीं रखा जा सकता। कहां जाएंगे चाचाजी, कलकत्ता?"

आशु बाबू धीरे से सिर हिलाते हुए बोले, "नहीं, वहां जाने की मैं नहीं सोच रहा। अब की बार कहीं दूर जाने का विचार है। मैं अपने पुराने मित्रों को वचन दे आया था कि अगर ज़िन्दा रहा, तो फिर कभी आकर मिलूंगा। मच्छा, तुम्हें यहां तो कोई काम नहीं कमल; चलोगी बेटी, मेरे साथ विलायत? अगर वहां से मैं कभी वापस न आ सका, तो तुम्हारे मुंह से यहां कोई खबर तो सुन ही लेगा।"

इस 'कोई' का उद्दिष्ट कौन है, सो कमल को समझने में देर नहीं लगी; किन्तु इस अस्पष्टता को सुस्पष्ट कर देना भी उसने उचित नहीं समझा।

आशु बाबू कहने लगे, "डर की कोई बात नहीं बेटी! इस बूढ़े की सेवा तुम्हें नहीं करनी पड़ेगी। अब इस अकर्मण्य शरीर का

मूल्य ही क्या है? मगर यह कौन जानता था कि इस मांसपिण्ड को लेकर भी समस्या कभी जटिल हो सकती है? भीतर से मुझे ऐसा लग रहा है कि मारे लज्जा के मैं ज़मीन में गड़ा जा रहा हूं। पर, इस दुनिया में आश्चर्य करने की कोई बात नहीं बेटी, यहां सब कुछ सम्भव है।"

कमल को अकस्मात् ही नीलिमा का खयाल आ गया और वह उसी क्षण चौंककर पूछ उठी, "आज नीलिमा जीजी को नहीं देख रही हूं चाचाजी! कहां हैं वे?"

आशु बाबू ने जवाब दिया, "अपने कमरे में होगी। कल सवेरे से ही नहीं दिखाई दे रही। सुना है, हरेन्द्र आकर उसे अपने घर ले जाएगा।"

"आश्रम में?"

"आश्रम अब नहीं रहा। गिनती के चार-पांच लड़के रह गए हैं, उन्हें नहीं जाने दिया हरेन्द्र ने। उनके मां-बाप या नाते-रिश्तेदार कहीं कोई भी नहीं हैं, सो हरेन्द्र चाहता है कि वह उन्हें अपने आदर्श के अनुकूल नये ढंग से तैयार करेगा। तुमने सुना नहीं शायद? और सुनतीं भी किससे? सबने यहां आना-जाना ही छोड़ दिया है।" इतना कहने के बाद आशु बाबू कुछ देर के लिए चुप हो गए, फिर कहने लगे, "परसों शाम को, और सब लोगों के चले जाने के बाद, अपनी अधूरी चिट्ठी पूरी करके मैं नीलिमा को सुनाने लगा था। कई दिनों से वह कुछ अनमनी-सी रहती थी, और दिखाई भी कम दिया करती थी। चिट्ठी थी अपने कलकत्ते के मैनेजर के नाम। मैंने उसमें लिखा था कि मेरे विलायत जाने की जल्द से जल्द व्यवस्था की जाए। साथ में अपने आखिरी वसीयत नामे का मसौदा भी लिख भेजा था, ताकि अटर्नी से ठीक करवाकर मेरे हस्ताक्षर के लिए वापस भेज सकें। और भी बहुत-सी बातें थीं उसमें। नीलिमा कोई सिलाई का काम कर रही थी। उसकी तरफ से भला-बुरा कुछ भी उत्तर न पाकर मैं उसकी तरफ देखने लगा तो देखता ही रह गया कि उसके हाथ का कपड़ा नीचे पड़ा है, सिर पीछे पड़ी चौकी पर लुढ़क पड़ा है, आंखें बन्द हैं और चेहरा सफेद

पड़ गया है। अचानक उसे यह क्या हो गया, मेरी कुछ समझ में न आया; मैं घबरा-सा गया। उठके एक गिलास में पानी ले आया और उसके मुंह पर छींटे देने लगा। पंखा था नहीं, एक अखबार उठाकर उससे हवा करने लगा। नौकर को पुकारना चाहा, पर मारे आशंका के मुंह से आवाज़ ही नहीं निकली। शायद दो-तीन मिनट उसकी ऐसी हालत रही, फिर उसने आंखें खोलीं और झिझकती हुई उठके बैठ गई। फिर एकाएक उसका सारा शरीर कांप उठा, और दूसरे ही क्षण वह औंधी होकर मेरी गोद में मुंह छिपाकर ज़ोर-ज़ोर से रोने लगी! मैं तो दंग रह गया। उसका यह कैसा रूप! मेरी कुछ समझ में न आया। देर तक उसका यही हाल रहा। अन्त में बड़ी मुश्किल से मैंने उसे उठाकर बिठा दिया। कितने ही दिनों की कितनी ही बातें और कितनी ही घटनाएं मुझे याद आ गईं। फिर मुझे समझते में देर नहीं लगी, मैं सब समझ गया।"

कमल चुपचाप बैठी उनके मुंह की तरफ देखती रह गई।

इतने में आशु बाबू ने अपने को कुछ सम्हाला, और फिर कहना शुरू कर दिया, "यह हालत दो-तीन मिनट तक रही होगी। और फिर, मेरे यह सोचने के पहले ही कि ऐसी हालत में मुझे क्या करना चाहिए, वह एकाएक झट से उठकर कमरे से बाहर निकल गई। मेरी तरफ एक बार देखा तक नहीं, न कुछ बोली ही। मैं भी भौचक्का-सा रह गया, आखिर यह हुआ तो हुआ क्या! उसके बाद वह फिर मेरे सामने नहीं आई।"

कमल ने पूछा, "यह क्या पहले आप कुछ समझ नहीं पाए थे?"

आशु बाबू ने जवाब दिया, "नहीं, बिलकुल नहीं। ऐसा तो मैंने कभी सपने में भी नहीं सोचा था। और कोई दूसरा होता तो सन्देह करता कि यह महज़ एक छल है, स्वार्थ है। किन्तु उसके बारे में ऐसा सोचना भी अपराध है। आश्चर्य है! स्त्रियों का मन इतना आश्चर्यजनक हो सकता है, यह किसे मालूम था! इससे बढ़कर संसार में और क्या अश्चर्य की बात हो सकती है कि मेरा यह रोगातुर शरीर, ऐसा उदास भोर अवसन्न मन, जीवन की यह

ढलती हुई शाम, जिनकी एक कानी-कौड़ी भी कीमत नहीं, उसपर भी किसी सुन्दरी युवती का मन आकृष्ट हो सकता है! किन्तु फिर भी यह सच है, झूठ नहीं!" इतना कहने के बाद वह सदाचारी प्रौढ़ आदमी मर्मवेदना और लज्जा से क्षुब्ध हो उठा, आगे और कुछ बोला न गया, सिर्फ एक गहरी सांस लेकर स्तब्ध हुआ बैठा रहा।

बहुत देर बाद आशु बाबू फिर कहने लगे, "मगर इतना मैं निश्चित जानता हूं कि वह बुद्धिमती नारी मुझसे किसी भी वस्तु की प्रत्याशा नहीं करती। वह चाहती है केवल मेरी सेवा करना, और वह भी सिर्फ इसलिए कि सेवा की कमी से मेरे जीवन के बाकी दिन कहीं कष्ट में न बीतें। बस।"

कमल को चुप रहते देख आशु बाबू ने बेला को बात छेड़ दी, "देखो कमल, बेला ने विवाह-विच्छेद का जब मामला चलाया था तब मैंने उसमें अपनी सम्मति दे दी थी। बातों ही बातों में उस दिन जब यह प्रसंग उठ खड़ा हुआ तो नीलिमा को बेला पर बहुत गुस्सा आया, और उस दिन के बाद से तो बेला उसके लिए असह्य हो उठी। अपने पति को सबके आगे लज्जित और अपमानित करने की इस तरह की बदले की भावना को नीलिमा कतई पसन्द नहीं करती। तब उसने एक बात और कही थी। कहा था कि यह कैसा आत्म-सम्मान का भाव कि जिसे असम्मान के साथ अलग कर दिया, उसीसे अपने खाने-पहनने का खरचा हाथ पसारके लिया जाए? पति से बदला लेने से तो गले में फांसी लगाके मर जाना अच्छा है। तब मुझे उसकी बात बेजा मालूम हुई थी; किन्तु आज सोचता हूं कि प्रेम क्या नहीं कर सकता! रूप, यौवन, सम्पदा, सम्मान, ये सब कुछ नहीं कमल, क्षमा ही प्रेम की वास्तविक आत्मा है। जहां क्षमा नहीं वहां प्रेम केवल एक विडम्बना है।"

कमल आशु बाबू के चेहरे की तरफ देखती रही, कुछ बोली नहीं।

आशु बाबू कहते गए, "कमल, आदर्श उसने तुम्हींको बनाया मालूम होता है; किन्तु ऐसा लगता है कि जैसे चांद की चांदनी

सूरज की किरणों से भी बढ़ गई हो। तुमसे उसे जो कुछ मिला उसको उसने न जाने कितने मनोरस के माधुर्य में भिगोकर अपने चारों तरफ बखेर लिया है जिसका खुद उसीको होश नहीं रहा! ऐसा लगता है कि जैसे मैंने इन दो ही दिनों में दो वर्ष की चिन्ता-धारा में गोते लगा लिए हों! अपनी स्त्री का प्रेम मैंने पाया था; उसका स्वाद अब भी मैं नहीं भूला; उसका स्वरूप में अच्छी तरह जानता हूं। परन्तु, इस नवीन तत्त्व ने कि नारी के प्रेम का वह सिर्फ एक ही पहलू था, अचानक ही आज मुझे आच्छन्न-सा कर दिया है।"

कमल समझ गई कि आशु बाबू के मन में पत्नी-प्रेम ने अपनी सुदीर्घ छाया से जिन दिशाओं में अंधेरा कर रखा था वे ही दिशाएं आज धीरे-धीरे प्रकाशमय होती जा रही हैं।

आशु बाबू कहते गए, "देखो कमल, यह अच्छा ही हुआ कि मनोरमा को मैंने क्षमा कर दिया। पिता के अभिमान को अब मैं सन्तान पर आंखें लाल न करने दूंगा। मैं खूब अच्छी तरह जानता हूं कि उसे दुःख उठाना ही पड़ेगा, उससे बचने का कोई रास्ता ही नहीं। संसार के विधिबद्ध शासन से वह छुटकारा नहीं पा सकती। हालांकि इस सम्बन्ध में मैं अपनी तरफ से अनुमति तो नहीं दे सकूंगा, किन्तु जाते समय इतना आशीर्वाद तो उसके लिए छोड़ ही जाऊंगा कि भविष्य के उस दुःख में से वह फिर किसी दिन अपने को खोजके पा ले। उसकी भूल-भ्रान्ति जो कुछ भी हो, उसका विचार भगवान करेंगे और उनका विचार सुविचार ही होगा।" कहते-कहते उनका गला भारी हो आया; और फिर वे चुप होकर आरामकुरसी की पीठ का सहारा लेकर लेट गए।

कुछ क्षण इसी तरह नीरवता में बीत गए। कमल उनके मोटे हाथ पर अपना हाथ फेर रही थी। बहुत देर यों ही बीत जाने के बाद उसने मृदु-मन्द कण्ठ से पूछा, "चाचाजी, नीलिमा जीजी के बारे में आपने क्या निर्णय किया?"

सुनते ही आशु बाबू झट से सीधे होकर बैठ गए। ऐसे जैसे कि उन्हें किसीने बांह पकड़ के उठा दिया हो। कहने लगे, "देखो बेटी,

मैं तुम्हें पहले भी नहीं समझा सका हूं और अब भी नहीं समझा सकूंगा, और अब तो शायद उतना समर्थ भी नहीं रहा। किन्तु इतना मैं ज़रूर कहूंगा कि ऐसा संशय मेरे मन में कभी नहीं आया कि एकनिष्ठ प्रेम का आदर्श मनुष्य का सच्चा आदर्श नहीं है। नीलिमा के प्रेम पर मैं सन्देह नहीं करता; किन्तु एक तरफ जैसे वह सत्य है वैसे ही दूसरी तरफ उसे अस्वीकार करना भी मेरे लिए वैसा ही सत्य है। किसी भी दृष्टि से इसे मैं निष्फल आत्म-वंचना नहीं कह सकता। तर्क से भले ही इसका मेल न खाए, पर यह सर्वथा सत्य है कि निष्फलता के मार्ग से गुज़रता हुआ ही मनुष्य आगे बढ़ता रहेगा। यह मैं नहीं जानता कि जाते-जाते वह कहां जाएगा, किन्तु जाएगा अवश्य। इसी नीलिमा को ही ले लो, किसी भी पुरुष के लिए जो नारी अमूल्य सम्पदा हो सकती है उसके लिए कहीं भी खड़े होने तक की जगह नहीं। उसकी जो यह व्यर्थता है वह मेरे जीवन के बाकी दिनों को बराबर शूल की तरह चुभती रहेगी। इसीसे मन में विचार उठता है कि अगर वह ऐसे किसी पुरुष से प्रेम करती जो उसे व्यर्थता से बचाकर सार्थकता की ओर ले जाता, तो कितना अच्छा होता! यह उसकी कितनी ज़बरदस्त भूल है, बताओ?"

कमल ने कहा, "भूल-सुधार के दिन तो अभी उसके समाप्त नहीं हो गए, चाचाजी।"

"सो कैसे? तुम क्या यह समझती हो कि अब वह फिर किसीसे प्रेम कर सकती है?"

"न कर सके, पर कम से कम असम्भव तो नहीं कहा जा सकता। क्या आपने कभी इस बात की भी कल्पना की थी कि आपके जीवन में कभी ऐसी घटना हो सकती है जो अब अकस्मात् ही हो गई?"

"किन्तु नीलिमा? उस जैसी स्त्री?"

"सो मैं नहीं जानती। किन्तु अब मेरे मन में सवाल उठता है कि उसके लिए क्या आप यही कामना करेंगे कि जिसको उसने पाया नहीं, और कभी पा भी नहीं सकती, उसीके स्मरण में वह

अपना सारा जीवन निराशा में बिता दे?"

"नहीं, ऐसी कामना मैं कभी न करूंगा। पर मुश्किल तो यह है कि मेरी बात तुम समझोगी नहीं कमल! मैं जो कर सकता हूं सो तुम नहीं कर सकतीं। सत्य का मूलगत संस्कार मेरे और तुम्हारे जीवन का एक-सा नहीं है; बिलकुल भिन्न ही नहीं बल्कि उलटा कहा जाए तो कोई अत्युक्ति न होगी। इस वर्तमान जीवन को ही जिन लोगों ने मानवात्मा की सबसे बड़ी और एकमात्र उपलब्धि समझ रखा है उनके लिए भविष्य में प्राप्त होनेवाली उपलब्धि की प्रतीक्षा में दिन काटना मुश्किल है, ऐसे लोग तो आजन्म भोग की आखिरी बूंद तक इसी जीवन में पी लेना चाहेंगे; किन्तु हम जन्मान्तर माननेवाले ठहरे, प्रतीक्षा करने का समय हमारे लिए अनन्त है। उसमें औंधे पड़कर निरन्तर पीते रहने की ज़रूरत नहीं होती।"

कमल ने अत्यन्त शान्त स्वर में कहा, "यह बात तो मैं आपकी मानती हूं। किन्तु. केवल इसी कारण तो आपके संस्कार को संगत युक्ति के रूप में स्वीकार नहीं किया जा सकता चाचाजी! और फिर, आकाश-कुसुम की दुराशा में विधाता के द्वार पर हाथ फैलाए बैठे रहने और जन्मान्तर में फल पाने तक प्रतीक्षा करते रहने लायक धीरज भी मुझमें नहीं है। जिस जीवन को मानव-समाज में सबके समक्ष सहज बुद्धि से पाया है, मेरे लिए तो यही सत्य है और वही महान है। परलोक के अधिकाधिक लाभ की आशा से में वर्तमान जीवन की उपेक्षा और असम्मान न करूं, बस इतना ही मेरे लिए बहुत है। देखिए चाचाजी, मैं एक बात कहती हूं; हो सकता है कि वह सम्पूर्ण सत्य न हो, क्योंकि सम्पूर्ण सत्य तो एक-मात्र सर्वज्ञ के ही ज्ञान-गम्य है, मेरे दृष्टिकोण से तो आप लोग परलोक के फेर में पड़कर इस लोक के आनन्द और सुख से स्वेच्छा से ही वंचित रहा करते हैं। आप जैसे विचार रखनेवाले सभी लोग इह-लोक को तुच्छ समझते हैं, इसीसे इहलोक ने भी उन्हें तुच्छ बना रखा है। नीलिमा जीजी से मेरी भेंट होगी या नहीं सो तो मुझे नहीं मालूम, किन्तु यदि कभी हो जाए, तो उनसे भी मैं यही बात

कह जाऊंगी।"

कमल सहसा उठके खड़ी हो गई। आशु बाबू ने उसका हाथ पकड़ लिया। और फिर कहने लगे, "जा रही हो बेटी? तो सुनो, यह सोचते ही कि तुम जा रही हो, मेरे हृदय में हाहाकार-सा मच जाता है।"

कमल बैठ गई। बोली, "मुश्किल तो यह है चाचाजी, कि मैं आपको सान्त्वना तो किसी भी तरह दे नहीं पाती, जबकि आपकी मानसिक और शारीरिक अस्वस्थता में उसीकी सबसे ज़्यादा ज़रूरत है, तब मेरे मन में यही विचार उठता है कि शायद मैं आपको सब तरफ से पीड़ा ही पहुंचाया करती हूं। फिर भी, यह बिलकुल सच है कि मैं आपको किसीसे भी कम प्यार नहीं करती।"

कमल की इस बात को मन ही मन स्वीकार करते हुए आशु बाबू ने कहा, "तुम जानती हो कमल, नीलिमा के इस आश्चर्य-जनक उफान का कारण क्या है?"

कमल मुसकराती हुई बोली, "कारण चाहे कुछ भी हो, किन्तु आपकी तरफ से मैं इतना ज़रूर कह सकती हूं कि आपके अन्दर शायद दलदल नहीं है। दलदल अपना बोझ भी नहीं ढो सकता, पांवों के नीचे से अपने को हटाकर वह खुद अपने को डुबो देता है। किन्तु ठोस पत्थर और लोहे तक का बोझ झेल लेती है; और इमारत भी उसीपर बनाई जा सकती है। नीलिमा जीजी को सब स्त्रियां नहीं समझ सकतीं; हां, वे उन्हें ज़रूर समझ सकती हैं जिनके अपने को लेकर खेल खेलने के दिन बीत चुके हैं और जो अपने सिर का बोझ उतारकर स्वाभाविक तरीके से जीना चाहती हैं।"

"हां।" कहकर आशु बाबू ने एक गहरी सांस ली, और फिर कहा, "और शिवनाय?"

कमल ने कहा, "जिस दिन से मैंने उन्हें यथार्थ रूप से समझा है उस दिन से मेरे मन की व्यथा और अभिमान बिलकुल धुल-पुंछ के साफ हो गया है। वे गुणी आदमी हैं, कलाकार और कवि हैं। चिरस्थायी प्रेम कलाकारों के मार्ग का विघ्न है, उनके स्वभाव का

विरोधी है। मैं तो समझती हूं कि शिवनाथ ने मनोरमा को नहीं ठगा, मनोरमा ने स्वयं ही गलत कदम रखा है। सूर्यास्त के समय बादलों में जो रंग खिलने लगते हैं वे न तो अपने किसी स्वार्थ से खिलते हैं और न उनके वे रंग स्वाभाविक ही होते हैं। किन्तु फिर भी उन्हें असत्य कौन कह सकता है?"

आशु बाबू ने कहा, "सो तो ठीक है। किन्तु केवल रंग से ही तो आदमी के दिन नहीं कट सकते बेटी, और न उपमाओं से उसकी वेदना ही मिट सकती है। बताओ कमल, इसका उपाय क्या है?"

कमल व्यथित चित्त से बोली, "आखिर घूम-फिरकर वही एक प्रश्न सामने आ खड़ा होता है चाचाजी, वह समाप्त ही नहीं होना चाहता। मैं तो आपसे यही प्रार्थना करूंगी कि अन्त में आप उसके लिए अपना यही आशीर्वाद छोड़ जाएं कि मनोरमा दु:ख के दिनों में अपने को ढूंढ़ निकाले; जो झड़नेवाला है उसके झड़ जाने के बाद वह बगैर किसी संशय के अपने को पहचान जाए। असल बात तो यह है कि संसार में होनेवाली अनेक घटनाओं में से विवाह भी एक घटना मात्र है, उससे अधिक कुछ भी नहीं। उसीको जब से नारी ने अपना सब-कुछ मान लिया है तभी से नारी-जीवन की सबसे बड़ी ट्रेजेडी शुरू हो गई है। विदेश जाने के पहले आप अपने मन की दुविधा की ज़ंजीर से कन्या को मुक्त कर जाइए चाचाजी, यही आपसे मेरी अन्तिम प्रार्थना है। बस।"

अचानक दरवाज़े के बाहर किसीके आने की आहट सुनकर दोनों उधर देखने लगे। हरेन्द्र ने भीतर आकर कहा, "भाभीजी को मैं लेने आया हूं आशु बाबू! तांगा लाने के लिए आदमी भेज दिया है।"

आशु बाबू अवाक् रह गए। बोले, "अभी? लेकिन अब तो शाम हो चुकी है?"

हरेन्द्र ने अपनी जेब में से एक कागज़ का टुकड़ा निकालकर उनके सामने बढ़ाते हुए कहा, "देख लीजिए, और आप ही विचार कीजिए कि क्या करना चाहिए?"

उस परचे में लिखा था, 'लालाजी, यहां से ले जाने की व्यवस्था

अगर तुम न कर सको, तो मुझे खबर दे देना। पर कल तुम यह मत कहना कि मुझसे कहा क्यों नहीं था?—नीलिमा।'

आशु बाबू परचा देखके दंग रह गए। इतना भी न कह सके कि यह सुबुद्धि अब तक कहां पड़ी रह गई थी?

इतने में नौकर ने आकर खबर दी कि मेम साहब का सामान लेने के लिए मजिस्ट्रेट साहब के यहां से आदमी आया है।

आशु बाबू ने कह दिया, "उनका जो सामान है दे दो।"

फिर वे कमल से कहने लगे, "कल सवेरे बेला यहां से चली गई है। मरिस्ट्रेट साहब की स्त्री उसकी सहेली हैं। और हां, तुम्हें एक शुभ संवाद देना तो मैं भूल ही गया कमल! बेला के पति आए हैं उसे लेने के लिए। मालूम होता है, शायद दोनों में कोई तसफिया हो गया है।"

27

उस दिन घर लौटने में कमल को बहुत देर हो गई। आते समय उससे आशु बाबू ने कहा था, "डर की कोई बात नहीं बेटी! जो आज तक कभी मुझे छोड़कर नहीं रही, अब भी वह मुझे छोड़के नहीं जाएगी। इस निरुपाय आदमी का उपाय वही करेगी।" कहते हुए उन्होंने हाथ उठाकर सामने की दीवार पर टंगी हुई अपनी धर्मपत्नी की तसवीर दिखा दी, और फिर वे चुप हो रहे।

कमल ने घर पहुंचकर देखा कि ऊपर जाने का रास्ता ही रुका पड़ा है। ज़ीने के सामने बिस्तरबन्द और बक्सों का ढेर लगा हुआ है। देखते ही सहसा वह घबरा-सी गई। किसी तरह रास्ता निकालकर वह ऊपर पहुंची तो देखा कि कमरे का दरवाज़ा खुला पड़ा है। इतने में रसोईघर से शोर सुनाई दिया तो वह उधर गई, देखा कि अजित ने स्टोव जलाकर उसपर चाय का पानी चढ़ा दिया है, और चाय और चीनी वगैरा की तलाश में घर-भर की तमाम चीज़ें इधर-उधर बखेर दी हैं।

कमल ने पूछा, "घर का ताला कैसे खोला? चाभी कहां से

आई?"

"तुम तो ऐसे पूछ रही हो जैसे बगैर चाभी के तुम्हारा ताला खलता ही न हो! ज़रा-सा झटका दिया कि बेचारे ने आत्म-समर्पण कर दिया।"

"और ये सब चीज़ें इस तरह बखेर क्यों रखी हैं?"

"चाय-चीनी वगैरा क्या तुम लोहे की तिजोरी में बन्द करके रखती हो? ढूंढते-ढूंढ़ते हैरान हो गया, कुछ मिल ही नहीं रहा है। पानी खौलते-खौलते आधा रह गया है। अब तो निकालो कहां है चाय-चीनी!"

"आप भी खूब हैं। भला मेरे घर की चीज़ें आपको कैसे मिल जातीं, बताइए? उठिए, जाइए, उस कमरे में जाइए, मैं अभी चाय बनाके लाती हूं।"

अजित उठके अलग खड़ा हो गया।

कमल ने कहा, "लेकिन आज बात क्या हो गई? बक्स-बिस्तरबन्द सबका-सब सामान लेकर कैसे चले आए?"

"ले क्या आया, लाना पड़ा है। हरेन बाबू ने साफ-साफ नोटिस दे दिया तो और कहां जाता?"

"नोटिस दिया होगा तो वहां से चले जाने का दिया होगा। यहां आने की बुद्धि किसने दी?"

"मेरी अपनी ही बुद्धि ने दी, और किसकी देती? अब तक तो मैं पराई बुद्धि पर ही चलता चला आ रहा था, पर अब मैंने अपनी बुद्धि ढूंढ़ निकाली है।"

"काम तो अच्छा ही किया है। लेकिन सामान क्या सब नीचे ही पड़ा रहेगा? कोई चुरा नहीं ले जाएगा नीचे से?"

सुनते ही अजित के होश उड़ गए। वह घबराकर पूछ उठा, "चुरा तो नहीं ले गया कोई कुछ? और तो जो कुछ है सो है ही, पर चमड़े के सूटकेस में रूपये जो बहुत रक्खे हैं! देखना ज़रा उसे तो कोई नहीं उड़ा ले गया?"

कमल ने सिर हिलाते हुए कहा, "बहुत ठीक! छोड़ तो आप आए और देखूं मैं जाकर? कोई उड़ा ले गया होगा तो क्या मेरे

देखने से वह वापस दे जाएगा? एक खास जाति के आदमी होते हैं जो अस्सी साल की उमर तक नाबालिग ही रहा करते हैं। उनके सिर पर कोई न कोई अभिभावक होना ही चाहिए। किन्तु इतनी खैर है कि उसकी व्यवस्था भगवान स्वयं कृपा करके कर ही देते हैं। उठिए, चलिए, चाय पीछे बनती रहेगी, पहले नीचे चलकर सब सामान उठा लाने की मज़दूरी कीजिए। यहां कुली-उली तो कोई मिलने से रहा। कम से कम तांगेवाले से ही कुछ दे-दूकर यह काम करा लेना चाहिए था, सो भी आपसे नहीं बना। अब चलिए, खुद ही कुली का काम बजाइए चलके। आप चाहेंगे तो शायद मैं भी आपकी थोड़ी-बहुत मदद कर सकती हूं। चलिए, उठिए।"

और दोनों नीचे उतर गए।

28

अजित कैनवस की आरामकुरसी पर पड़ा शायद किसी विचार में डूबा हुआ था। कमल उसके सामने ज़मीन पर बैठी कुछ लिख रही थी। इतने में डाकिया एक चिट्ठी दे गया। अजित ने चिट्ठी खोलके पढ़ी। हरेन्द्र की तरफ से शाम के लिए भोजन का निमन्त्रण आया है। आशु बाबू की विदाई के उपलक्ष्य में प्रीति-भोज का आयोजन किया गया है। पत्र के नीचे एक कोने पर हाथ से लिखा हुआ है, 'कमल, ज़रूर आना।—नीलिमा।'

अजित ने उसे दिखाते हुए कमल से पूछा, "जाओगी क्या?"

कमल ने कहा, "जाऊंगी क्यों नहीं! मेरी कदर इतनी थोड़े ही बढ़ गई है कि निमन्त्रण जैसी दुर्लभ वस्तु की उपेक्षा कर सकूं! और तुम?"

अजित दुविधा के स्वर में बोला, "सोच रहा हूं, क्या करूं! मेरी तबीयत आज कुछ⋯।"

"तो जाने दो, ज़रूरत नहीं जाने की।"

अजित की दृष्टि अब तक चिट्ठी पर ही थी, नहीं तो वह कमल के होंठों पर फैली हुई कौतुकपूर्ण मुसकराहट ज़रूर देख लेता।

चाहे किसी भी तरह हो, आगरे के बंगाली समाज में इस बात का सबको पता लग गया है कि ये दोनों आगरा छोड़के कहीं जा रहे हैं। किन्तु यह कोई नहीं जान सका कि ये लोग कहां जा रहे हैं। हालांकि कमल से पूछते ही मालूम हो सकता था कि फिलहाल उनका गन्तव्य स्थान अमृतसर है, लेकिन पूछने का किसीको साहस नहीं हुआ।

अजित के पिता गुरु गोविन्दसिंह के बड़े भक्त थे। इसीसे सिखों के तीर्थक्षेत्र अमृतसर में उन्होंने खालसा कालेज के पास अपने लिए एक सुन्दर बंगला बनवाया था। समय और सुविधानुसार वे वहां जाकर रहा करते थे। उनकी मृत्यु के बाद वह बंगला किराये पर उठा दिया गया था। किन्तु इस समय वह खाली था। इसलिए अब ये दोनों वहीं जाकर कुछ दिन रहना चाहते हैं। असबाब सब ट्रक पर जाएगा; और तड़के ही पौ फटते-फटते ये दोनों मोटर से रवाना हो जाएंगे। अजित ने नई मोटर खरीद ली है, और शोफर भी रख लिया है।

शाम होने के कुछ देर बाद कमल नई मोटर में बैठकर हरेन्द्र के घर जा पहुंची। ऊपर के बड़े हाल में सबके बैठने का इन्तज़ाम किया गया था। बीच में एक मसनद के सहारे आशु बाबू बैठे थे, और उनके आसपास अन्य कई सज्जन बैठे गपशप कर रहे थे। बेला आई है और उसके साथ मालिनी भी आई हैं।

कमल को देखते ही हरेन्द्र ने पूछा,"अजित बाबू नहीं आए?"

कमल ने कहा, "नहीं। उनकी तबीयत आज कुछ ऐसी ही है, सो वे आ नहीं सके।"

कमल को देखते ही आशु बाबू खुश हो उठे। बोले, "आओ, आओ कमल, बैठो।"

इतने में अक्षय आ गया, बोला, "क्यों कमल, मुझे पहचाना कि नहीं?"

आशु बाबू भीतर से कुछ असन्तुष्ट-से हुए। बोले, "तुम पहचान लो तो काफी है। तुमने तो पहचान लिया न?"

असल में अक्षय देश जाकर बीमार पड़ गया था और कुछ दुबला

भी हो गया था। शायद इसीलिए उसने पहचानने की बात पूछी थी।

कमल ने कहा, "यह प्रश्न आपका ठीक नहीं हुआ आशु बाबू! आदमी पहचानना तो इनका खास पेशा है। उसमें भी सन्देह करना इनके पेशे पर चोट पहुंचाना है।"

कमल ने बात कुछ ऐसे ढंग से कही कि सभी हंस पड़े। उसके बाद सब इधर-उधर की बातें करने लगे। कमल ने चारों तरफ निगाह दौड़ाकर देखा तो उसे नीलिमा कहीं नहीं दिखाई दी। उसने समझ लिया कि शायद वह काम-काज में व्यस्त होगी कहीं। और फिर यह धीरे से उठके उसकी तलाश में चल दी।

इतने में एक लड़का आकर दरवाज़े के पास खड़ा हो गया। सबको लक्ष्य करके बोला, "बहनजी ने कहा है, खाना तैयार है, आसन बिछाए जाएं क्या?"

सबसे पहले अक्षय बोल उठा, "हां, हां, बिछाए जाएं। कह दो जाकर।"

लड़का चला गया। हरेन्द्र ने कहा, "जब से भाभीजी आई हैं, खाने-पीने की चिन्ता किसीको नहीं करनी पड़ती। हां, सतीश नाराज़ होकर ज़रूर चला गया है, सो उसे रोका भी नहीं जा सकता था। त्यागी, ब्रह्मचारी आदमी ठहरा, भाभीजी के आगमन से उसकी साधना में विघ्न पड़ता। मेरी समझ में एक बात नहीं आई कि वास्तव में कौन-सा काम सही हुआ? सतीश का जाना या भाभी का आना?"

इस बीच कमल वापस आ गई थी। उसने सुना तो कहा,"यही काम सही हुआ है हरेन बाबू जो आपने किया है। व्रत-संयम जब सहज-स्वाभाविक न रहकर दूसरों पर आघात करने लगता है तब वह दुःसह हो उठता है, उसका भार उठाना औरों के लिए मुश्किल हो जाता है।"

सुनकर सब कमल के चेहरे की तरफ देखने लगे। शायद हरेन्द्र कुछ कहना चाहता था; किन्तु ठीक इसी समय उस लड़के ने आकर शुभ संवाद दिया, "सब तैयार है, चलिए सब जीमने।"

सुनत ही सब नीचे चले गए।

29

जब सबका खाना-पीना हो चुका तब कमल का क्षण-भर के लिए एकान्त में पाकर अक्षय उसके पास आके चुपके से बोला,"मैंने सुना है कि आप यहां से चली जा रही हैं। यहां के लगभग सभी परिचितों के घर आप दो-एक बार हो आई हैं, सिर्फ मेरे ही घर···।"

अक्षय के मुंह से 'आप'! कमल के आश्चर्य का ठिकाना न रहा। केवल स्वर में ही परिवर्तन हो, सो बात नहीं, आज उसके सम्बोधन में भी सम्मान का शब्द 'आप'! हालांकि अधिकांश लोग उससे 'तुम' ही कहा करते हैं, किन्तु उसपर कमल को न तो कभी कोई शिकायत थी और न वह किसीसे इसके लिए नाराज़ ही होती थी; किन्तु फिर भी अक्षय की तरफ से आज उसके साथ दिखाए गए इस अप्रत्याशित सम्मान के भाव से वह चकित रह गई। असल में अक्षय किसी स्त्री के लिए 'आप' कहना महज़ एक ज्यादती समझता था; बल्कि यों कहना चाहिए कि उसकी धारणा ही कुछ ऐसी थी कि ऐसा करना शिष्टता का दुरुपयोग है। कमल उसके इस स्वभाव से परिचित थी, किन्तु फिर भी उसके इस ओछेपन पर गौर करना उसके लिए लज्जाजनक था। उसे शंका थी कि कहीं इसी विषय को लेकर कोई अप्रिय बहस न छिड़ जाए, इसलिए उसने हंसते हुए ही कहा, "आपने तो कभी मुझे अपने घर बुलाया नहीं अक्षय बाबू!"

अक्षय ने कहा, "नहीं। यह मेरा अपराध है, और उसके लिए मैं लज्जित भी हूं। जाने के पहले क्या आपको समय न मिलेगा? मिल जाए तो ज़रूर मुझपर इतनी कृपा कीजिएगा।"

"अब समय भला कैसे मिल सकता है बताइए? हम लोग तो कल तड़के पौ फटते ही रवाना हो रहे हैं।"

"तड़के ही? पौ फटते?" इतना कहकर अक्षय क्षण-भर के लिए रुका, और फिर खिन्न होकर कहने लगा, "भविष्य में फिर कभी अगर आपका इधर आना हो तो, तब के लिए मेरी तरफ से आपको अभी से निमन्त्रण रहा। तब आप ज़रूर आइएगा।"

कमल ने हंसते हुए कहा, "क्या मैं एक बात आपसे पूछ सकती हूं अक्षय बाबू? अकस्मात् ही मेरे बारे में आपका मत कैसे बदल गया? मेरा तो खयाल था कि अब आप मेरे प्रति पहले से भी ज़्यादा कठोर हो गए होंगे?"

अक्षय बोला,"साधारणतः होता तो ऐसा ही है। किन्तु अब की बार मैं देश गया तो वहां से कुछ नये अनुभव संचय कर लाया हूं। हमारे गांव में लगभग अस्सी फीसदी मुसलमान रहते हैं, वे आज भी अपने डेढ़ हजार वर्ष के पुराने सत्य पर दृढ़ हैं, वही सब पुराने विधि-निषेध, वही कायदे-कानून, वही आचार-अनुष्ठान, सब-कुछ अब तक उनमें ज्यों-के-त्यों चल रहे हैं, उनमें कुछ भी परिवर्तन नहीं हुआ है।"

कमल ने कहा, "उनके विषय में तो मैं विशेष कुछ जानती नहीं, जानने का कभी मुझे मौका ही नहीं मिला; किन्तु यदि आपकी बातें सच हैं, तो मैं सिर्फ इतना ही कह सकती हूं कि उनके लिए भी अब सोचने-समझने के दिन आ गए हैं। यह बात उन्हें भी किसी-न-किसी दिन माननी ही होगी कि सत्य की सीमा किसी एक बीते दिन में निबद्ध नहीं हो गई है। लेकिन चलिए, अब ऊपर चलिए। वहीं बातचीत होगी।"

अक्षय ने कहा, "नहीं। मुझे अब यहीं से विदा लेनी पड़ेगी। मेरी स्त्री बहुत ज़्यादा बीमार हैं। आगरे में आप बहुतों से मिल चुकी हैं, एक बार उनसे भी न मिलिएगा क्या?"

कमल कुतूहलवश पूछ बैठी, "कैसी हैं वे देखने में?"

"यह तो मैं सही-सही नहीं बता सकता। हमारे यहां के धर्मनिष्ठ परिवारों में ऐसा प्रश्न करना कोई पसन्द नहीं करता। मेरे पिताजी उसे नौ साल की उमर में पुत्रवधू के रूप में ले आए थे। तब लड़कियों के लिए पढ़ने-लिखने का कोई सवाल ही नहीं था, न किसीको उसकी ज़रूरत ही महसूस होती थी। रसोई बनाना, पति और सासु की सेवा करना, गुरुजनों का आदर करना, घर के काम-धन्धे में बराबर लगे रहना यही सब कर्तव्य-कार्य समझे जाते थे तब बहुओं के। एक शिक्षा जो सबसे मुख्य थी, सो यह थी कि पति को

ही इहलोक-परलोक का देवता मानकर चलना। अब आप देखिए न, बीमार होने पर भी वे दवा नहीं लेना चाहतीं, कहती हैं कि पति के पादोदक से ही सब रोग अच्छे हो जाएंगे। और ऊपर से यह और कह देती हैं कि अगर न अच्छी हुई तो समझ लो कि आयु ही खतम हो चुकी है।"

कमल को इन सब बातों का आभास कुछ-कुछ हरेन्द्र से मिल चुका था; उसने कहा,"तब तो कहना चाहिए कि आप बहुत भाग्य-वान हैं! ऐसा अटल विश्वास आज के युग में अत्यन्त दुर्लभ है।"

अक्षय ने कहा,"शायद यही बात हो! मैं कुछ कह नहीं सकता। किन्तु, न जाने क्यों, कभी-कभी मुझे ऐसा लगने लगता है कि संसार में मेरा अपना कोई भी नहीं, मैं अकेला ही हूं, बिलकुल निःसंग एकाकी! ···अच्छा तो, आज्ञा हो, नमस्कार।"

कमल ने अपने दोनों हाथ उठाकर प्रतिनमस्कार किया।

अक्षय दो कदम आगे बढ़कर फिर मुड़ पड़ा। कहने लगा, "आपसे एक अनुरोध करूं?"

कमल ने कहा, "कहिए?"

अक्षय कहने लगा, "भविष्य में यदि आपको कभी समय मिले, और मेरी याद रहे, तो मुझे पत्र अवश्य लिखिएगा। आपका और अजित बाबू का कुशल-पत्र मिलते रहने से मुझे खुशी होगी। अच्छा, तो अब चलता हूं। नमस्कार।" इतना कहकर वह जल्दी से चल दिया। और कमल जहां की तहां स्तब्ध हुई खड़ी रही। भलाई-बुराई का विचार करके नहीं, बल्कि केवल इस बात पर कि क्या यह वही अक्षय है, उसके आश्चर्य का ठिकाना न रहा। मनुष्य की जानकारी के बाहर इस भाग्यशाली पुरुष का दाम्पत्य-जीवन बिना किसी बाधा के शान्ति के साथ बीतता चला जा रहा है। जिस कमल के प्रति उसके मन में घृणा और असम्मान के सिवा और कुछ था ही नहीं, उसीके कुशल-पत्र के लिए आज उसके मन में इतना प्रबल आग्रह, इतनी विनीत प्रार्थना!

कमल ऊपर पहुंची तो देखा कि बड़े कमरे में नीलिमा के सिवा और सब जने यथास्थान बैठे हैं। नीलिमा का भीड़भाड़ से अलग-

अलग रहने का स्वभाव है, इसलिए इस बात पर कोई विशेष ध्यान नहीं देता।

कमल को देखते ही आशु बाबू कहने लगे, "हरेन ने आज एक बड़े मार्के की बात कही थी कमल सुनने में तो शुरू-शुरू में वह पहेली-सी मालूम होगी, पर बात बिलकुल सही है। कह रहे थे कि समाज के लोग इस बात को समझते ही नहीं कि समाज के प्रचलित विधि-निषेधों का उल्लंघन करने के बाद जिन दुःखों का सामना करना पड़ता है उन्हें केवल चरित्र-बल और विवेक-बुद्धि के बल पर ही सहा जा सकता है। आदमी सिर्फ बाहर के अनाचार को ही देखता है, अन्तःकरण की प्रेरणा के विषय में वह कभी कुछ सोचता ही नहीं। और इसीलिए समाज-जीवन में तरह-तरह के द्वन्द्व और विरोधों की सृष्टि होती रहती है।"

कमल समझ गई कि हरेन्द्र के कथन का लक्ष्य वह स्वयं और अजित है। इसलिए वह कुछ बोली नहीं, चुप रह गई। उसने इतना तक नहीं कहा कि उच्छृंखलता के ज़ोर से भी समाज के विधि-निषेधों का उल्लंघन किया जा सकता है। विवेक-बुद्धि और दुर्बुद्धि एक वस्तु नहीं है।

बेला और मालिनी के जाने का समय हो चुका था, इसलिए वे दोनों उठ खड़ी हुईं। कमल की बिलकुल उपेक्षा करके उन दोनों ने आशु बाबू और हरेन्द्र को नमस्कार किया और वे चल दीं। कमल के आगे इन दोनों स्त्रियों ने हमेशा अपने को छोटा समझा है, और इसीलिए उसके प्रति उपेक्षा-भाव दिखाकर ही वे बराबर उसका बदला लिया करती हैं।

आशु बाबू बड़े स्नेह के साथ कमल से कहने लगे, "देखो बेटी, इन लोगों के ऐसे ओछे सलूक पर तुम कभी ध्यान मत दिया करो। इसके सिवा इन लोगों के पास ऐसी कोई पूंजी ही नहीं जिससे ये अपनी इज़्ज़त बचा सकें। मैं सब जानता हूं, क्योंकि आखिरकार मैं भी तो उसी दल का आदमी हूं।"

आशु बाबू ने हरेन्द्र के सामने आज पहले-पहल ही कमल के लिए 'बेटी' शब्द का प्रयोग किया। हरेन्द्र पर उसका क्या प्रभाव

पड़ा, सो तो वही जाने; किन्तु पड़ा ज़रूर। आशु बाबू कहने लगे, "देवयोग से ये सब पदस्थ लोगों की स्त्रियां हैं, यानी हाई सर्कल की महिलाएं! अंगरेज़ी बातचीत में, विलायती स्टाइल में, अप-टु डेट पहनाव-उढ़ाव में, इन सब बातों में सदा चुस्त रहे बगैर इनका काम नहीं चल सकता। यही इनके पास एकमात्र मूलधन है जिससे इनका कारोबार ठाट के साथ चलता रहता है। इसलिए इनके किसी भी व्यवहार पर नाराज़ होने के कोई मानी नहीं होते, बेटी!"

कमल ने हंसते हुए कहा,"नाराज़ तो मैं नहीं हुई, चाचाजी!"

आशु बाबू बोले, "सो मैं जानता हूं। गुस्सा इनपर मुझे भी नहीं आता; हां, हंसी ज़रूर आती है। खैर, अब यह बताओ कि तुम घर कैसे जाओगी? मैं उतारता जाऊं तुम्हें?"

कमल बोली, "वाह! नहीं तो मैं जाऊंगी कैसे?"

कहीं किसीकी निगाह में न पड़ जाए, इस डर से अपनी मोटर उसने तुरन्त वापस कर दी थी।

आशु बाबू ने कहा, "अच्छा ठीक है। लेकिन अब देर करना भी ठीक नहीं। उठो, अब चला जाए। क्यों, ठीक है न?" ,

उनके इस कथन से सबको खयाल आ गया कि अभी वे पूरी तरह स्वस्थ नहीं हुए हैं। इसलिए किसोने और ठहरने के लिए अनुरोध नहीं किया।

इतने में सहसा जीने में जूतों की आवाज़ सुनाई दी, और दूसरे ही क्षण दरवाज़े के बाहर अजित आ खड़ा हुआ। उसे इस तरह सभा भंग होने के समय अचानक उपस्थित देख सब आश्चर्य से दंग रह गए। हरेन्द्र ने मीठे स्वर में उसका स्वागत करते हुए कहा,"हैल्लो। न आने से तो देर से आना ही अच्छा रहा। ब्रह्मचर्याश्रम का यह परम सौभाग्य है कि आप आ तो गए!"

अजित लज्जित-सा हो गया, बोला, "लेने आया हूं। न आता तो शायद आप लोगों से फिर कभी भेंट ही न होती। हम लोग तड़के ही यहां से चले जा रहे हैं।"

हरेन्द्र ने आश्चर्य के साथ पूछा, "तड़के ही? यानी आज की रात बीतते ही?"

अजित ने कहा, "हां। जाने की तैयारियां सब पूरी हो चुकी है। यहीं से हमारी यात्रा शुरू होगी।"

भीतरी रहस्य किसीसे छिपा नहीं था, फिर भी, सबके-सब लज्जा से मानो म्लान हो गए।

ठीक इसी समय दबे पांव नीलिमा आ पहुंची और चुपके से एक तरफ बैठ गई। संकोच दूर करते हुए आशु बाबू ने आंख उठाकर अजित और कमल की तरफ देखा, और फिर वे धीर-गम्भीर स्वर में कहने लगे, "हो सकता है कि भविष्य में फिर कभी हम लोगों की भेंट न हो। किन्तु मेरा शुभाशीर्वाद सदा तुम दोनों के साथ रहेगा। तुम दोनों मेरे स्नेह के पात्र हो। अच्छा होता कि दोनों का विवाह मेरे सामने ही हो जाता, और मैं अपनी आंखों से उसे देख जाता।"

अजित को मानो सहसा किनारा नज़र आ गया। वह व्यग्रता के साथ बोल उठा, "ऐसा मैं नहीं चाहता बाबू साहब! विवाह के लिए मैंने बार-बार इनसे अनुरोध किया है, किन्तु हर बार इन्होंने सिर हिलाकर उसे अस्वीकार कर दिया। अपनी सारी सम्पत्ति, जो कुछ भी मेरे पास है, सब इनके नाम लिखकर मैं मज़बूती के साथ इनके हाथ पकड़ाई देने को तैयार था, किन्तु किसी भी तरह ये मेरे प्रस्ताव पर राज़ी नहीं हुईं। आज आप सबके समक्ष मैं फिर इनसे अनुरोध करता हूं कि ये राज़ी हो जाएं।"

अंजित की बातें सुनकर नीलिमा आश्चर्य से अवाक् होकर उसके मुंह की ओर देखती रह गई। अजित स्वभावतः झेंपू प्रकृति का युवक है: आज, इतने आदमियों के बीच उसकी निर्भीक व्याकुलता को देखकर सबके-सब दंग रह गए। आज वह अपने को बिलकुल निःस्व कर देना चाहता है। इससे बढ़कर आश्चर्य की बात और क्या हो सकती है?

किन्तु कमल को बिलकुल आश्चर्य नहीं हुआ; उसने अजित के मुंह की तरफ देखते हुए कहा, "क्यों, तुम्हें इतना भय किस बात का हो रहा है?"

अजित बोला, "भय आज न सही, किन्तु···।"

कमल ने कहा, "पहले 'किन्तु' का दिन आए तो सही, फिर···।"

"आने पर तो फिर तुम किसी हालत में कुछ लोगी ही नहीं, मैं तो तुम्हें जानता हूं।"

कमल ने हंसते हुए कहा, "जानते हो न? तो फिर वही होगा तुम्हारे लिए सबसे बड़ा और पुख्ता बन्धन। डरने की इसमें क्या बात है!" और फिर क्षण-भर रुककर वह कहने लगी,"तुम्हें याद है, एक दिन मैंने तुमसे कहा था कि बहुत ज़्यादा मज़बूत बनाने के लोभ में पड़कर ऐसा भयंकर ठोस मकान बनाने की कोशिश मत करना जिसमें सांस लेने के लिए भी कोई सूराख न हो। उससे मुरदे का मकबरा भले ही बन जाए, पर जीवित मनुष्य का शयनागार नहीं बन सकता।"

अजित ने कहा, "हां, याद है। मैं जानता हूं, तुम मुझे बांधना नहीं चाहतीं, किन्तु मैं खुद जो बंधना चाहता हूं, उसका क्या इलाज? नहीं तो, मैं तुम्हें फिर किस बन्धनी से बांध रखूंगा, बताओ? मुझमें कहां है इतना ज़ोर?"

कमल ने कहा, "ज़ोर की ज़रूरत नहीं, बल्कि तुम अपनी कमज़ोरी से ही बांधे रखना मुझे जीवन-भर। मैं इतनी निष्ठुर नहीं कि तुम जैसे साथी को इस संसार-सागर में योंही बहता छोड़ जाऊं! समझे?" और फिर क्षण-भर के लिए आशु बाबू की तरफ देखती हुई कहने लगी, "भगवान को तो मैं नहीं मानती, नहीं तो उन्हींसे प्रार्थना करती कि तुम्हें इस संसार के समस्त आधातों पौर आपत्ति-विपत्तियों से बचाती हुई ही मैं किसी दिन निश्चिन्त होकर मर सकूं।"

नीलिमा की आंखों में आंसू भर आए। आशु बाबू भी अपनी आसुओं से भरी आंखें पोंछते हुए कहने लगे, "तुम्हें भगवान को मानने की ज़रूरत नहीं बेटी! सब एक ही बात है, केवल अन्तःकरण की प्रार्थना शुद्ध होने से ही उसकी सुनाई में फिर कहीं कोई बाधा नहीं रह जाती। तुम्हारा यह आत्म-समर्पण ही तुम्हें एक-न एक दिन गौरव के साथ उन तक अवश्य पहुंचा देगा।"

कमल हंसती हुई बोली, "वह तो मेरी ऊपरी कमाई होगी

चाचाजी! आप तो जानते हैं, हक की कमाई से उसको ज़्यादा इज़्ज़त होती है!"

आशु बाबू प्रसन्न होते हुए बोले, "सो तो है ही बेटी! किन्तु इस बूढ़े चाचाजी की यह बात भी याद रखना कि मेरा आशीर्वाद कभी निष्फल नहीं होने का!"

हरेन्द्र बीच ही में बोल उठा, "अजित, खाना खाकर तो आए नहीं होगे, चलो अब नीचे चलकर खाना खा लो।"

आशु बाबू हंसते हुए बोले, "तुम्हारी भी क्या बुद्धि है! ऐसा भी कहीं हो सकता है कि अजित बिना खाए-पीए चला आए और कमल यहां खा-पीकर निश्चिन्त हो जाए?"

अजित को सलज्ज होकर स्वीकार करना पड़ा कि बात ऐसी ही है, वह बिना खाए नहीं आया।

इसके बाद, इस बात का ध्यान आते ही कि आज की रात यहां के मिलन की आखिरी रात है, किसीकी तबीयत नहीं चाही कि यह मिलन-सभा यहीं भंग हो जाए; किन्तु आशु बाबू की सेहत का खयाल करके सबको मजबूर होकर उठने की तैयारी करनी पड़ी।

हरेन्द्र ने कमल के पास जाकर धीमे स्वर में कहा, "इतने दिनों के बाद अब तुम्हें यथार्थ साथी मिल गया कमल! आज के शुभ मुहूर्त में तुम मेरा हार्दिक अभिनन्दन ग्रहण करो। मंगलमय सदा तुम दोनों का मंगल करते रहें, यही मेरी उनसे प्रार्थना है।"

कमल ने ठीक वैसे ही धीमे स्वर में कहा, "यथार्थ साथी मिल गया, बस, आपकी इतनी ही शुभ कामना मेरे लिए काफी है।"

हरेन्द्र चुप रहा। किन्तु उसे ऐसा लगा कि शायद कमल के कण्ठ से निःसंशय स्वर झंकृत नहीं हुआ; और इससे वह शंकित-सा बना रहा। सोचने लगा, संसार में ऐसा ही हुआ करता है, विश्व का विधान ही कुछ ऐसा है, उसमें मनुष्य क्या कर सकता है!

कमल को दरवाज़े की ओट में बुलाकर नीलिमा अपनी आंखें पोंछती हुई बोली, "बहन, मुझे भूल न जाना कहीं।" बस, इससे ज़्यादा और कुछ कहते ही नहीं बना उससे।

कमल ने झुककर उसे नमस्कार किया, और कहा, "जीजी, मैं

फिर आऊंगी। किन्तु जाने के पहले मैं आपके पास अपनी एक प्रार्थना रख जाऊंगी कि जीवन में कल्याण को कभी किसी हालत में अस्वीकार मत करना। उसका सत्य-रूप आनन्द का रूप है। तुम और चाहे जो भी करो, किन्तु अविनाश बाबू के घर की बेगार करने को अब हरगिज़ राज़ी न होना।"

नीलिमा ने आंसू-भरी आंखों से कमल के मुंह की ओर देखते हुए कहा, "ऐसा ही होगा बहन! तुम्हारी बात मैं कभी नहीं भूलूंगी। अब मेरा आशीर्वाद लो, सदा सुखी रहो"।

आशु बाबू अपनी गाड़ी में जाकर बैठे तो कमल ने हिन्दू-रीति से उनके पांव छूकर उनकी रज अपने माथे से लगाई। आशु बाबू ने गद्गद होकर उसके माथे पर हाथ रखा और मन ही मन अन्तः-करण से उसे आशीर्वाद दिया। फिर कहने लगे, "तुमसे मुझे एक यथार्थ तत्त्व का बोध हुआ कमल! अनुकरण से मुक्ति नहीं मिलती, मुक्ति मिलती है यथार्थ ज्ञान से। इसीसे मुझे डर लगता है कि जिसने तुम्हें मुक्ति प्राप्त करा दी है, वही कहीं अजित को असम्मान के गर्त में न डुबो दे! उससे अजित की तुम रक्षा करती रहना बेटी! आज से इस कर्तव्य का भार तुम्हीं पर है।"

कमल ने उनके इस इशारे को समझ लिया।

ठीक इसी समय टेलिग्राफ-पियोन गाड़ी के सामने आकर साइ-कल से उतरा। अर्जेण्ट तार था।

हरेन्द्र ने गाड़ी की बत्ती के सामने जाकर तार खोलकर पढ़ा। तार लम्बा था। मथुरा ज़िले के किसी छोटे सरकारी अस्पताल के डाक्टर ने भेजा था। उसमें लिखा था :

'गांव के एक मन्दिर में आग लग गई थी। बहुत प्राचीन और बहुजन-पूजित प्रतिमा जलके भस्म होनेवाली थी। रक्षा का कोई उपाय न रह गया था कि इतने में उस जलते हुए मन्दिर में राजेन्द्र नाम का एक युवक, जिसे आप जानते हैं, बेधड़क घुस गया, और मूर्ति को बाहर निकाल लाया। देवता की रक्षा हो गई, किन्तु रक्षा-कर्ता की रक्षा न हो सकी। दो दिन तक चुपचाप असह्य यातना सहता हुआ आज सवेरे वह बैकुण्ठ चला गया। दस हज़ार लोगों ने

मिलकर कीर्तन-भजनादि के साथ जुलूस निकालकर यमुना-तट पर आज उसकी अन्त्येष्टि-क्रिया सम्पन्न कर दी। मरते समय राजेन्द्र आपको समाचार भेजने को कह गया था, सो अत्यन्त शोक के साथ भेजा जाता है।'

स्वच्छ नील आकाश से मानो एकाएक वज्र आ पड़ा।

रुलाई के मारे हरेन्द्र का गला रुक गया; और स्वच्छ चांदनी रात उसके सामने मानो अन्धकार में डूब गई।

आशु बाबू रो पड़े। बड़ी मुश्किल से बोल सके, "अड़तालीस घण्टे! इतने पास होते हुए भी ज़रा खबर तक नहीं दी!"

हरेन्द्र अपनी आंखें पोंछता हुआ बोला, "ज़रूरत नहीं समझी। कुछ किया तो जा नहीं सकता था, यही सोचकर शायद उसने किसीको कष्ट देना उचित नहीं समझा होगा।"

आशु बाबू अपने दोनों हाथ माथे से लगाकर कहने लगे, "इसके मानी तो बस यही हुए कि अपने देश के सिवा उसने किसी और को अपना आत्मीय माना ही नहीं। हे भगवान, तुम अपने चरणों में उस देशभक्त को अवश्य स्थान देना। तुमसे बस इतनी ही प्रार्थना है कि इस राजेन्द्र की जाति को संसार से कभी न मिटाना।" और फिर बोले, "चलो वासुदेव!"

इस शोक की मर्मभेदी चोट कमल से बढ़कर शायद और किसीको न पहुंची होगी; किन्तु फिर भी वेदना की भाप से उसने अपने गले को रुंधने नहीं दिया; बोली, "दुःख किस बात का? वह तो बैकुण्ठ गया है।" और फिर हरेन्द्र से बोली, "रोइए मत हरेन बाबू! अज्ञान अपनी बलि हमेशा इसी तरह वसूल करता है।"

कमल के स्पष्ट कठोर स्वर ने मानो पैने छुरे की तरह सबके कलेजे को चीर दिया।

आशु बाबू की गाड़ी चली गई।

उसके बाद उस शोकाच्छन्न स्तब्ध नोरवता के वातावरण में कमल अजित के साथ अपनी गाड़ी में जा बैठी; और फिर एक गहरी सांस छोड़ती हुई ड्राइवर से बोली, "रामदीन, चलो।"

○ ○ ○